고양이와 쥐

세계문학전집
1 9 4

Günter Grass : Katz und Maus

고양이와 쥐

귄터 그라스 소설

박경희 옮김

문학동네

일러두기

1. 번역 대본으로는 *Katz und Maus*(Günter Grass, Steidl, 2011)를 사용했다.
2. 주석은 모두 옮긴이주다.
3. 성서 인용은 공동번역성서에 따랐다.

차례

I

……그리고 언젠가, 말케가 이미 수영을 할 줄 알던 때, 우리는 슐락
발* 경기장 옆의 잔디에 누워 있었다. 나는 치과에 갔어야 했지만, 그들
이 나를 놓아주지 않았다. 나는 대체하기 어려운 공격수**였으므로. 이
가 욱신거렸다. 고양이 한 마리가 살며시 풀밭을 엇질러가고, 공은 날
아다니지 않았다. 몇몇은 풀줄기를 씹거나 쥐어뜯었다. 고양이는 경기
장 관리인의 것이었고 검은색이었다. 호텐 존타크는 긴 모직양말로 배
트를 닦았다. 이가 여전히 아팠다. 시합은 이미 두 시간째 계속되고 있

---

* 야구의 원형으로 간주되기도 하는 독일 스포츠. 제2차세계대전 이전부터 독일의 학교
스포츠 종목으로 널리 퍼져 있었다.
** 기둥 두 개 사이에 서는 포지션으로 수비와 공격에 모두 능해야 한다. 야구에서 중견
수, 유격수에 해당한다.

었다. 우리는 크게 실점하고, 2차전을 기다리는 중이었다. 고양이는 어렸지만, 새끼고양이는 아니었다. 경기장에서는 종종 상대편의 핸드볼 골대로 공이 들어갔다. 내 이는 한 단어만을 반복했다. 석회로 그어놓은 경주트랙에서 백 미터 달리기 주자들이 스타트 연습을 하거나 초조하게 몸을 풀었다. 고양이는 우회했다. 삼발기* 한 대가 느리게 기어가며 요란한 소리를 냈지만, 내 이에서 나는 소리를 누르지는 못했다. 관리인의 검은 고양이가 풀줄기 뒤에서 흰 턱받이를 내보였다. 말케는 잤다. 연합묘지와 공업전문대 사이의 화장장은 동풍에 연기를 날렸다. 말렌브란트 선생이 호각을 불었다. 공수교체. 고양이는 연습했다. 말케는 잠들었거나 혹은 그런 듯 보였다. 그 옆에서 나는 이를 앓았다. 고양이는 연습하며 다가왔다. 말케의 울대뼈가 눈에 띄었다. 그것은 크고, 쉴새없이 움직이며, 그림자를 드리웠으므로. 관리인의 검은 고양이는 나와 말케 사이에서 몸을 웅크려 뛸 자세를 취했다. 우리는 삼각구도를 이뤘다. 내 이는 침묵했고, 더이상 아프지 않았다. 말케의 울대뼈가 고양이에게 쥐가 되었으므로. 고양이는 그처럼 어렸고, 말케의 것은 그처럼 잘 움직였다. 어쨌든 고양이는 말케의 후두에 뛰어올랐다. 우리 중 누군가 고양이를 들어 말케의 목에 올려놓았던가. 아니면 이가 아팠거나 그렇지 않았던 내가, 고양이를 들어올려 말케의 쥐를 보여주었던가. 그리고 요아힘 말케는 비명을 질렀으나, 대수롭지 않은 찰과상을 입었을 뿐이다.

그러나 나, 너의 쥐를 한 마리의 그리고 모든 고양이의 눈에 띄게 했

---

* 엔진이 세 개인 비행기. 여기서는 1931년부터 1952년까지 만들어진 독일의 화물기, 융커스 Ju52를 가리킨다. 제2차세계대전 당시 군사 수송기, 중형 폭격기로 운용됐다.

던 나는 이제 써야만 한다. 설사 우리 둘마저 허구라 해도 나는 그래야 할 것이다. 직업상의 이유로 우리를 만들어낸 그가 내게, 자꾸만 너의 울대뼈를 손에 쥐고, 그것이 승리했거나 패배했던 모든 장소로 데려가라고 강요한다. 그리하여 나는 먼저 그 쥐를 드라이버 위에서 뛰놀게 한 다음, 말케의 가르마 너머 저 높이, 변덕스러운 북동풍 속으로 살진 갈매기떼를 던져놓고는, 화창한 여름 날씨가 계속된다고 해두고, 그 난파선은 예전의 차이카급 소해정*일 거라 짐작하며, 발트해에 젤터스 광천수의 두꺼운 유리병 색깔을 입히고, 사건이 일어나는 장소가 노이파르바서항의 등부표에서 동남쪽인 것이 확실하므로, 여전히 가는 물줄기가 흘러내리는 말케의 피부에 좁쌀이나 싸락눈 같은 소름이 돋아 있도록 한다. 그러나 그의 피부에서 매끄러움을 앗아가는 것은 공포가 아니라, 수영을 지나치게 오래 하면 생기기 마련인 오한이다.

그렇다고, 여윈 긴 팔을 늘어뜨리고 앙상하게 불거진 무릎을 맞댄 채 부서진 함교** 위에 쭈그려 앉은 우리 가운데 누구도, 말케에게 침몰한 소해정의 앞 간판으로, 선체 중앙의 튀어나온 기관실로 다시 잠수해 들어가 그의 드라이버로 뭔가 떼어오라고 요구하지는 않았다. 작은 나사못이나 조그마한 바퀴 같은 뭔가 멋진 것들, 예를 들자면 폴란드어와 영어로 기계 사용법이 빽빽하게 적힌 놋쇠판 같은 것들을. 왜냐하면 우리는 모들린에서 진수해 그딩겐***에서 완공된 폴란드의 옛 차이카급

---

* 바다에 부설한 기뢰 등 위험물을 제거하는 선박.
** 군함의 갑판 맨 앞 한가운데에 높게 만든 갑판. 이곳에서 함장이 지휘 명령을 내린다.
*** 발트해 해안의 대도시로 전쟁 당시에 군사시설이 밀집해 있었다. 제2차세계대전에서 폴란드가 패한 후 나치독일의 해군기지로 이용되었다.

소해정의 수면 위로 솟아 있는 함교 여기저기에 앉아 있었을 뿐이니까. 배는 한 해 전*에 항구 부표의 동남쪽, 그러니까 수로를 벗어나 항행을 방해하지 않는 곳에서 침몰했다.

그때부터 녹銹 위에 마른 갈매기똥이 눌러붙었다. 갈매기들은 어떤 날씨든 기름기 도는 매끈한 모습으로 날아다녔다. 양옆에 유리 눈알을 달고 이따금 나침함의 잔해 위로 손에 닿을 듯 가까워졌다가, 해독할 수 없는 어떤 계획을 따라 다시 뒤엉켜 높이 날아오르며 끈적끈적한 똥을 뿌렸고, 그것은 언제나 부드러운 바다가 아닌 함교의 녹 위로 떨어졌다. 딱딱하고 뭉툭한 석회질의 작은 배설물은 옆으로 다닥다닥 눌어붙기도 하고, 덩어리를 만들며 쌓이기도 했다. 배 위에 앉아 있을 때면 언제나 그것을 긁어내는 손톱 발톱들이 있었다. 손발톱은 그래서 부러졌다. 우리가 손톱을 깨물어서가 아니라. 손톱을 깨무는 버릇이 있어 늘 손거스러미가 일던 실링 외에는 손톱이 긴 건 말케뿐이었다. 잠수를 많이 한 탓에 누렇게 변색되기는 했어도, 손톱을 깨물지도 갈매기똥을 긁지도 않아 길이를 유지했다. 우리가 일없이 부서진 조개껍질 같은 석회질 덩어리를 씹어 입안에 고인 끈적한 거품을 뱃전 너머로 뱉어낼 때, 긁어낸 똥을 먹지 않는 것도 그 혼자였다. 그것은 아무 맛도 나지 않기도 하고, 석고나 어분 아니면 행복, 소녀, 신 같은, 저마다 상상하는 모든 맛이 나기도 했다. 노래를 꽤 잘 부르던 빈터가 우쭐대며 말했다. "너희, 테너가수들이 매일 갈매기똥을 먹는다는 거 아냐?" 갈매기들은 종종 날아다니다 우리가 뱉는 석회질 섞인 침을 낚아채고도 아무것도

---

* 1939년 초가을.

알아채지 못한 듯했다.

전쟁이 시작되고* 얼마 지나지 않아 요아힘 말케가 열네 살이 됐을 때, 그는 수영도 할 줄 모르고 자전거도 타지 못했으며, 전혀 눈에 띄지 않은 채 그저 훗날 고양이를 유혹하게 될 저 울대뼈의 징후를 기다리고만 있었다. 몸이 아프다는 증거로 진단서를 제출할 수 있어, 그는 체육 수업과 수영을 면제받았다. 말케는 이를 악물고 새빨간 귀를 쫑긋 세우고서, 굽은 무릎을 오르락내리락거리며 우스꽝스러운 모습으로 자전거를 배우기에 앞서, 니더슈타트 실내수영장의 겨울 시즌에 등록했지만 처음에는 8세에서 10세까지의 아이들과 함께 몸에 물을 묻히지 않아도 되는 초급반에 배정됐다. 이듬해 여름까지도 그의 수영 실력은 나아지지 않았다. 상체는 바람에 부푼 팽팽한 부표와 같고, 가는 다리에 털이 듬성듬성 난, 전형적인 수영강사의 체형을 가진 브뢰젠 해수욕장**의 관리인은 먼저 말케를 모래 위에서 혹독히 훈련시켜야 했고, 그다음에는 낚싯줄처럼 생긴 끈을 몸에 묶고 물속에서 연습하게 했다. 그러나 우리가 오후마다 그를 두고 수영을 다녀온 다음 침몰한 소해정 안에 있는 진기한 물건들에 대해 얘기하자, 그는 크게 자극을 받아 이 주 안에 해냈다. 그리고 자유로이 헤엄치게 되었다.

진지한 모습으로 잔교와 커다란 점프대와 해수욕장 사이를 부지런히 오가며 꽤 오랜 시간 수영할 수 있게 되었을 즈음, 그는 잔교의 방파제에서 잠수 연습을 시작했다. 처음에는 흔한 발트해의 조개들을 건져

---

* 1939년 9월 1일.
** 단치히해협에 생긴 최초의 해수욕장.

올리는가 싶더니 다음에는 모래를 채워넣은 맥주병을 꽤 멀리 던져놓고 그것을 찾아 물속으로 들어갔다. 말케는 머지않아 그 병 나부랭이를 바닥에서 손쉽게 꺼내오게 됐던 것 같다. 왜냐하면 그가 우리의 작은 배 위에서 잠수를 시작했을 때, 그는 더이상 초보가 아니었으니까.

그는 함께 수영하게 해달라고 졸랐다. 마침 우리는 예닐곱 명이 모여 늘 다니는 코스를 다녀올 작정으로, 가족욕장*의 얕은 물에서 필요 이상 꼼꼼히 몸을 적시고 있었다. 말케는 남성구역의 좁은 트랩 위에 서 있었다. "나도 데려가 달라니까. 반드시 해낼 거야."

후두 아래 매달린 드라이버 하나가 후두에서 시선을 분산시켰다.

"좋아, 그러지 뭐!" 말케가 따라와 첫번째와 두번째 모래톱 사이에서 우리를 앞질렀으나 우리는 굳이 따라잡으려 하지 않았다. "녀석, 골탕 좀 먹어보라지."

말케가 평영을 할 때면 드라이버는, 그 물건은 손잡이가 나무였으므로, 말케의 어깨뼈 사이에서 선명하게 춤췄다. 말케가 배영을 할 때면 나무손잡이가 가슴 위에서 갈지자로 흔들렸지만, 등지느러미처럼 튀어나와 뱃길을 만드는, 턱뼈와 쇄골 사이의 저 치명적인 연골을 결코 다 덮어주지는 못했다.

그러고 나서 말케가 우리에게 보여주었다. 그는 그의 드라이버와 함께, 짧은 간격을 두고 연달아 잠수했고, 뚜껑, 널빤지 조각, 발전기 부속품 등 두세 번 잠수를 거쳐야 드라이버로 떼어낼 수 있는 것들을 건져왔으며, 바닥에서 밧줄을 찾아 그 해진 삭구로 새것처럼 말짱한 미니맥

---

* 당시 독일을 비롯해 단치히 인근의 해수욕장들은 대부분 가족구역, 남성구역, 여성구역 등이 따로 나뉘어 있었다.

스 소화기를 함수에서 건져올렸다. 덧붙이자면 그것은 독일제였고, 아직 쓸 만했다. 말케가 우리에게 소화기 거품을 뿌려 증명했고, 우리에게 거품으로 불을 끄는 법을 보여준 다음 거품으로 초록색 유리 같은 바다를 껐다. 그리고 첫날부터 그곳에 우뚝 섰다.

거품조각들이 섬처럼 떠다니며 잔잔하고 얕은 파도 위에 그려놓은 구불구불한 줄무늬는, 몇 마리 갈매기들을 유혹하기도 하고 밀쳐내기도 하다가 상한 생크림처럼 지저분하게 흩어져 해안 쪽으로 흘러갔다. 그즈음 말케도 잠수를 끝내고 나침함의 그늘에 쪼그려 앉았으며, 이제, 아니 길 잃은 거품조각들이 함교 위에 지친 몸을 얹고 스쳐가는 잔바람에도 몸을 떨기 훨씬 전부터, 소금물에 오그라든 피부에는 싸락눈 같은 알갱이들이 돋아나고 있었다.

말케가 몸을 떨어 후두연골을 날렸다. 그리고, 그의 드라이버가 떨리는 쇄골 위에서 가볍게 춤췄다. 게의 등딱지처럼 붉게 탄 어깨 아래로 치즈처럼 뿌연 얼룩들이 보였다. 톱니흙손 모양으로 튀어나온 척추 양쪽은 언제나 새로 화상을 입어 허물이 벗겨졌고, 소름이 싸락눈처럼 돋은 피부는 이따금 오한에 뒤틀리곤 했다. 노르스름한 입술 언저리가 파래졌고, 말케의 이가 딱딱 부딪치는 게 보였다. 그는 조개껍질이 뒤덮은 방수격벽에 쓸려 살갗이 벗겨진 무릎을 쭈글쭈글해진 두 손으로 꼭 누르며, 몸과 이가 떨리는 것을 막으려 했다.

호텐 존타크가 말케를 문질러주었다, 아니면 나였던가? "이런, 이러다 병날라. 돌아갈 길도 생각해야지." 드라이버는 좀더 분별력이 생겼다.

갈 때는 방파제에서 이십오 분, 해수욕장에서 삼십오 분이 걸렸다. 돌아오는 길은 사십오 분 정도가 너끈히 소요됐다. 그는 아무리 지쳤어도, 언제나 우리보다 일 분 남짓은 확실히 앞서 방파제의 화강암 위에 서 있곤 했다. 첫날의 우위 역시 계속 지켜갔다. 우리가 작은 배라 부르는 그 소해정에 도착할 때면 매번 말케는 이미 한차례 잠수를 마친 후였고, 우리가 그저 무심히 물에 불은 손을 함교의 녹이나 갈매기똥이나 불룩 튀어나온 회전포가에 뻗을라치면, 말케는 우리에게 돌쩌귀라든가, 뭔가 손쉽게 해체할 수 있는 것들을 말없이 내밀며 오돌오돌 떨었다. 바다로 수영을 나가기 시작하고 두번째인가 세번째부터는 니베아 크림을 두껍고 헤프게 덧발랐음에도. 용돈이라면 말케는 넉넉히 받고 있었으니까.

말케는 외동이었다.

말케는 반고아였다.

말케의 아버지는 이미 세상을 떠났다.

말케는 여름이나 겨울이나, 아버지로부터 물려받았다는 구식 목구두*를 신었다.

말케는 검정 목구두의 끈에 드라이버를 매달아 목에 걸고 다녔다.

이제 와 생각해보니, 말케는 드라이버 외에도 여러 가지 이유로 목에 뭐든 걸고 다녔다. 하지만 무엇보다 눈에 띈 것은 드라이버였다.

우리가 눈여겨보지 않았을 뿐, 늘 그랬을 것이다. 말케가 수영장의 물 밖에서 기초강습을 받고 모래사장에서 맨손으로 수영 동작을 연습

---

* 신발 등에서부터 목까지 긴 끈으로 얽어매게 되어 있는, 목이 조금 긴 구두.

해야만 했던 그 무렵부터는 확실히 목에 은목걸이를 걸고 있었다. 거기에는 뭔가 은으로 된 가톨릭적인 것이 달려 있었다. 성모마리아.

체육시간에도 말케는 펜던트를 결코 목에서 떼지 않았다. 겨울 동안 니더슈타트의 수영장에서 기초강습을 듣고 낚싯줄 같은 것에 매달려 수영을 배우기 시작한 지 얼마 안 되어 그는 학교 체육관에도 나타났으며, 더이상 주치의의 진단서 따위는 제출하지 않았다. 목걸이 장식은 체육복 상의의 가슴 안쪽으로 사라졌고 가끔 은빛 마리아가 흰 티셔츠의 빨간색 가슴 줄무늬* 위에 걸쳐져 있곤 했다.

말케는 평행봉을 할 때도 땀을 흘리지 않았다. 심지어 선두조에서도 제일 실력이 뛰어난 서넛만 참가했던 뜀틀 연습에서조차 밀려나지 않았으며, 척추뼈를 드러낸 구부정한 자세로 구름판을 딛고 긴 가죽틀을 뛰어넘었다. 매트 위에 비스듬히 착지할 때 목걸이에 달린 동정녀 마리아가 휙 돌아가며 먼지가 풀풀 일었다. 철봉에서 다리 걸고 돌기를 할 때는 볼썽사납기는 했어도 우리 중 가장 실력이 뛰어난 호텐 존타크보다도 두 번을 더 도는 데 성공했다. 즉 말케가 철봉에 다리를 걸고 서른일곱 번째로 돌기 위해 안간힘을 쓰고 있을 때, 그 은붙이는 체육복 셔츠에서 미끄러져나와 늘 그랬듯 그의 어중간한 갈색머리보다 먼저 삐걱이는 철봉을 따라 서른일곱 번을 회전했지만, 목에서 해방되어 자유를 얻지는 못했다. 결후**뿐 아니라 모간***과 이발 자국이 또렷한 튀어

---

* 귄터 그라스가 다닌 김나지움 콘라디눔의 체육복은 빨간 바지에 붉은색 가슴 줄무늬가 들어간 흰색 티셔츠로, 중앙에 콘라디눔의 머릿글자 C가 검정색으로 박혀 있었다.

** 후두의 연골이 약간 튀어나온 부분.

*** 머리카락이 자라기 시작하는 부분.

나온 뒤통수도 말케의 브레이크 역할을 했고, 다리 걸고 돌기를 할 때 제멋대로 빠져나온 목걸이를 제지할 수 있었다. 드라이버가 펜던트 위로 오고 신발끈은 은목걸이를 군데군데 가렸다. 그럼에도 공구가 펜던트를 제치는 일은 없었는데, 특히 나무손잡이가 달린 그 물건의 체육관 반입이 금지됐다는 점에서 그랬다. 슐락발의 지침서 격인 규칙수록집을 저술해 체육계에서 유명하던, 우리의 체육교사, 말렌브란트라는 선생은 말케가 체육시간 동안 신발끈에 매단 드라이버를 목에 걸지 못하게 했다. 말케의 목에 달린 부적에 말렌브란트가 이의를 제기한 적은 없다. 왜냐하면 그는 체육과 지리 외에도 종교 수업을 맡았으며, 전쟁이 일어나고 이 년 동안은 가톨릭 노동자 체육연맹의 남은 회원들을 철봉 아래로, 평행봉으로 이끌 줄 아는 사람이었기 때문이다.

그렇게 은도금이 가볍게 벗겨진 마리아가 말케의 목에서 위태로운 연습에 동참하는 동안, 드라이버는 탈의실의 옷걸이에 걸어둔 셔츠 위에서 기다려야 했다.

견고하고 비싸지 않은 평범한 드라이버였다. 말케는 종종 표지판들을 뜯어오느라 대여섯 번씩 잠수를 해야 했다. 나사못 두 개로 고정되어 있고 현관문 옆의 문패보다 크지 않은, 폭이 좁은 표지판들이었다. 표지판이 금속에 붙어 있고 나사못들이 녹슬었을 경우에는 특히 시간이 걸렸다. 하지만 긴 문장이 적힌 훨씬 더 큰 표지판들을 잠수 두 번만에 꺼내오기도 했다. 드라이버를 쇠지레로 사용해 나사못이 그대로 박혀 있는 썩은 나무판자를 뜯어와서는 함교에서 노획물을 자랑스레 내보였다. 표지판을 수집하는 데는 시큰둥한 편이었다. 도로 표지판이든 공중화장실 표지판이든 드라이버로 풀 수 있는 것이라면 닥치는 대로 수집하던 빈터와 위르겐 쿠프카에게 잔뜩 선물했고, 자신의 잡동사니와 어울리는 자잘한 것들만 집으로 가져갔다.

말케는 스스로를 몰아붙였다. 우리가 작은 배에서 졸 때 그는 물밑에서 일했다. 우리는 갈매기똥을 긁어댔으며, 잎담배처럼 갈색으로 그을었고 금발인 아이들은 머리카락이 지푸라기색으로 변했다. 그러나 말케는 고작 새로운 일광화상을 입는 정도였다. 우리가 항구 부표의 북쪽으로 오가는 배들을 눈길로 좇을 때 그는 지그시 눈을 내리떴다. 성긴 속눈썹과 염증기 있는 붉은 눈꺼풀로 둘러싸인, 내 생각에 밝은 청색이었던 눈동자는 물속에 들어가서야 비로소 호기심을 되찾았다. 말케가 표지판도, 노획물도 가져오지 못하고 부러지거나 가망 없이 휜 드라이버만 가져온 적도 여러 번 있었다. 그는 그마저도 인상적으로 보이게 했다. 그 물건을 어깨 너머 바다로 던져 갈매기들을 혼란에 빠뜨리는 몸짓은 무기력한 절망이나 대상 없는 분노에서 비롯된 게 아니었다. 말케는 고장난 공구를 결코 장난삼아, 실제로 아무 생각 없이 버리지 않았다. 던지는 행위에도 다 의미가 있었다. 머지않아 내가 너희에게 그것의 이면을 보여주리니!

……그리고 언젠가, 굴뚝이 둘 달린 병원선이 입항했을 때 우리는 짧은 입씨름 끝에 배가 동프로이센 해운의 '카이저호'라고 결론을 내렸는데, 요아힘 말케가 드라이버를 두고 뱃머리 쪽으로 가더니, 물이 흥건히 고여 있고 부서진 틈으로 짙은 초록빛 어둠이 일렁이는 해치 안으로 사라졌다. 두 손가락으로 코를 움켜쥐고, 수영과 잠수 때문에 가르마 양옆으로 머리카락이 찰싹 달라붙은 머리를 앞세우고, 등과 엉덩

이가 뒤따라 들어갔으며, 왼쪽 허공으로 한차례 헛발질을 하나 싶더니 두 발바닥이 해치의 가장자리를 비스듬히 차올리며 가라앉았다. 뻥 뚫린 현창으로 투광조명이 비쳐드는 서늘하고 어두운 수족관 안으로. 안절부절못하는 가시고기들, 우글거리는 칠성장어떼, 아직 단단히 매달려 흔들리는 선원실의 해먹, 해먹과 뒤엉킨 채 넘실대는 미역줄기. 그 안에 청어 알집. 이따금 길 잃은 대구. 소문으로만 들어본 장어. 넙치는 한 번도 나타나지 않았다.

우리는 가볍게 떨리는 무릎을 붙잡고, 갈매기똥을 짓이겨 가래침처럼 만들며, 그럭저럭 긴장했다. 지루해하기도 하고 매혹을 느끼기도 하며, 대오를 지어 움직이는 작은 배의 숫자를 셌고, 여전히 수직으로 연기를 내뿜는 병원선의 굴뚝을 응시하며 서로를 곁눈질했다. 그는 물밑에 오래 머물렀다. 갈매기가 원을 그리며 날고, 함수 위의 파도는 그르렁거리며 해체된 함수포*의 포가에 부딪쳐 물거품을 일으켰다. 배기장치 사이로 역류한 물이 매번 같은 자리의 대갈못을 핥으면서 함교 뒤에서 철썩거리는 소리를 냈다. 손톱 밑에 낀 석회, 물기가 날아가며 근질거리는 피부, 가물거리는 빛, 바람 따라 덜컥거리는 모터 소리, 배기고 저려오는 곳들, 반쯤 굳은 성기, 브뢰젠과 글레트카우** 사이로 보이는 미루나무 열일곱 그루. 그때 그가 솟아올랐다. 턱 부근은 청보라색으로 변하고 광대뼈 위쪽은 노랗게 뜬 채, 그는 해치 안의 물과 함께 솟구쳐올랐다. 앞가르마 양옆으로 머리카락이 찰싹 달라붙은 모습으

---

* 군함의 뱃머리에 장비한 대포.
** 브뢰젠과 글레트카우는 단치히 지역의 해변이다. 당시 주민들이 해수욕장으로 사용했다.

로 무릎 근처에서 찰랑이는 물을 밀어내며 앞 갑판으로 걸어왔다. 튀어나온 포좌를 잡고 주저앉아 젖은 눈으로 멍하니 노려보는 그를 우리가 함교 위로 끌어내야만 했다. 코와 입언저리에서 아직 물을 흘리면서도 그가 우리에게 그 물건을 보여주었다. 이음매가 없는 금속 드라이버. 영국제 공구였다. 셰필드라고 새겨져 있었다. 녹슨 곳도 긁힌 자국도 없는데다 아직 기름막도 벗겨지지 않은 것이었다. 물방울이 굴러떨어졌다.

이 묵직하고, 말하자면 절대 부러지지 않을 드라이버를 요아힘 말케는 한 해가 넘도록, 우리가 작은 배로 더이상 혹은 거의 헤엄쳐가지 않게 될 때까지도 매일 신발끈에 묶어 목에 걸고 다녔다. 가톨릭 신자라서 그랬는지 그럼에도 불구하고 그랬는지 모르겠지만 일종의 우상으로 숭배했다. 예를 들면 말렌브란트 선생의 체육시간 전에는 도둑맞을까 두려워 선생님에게 맡겨두었고, 그 쇠붙이를 마리아 성당으로 가져가기도 했다. 일요일뿐 아니라 주중에도 말케는 성당에 갔으니까. 그는 학교 수업이 시작하기 전에 노이쇼틀란트 주택단지의 아래쪽, 마리네 거리에 있는 예배당의 새벽미사에 참석했다.

그와 그의 영국제 드라이버에게는 마리아 성당으로 가는 길이 멀지 않았다. 오스터가를 벗어나 베렌길을 따라 내려가면 됐으니까. 삼층집이 많고, 박공지붕과 주랑현관, 격자받침 울타리를 따라 과일나무가 자라는 고급주택들도 있었다. 이어서 두 줄로 늘어선 주택단지는 벽돌이 그대로 드러나 있거나 석회칠 위에 물 얼룩이 져 있었다. 오른쪽 모퉁이로 꺾이는 전차길 위로는 가선架線이 구름 낀 하늘을 반쯤 가리고 있을 때가 많았다. 왼쪽에는 모래흙이 부슬부슬한 철도청 직원들의 주말 농장들이 있었다. 폐화물차의 검붉은 나무판자를 떼어 만든 헛간과 토끼집들. 그 뒤로 자유항으로 향하는 선로의 신호기들. 사일로들. 이동 중이거나 멈춰 있는 크레인들. 강렬하고 이국적인 색으로 칠한 화물선의 상갑판 선실. 구식포탑이 있는 회색 전함* 두 척이 여전히 정박중이었고, 부양식 독, 게르마니아 빵 공장, 중간 높이에서 나른하게 흔들리는 은빛 계류기구繫留氣球**도 몇 개 보였다. 오른쪽으로 과거에 헬레네 랑게 학교였던 구드룬 학교***가 철물이 어지러이 적재된 시하우 조선소를 가려, 거대한 해머헤드기중기만 보였다. 잘 관리된 경기장에는 새로 칠한 골대들이 세워져 있고 짧게 깎은 잔디 위에 패널티존을 표기하는 흰 점선들이 그어져 있었으며, 일요일이면 블라우겔프 대 셸뷜 98의 경기도 펼쳐졌다. 관중석은 없지만 현대적으로 창이 높게 설계된 담황색 체육관. 여하튼 그곳의 새로 올린 빨간 지붕 위에 생뚱맞게도 타르를 칠한 십자가가 올라앉았다. 마리아 성당은 노이쇼틀란트의 한 스포츠클럽이 사용하던 체육관을 임시로 개조한 곳이었다. 성심 성당이 너무 멀다고, 노이쇼틀란트와 셸뷜, 오스터가와 베스터가의 단지에 사는 사람들이 수년 동안 주교가 있는 올리바에 청원한 결과였다. 주민들

---

* 전함 '슐레지엔'과 '슐레스비히-홀슈타인'은 제2차세계대전 당시 함령이 높은 구식전함임에도 불구하고 폴란드로 진격했다. 1939년 9월 1일 전함 '슐레스비히-홀슈타인'이 폴란드군 요새를 포격하며 제2차세계대전의 서막을 알렸다.
** 줄로 잡아매어 공중에 띄워두는 기구. 광고, 관측 등에 쓴다. 제2차세계대전 당시 단치히항에는 적기의 침입을 막기 위해 설치했다.
*** 헬레네 랑게는 20세기 초 여성운동의 선구자였다. 나치 독일은 여러 영역에서 이념화를 시도했으며, 학교 이름을 바꾸는 것 역시 그 방편 중 하나였다. 구드룬은 게르만 신화에 나오는 여신으로, 나치 독일이 지향하는 여성상의 상징이었다.

대부분이 조선소 노동자나 우체국과 철도청의 직원들이었으며, 아직 자유시*던 시기에 성당은 결국 체육관을 사들여 개조한 다음 헌당했다.

교구 내 거의 모든 성당의 지하실과 창고들은 물론 개인소장품까지 동원해 색감이 풍부한 성화와 장식품들로 내부를 채웠음에도, 마리아 성당의 체육관적인 성격을 부인하거나 감출 수는 없었다. 심지어 유향과 밀랍 초의 향조차도 과거 수년간 쌓인 실내핸드볼 선수권대회와 분필과 가죽, 선수의 땀냄새를 지우기에는 역부족이었고, 성당에는 어딘가 지울 수 없는 프로테스탄트적인 인색함과 기도실의 강박에 가까운 무미건조함이 늘 배어 있었다.

주택단지에서 떨어진 교외 기차역 근처에 있던, 19세기 말 붉은 벽돌로 쌓아올린 신고딕풍**의 성심 성당에서였다면 요아힘 말케의 금속 드라이버는 낯설고 흉해 보였을 것이다. 마리아 성당에서라면 그는 품질 좋은 영국제 공구를 안심하고 보란듯 매고 다닐 수 있었다. 마리아 성당의 리놀륨 바닥은 잘 손질되어 있었고, 정방형의 반투명 유리창은 천장 바로 밑까지 닿았다. 한때 철봉을 지탱하던 쇠고리들은 바닥에 말끔히 정렬되어 있었다. 콘크리트 천장에는 널빤지를 덮었던 자국이 그대로 남아 있었다. 그 아래 하얗게 칠한 금속 서까래에는 원래 그네와 대여섯 개의 클라이밍 로프를 매달았던 링이 있었다. 화려한 색을 칠하

---

* 단치히 자유시는 1920년 베르사유조약에 따라 설립된 도시국가였다. 발트해 유수의 항구로 발전했으나, 1939년 9월 1일 히틀러가 단치히 반환을 구실로 폴란드 침공을 감행함으로써 나치 독일에 합병되었다. 종전 후에는 폴란드령으로 귀속되고 독일인 주민들은 추방되었다.

** 나치 철십자의 원형을 디자인했다 알려진 카를 프리드리히 싱켈이 대표적인 신고딕 양식 건축가이다.

고 금박을 입혀 구석구석 세워둔 석고상들이 제아무리 축복을 내린들, 이처럼 현대적이고 차갑고 실용적인 성당이었기에, 기도와 영성체에 참여하는 김나지움 학생의 가슴팍에서 대롱거려야만 했던 금속 드라이버가 눈에 거슬리지 않았던 것이다. 새벽미사에 참석하는 소수의 신자들에게도, 구제브스키 신부와 주로 나였지만 아직 잠에 취한 복사의 눈에도.

아니다! 그 물건은 내 눈을 피해 가지 못했을 것이다. 내가 제단 앞에서 미사 시중을 들 때면 언제나, 심지어는 제단 앞에서 기도중일 때도 나는 여러 가지 이유로 너를 찾아내려 애썼다. 하지만 너는 위험을 감수할 생각이 없었는지, 그 물건을 신발끈에 묶어 셔츠 아래 간직했고, 그래서 셔츠 위로 흐릿한 드라이버 모양의 기름얼룩이 눈에 띄었다. 그는 제단에서 볼 때 왼쪽 열 두번째 줄의 긴 의자에 무릎을 꿇고 앉아 기도를 올렸다. 대개는 잠수와 수영으로 붉게 충혈된, 밝은 잿빛이라고 기억하는 두 눈을, 성모마리아 상을 향해 부릅뜨고서.

……그리고 언젠가, 어느 해였는지는 잘 기억나지 않는데, 처음으로 작은 배에서 보낸 여름방학 동안이었다. 프랑스에서 소동*이 일어난 후였던가, 이듬해 여름이던가? 찌는 듯 무덥던 어느 날이었다. 해수욕장의 가족욕장은 북적거리고, 삼각기는 늘어지고, 피부는 땀에 절어 붙고, 청량음료 가판대의 매상은 솟구치고, 햇빛에 달궈진 야자껍질 발판을 밟고 지나갈 때 발바닥은 데일 듯 뜨거웠다. 문이 닫힌 탈의장 앞에

---

* 1940년 프랑스 공방전. 5월 독일이 프랑스를 침공하면서 벌어진 전투로, 6월 22일 프랑스는 독일과 휴전 협정을 맺었다.

서 킥킥거리는 웃음소리를 퍼뜨리며, 굴러다니거나 떨어진 물건들에 발을 베이는, 고삐 풀린 아이들. 그리고 올해 스물세 살이 되었을 당시의 꼬마들과 아이들을 굽어보는 어른들 한가운데서 세 살쯤 된 악동*이 단조롭고 뻣뻣하게 유아용 양철북을 두드리며 그날 오후를 지옥의 대장간으로 만들고 있었다. 우리는 그곳을 벗어나 우리의 작은 배로 향했다. 해안에서 해수욕장 관리인의 쌍안경으로 보면, 점점 작아져가는 여섯 개의 머리통이 떠가는 듯 보였을 테고, 그중 하나는 앞으로 나아가 제일 먼저 목표물에 도착했을 것이다.

우리는 바람에 식었어도 여전히 뜨거운 녹과 갈매기똥 위에 벌렁 드러누워, 말케가 이미 두 번이나 잠수하고 나올 때까지도 꼼짝하지 못했다. 그가 왼손에 뭘 들고 올라왔다. 함수와 선원실을, 반쯤 썩어 축 처진 채 너울거리거나 여전히 단단히 묶여 있을 해먹 안이나 밑을, 반짝거리며 몰려다니는 가시고기떼 속을, 미끈거리는 해초와 뿔뿔이 흩어지는 칠성장어들 사이를 휘젓고 다니다가, 잡동사니들 틈에서 한때 비톨트 두신스키나 리신스키 수병의 소유였을 선원용 가방을 찾아낸 것이다. 그 안에 손바닥만한 동메달이 들어 있었다. 한 면에는 볼록 튀어나온 폴란드 독수리 밑에 메달 수여 날짜와 소유자의 이름이, 다른 면에는 콧수염을 기른 장군의 얼굴이 부조되어 있었다. 모래와 갈매기똥을 섞어 만든 가루에 몇 번 문지르자 둥근 테두리를 따라 메달에 새겨진 글씨들이 나타났다. 말케가 피우수트스키 원수元帥**의 초상을 끌고

---

* 단치히 3부작 중 첫 작품인 『양철북』의 주인공 오스카.
** 20세기 초 폴란드의 군인, 정치가. 1926년 쿠데타로 정권을 잡은 후 독재정치를 폈으며, 1934년 히틀러와 동맹을 맺었다.

나온 것이다.

십사 일 동안 말케는 메달만 찾아다녔고, 1934년에 그딩겐의 정박지에서 거행된 요트 경기를 기념하는, 놋쇠 접시처럼 생긴 기념품도 찾아냈다. 그리고 선체 중심부의 기관실 앞에 있는, 통로가 좁아서 드나들기가 힘든 사관실에서 마르크 주화 크기의 은메달을 은고리가 달린 채로 찾아냈다. 뒷면은 밋밋하게 닳았지만 앞면은 조각과 장식이 풍부했다. 어린 아기를 안은 성모의 선명한 부조였다.

마찬가지로 도드라진 선명한 문구에서 알 수 있듯 그것은 쳉스토호바의 검은 성모*였다. 말케는 함교에서 그가 주워온 것이 무엇인지 알게 되었고, 우리가 모래를 내밀어도 거무스름한 녹청을 닦아내려 하지 않았다.

우리가 반짝이는 은화를 보려고 여전히 앞다퉈 몰려드는 동안, 그는 이미 나침함의 그늘 아래 무릎을 꿇고 툭 불거진 무릎 앞에서 그것을 밀었다 당겼다 하며, 기도를 드리기 위해 내리뜬 시선을 두기에 적합한 각도를 찾고 있었다. 그가 창백한 몸을 떨며 쭈글쭈글해진 손끝으로 십자가를 긋고 나서, 덜덜 떨며 기도문을 외듯 입술을 달싹거리면서 나침함 뒤에서 라틴어 같은 것을 중얼거리자, 우리는 소리내 웃었다. 지금도 나는 그것이 당시 그가 좋아하던 부속가** 같은, 성지주일을 바로 앞둔 성금요일*** 외에는 누구도 외지 않는 것이었으리라 믿는다. "비르고

* 성모마리아의 성화상으로, 폴란드의 기독교 유물이자 국가 상징물 가운데 하나이다.
** 특별한 축일의 미사 때 외우거나 노래하는 다섯 가지 기도문.
*** 그리스도 수난의 날.

비르기눔 프라이클라라라미히 얌 논 시스 아마라……"*

나중에, 우리 학교의 클로제 교장이, 클로제는 간부였으나 당의 제복을 입고 수업을 하는 일은 드물었는데, 말케에게 그 폴란드 것을 수업 시간에 공공연히 목에 걸어서는 안 된다고 금지한 후에, 요아힘 말케는 몸의 일부가 된 작은 부적과 금속 드라이버를, 어떤 고양이가 쥐로 여겼던 그의 울대뼈 밑에 매달고 다니는 것으로 만족했다.

그는 까만 녹이 낀 은제 동정녀 마리아를 피우수트스키의 옆얼굴이 새겨진 청동 부조와 나르비크해전의 영웅인 본테 제독**의 엽서만한 사진 사이에 걸었다.

---

* 찬미가 〈성모애상〉의 가사 일부. "동정녀 중의 동정녀시여, 저의 간곡한 바람을 들어주시어……"
** 제2차세계대전 당시 독일의 해군장교. 나르비크해전에서 전사했다.

II

　　그 기도니 뭐니 하는 것들, 그건 장난이었나? 너희 집은 베스터가에
있었다. 네 유머는, 그런 것이 있긴 했다면 말이지만, 별스러웠다. 아니,
너희 집은 오스터가에 있었다. 하기야 단지의 거리들은 다 같아 보이지
않았던가. 그럼에도 네가 버터 바른 빵 하나만 먹어도 우리는 웃었고, 웃
음은 전염되었다. 너를 보고 웃다보면 이내, 그러는 우리가 의아해졌다.
브루니스 선생이 우리 반의 모든 학생들에게 장래희망을 물었을 때, 그
때 이미 수영을 할 줄 알던 너는 이렇게 대답했다. "저는 언젠가 광대가
되어 사람들에게 웃음을 주겠습니다." 네모난 교실 안 누구도 웃지 않았
다. 그리고 나는 섬뜩해졌다. 왜냐하면 말케가 서커스단에서든 어디서
든 광대가 되겠다는 자신의 의지를 큰 소리로 또박또박 말하며, 너무도
진지한 표정을 지었기 때문이다. 언젠가 그가 맹수들의 쇼와 공중그네

사이 마련된 공연에서 공개적으로 동정녀 마리아에게 기도를 올리며 관객을 웃길 작정이면 어쩌나 정말 걱정될 정도로. 하지만 작은 배 위에서 한 기도, 그건 진심이었겠지. 아니면 넌 장난을 치려고 했던 걸까?

그는 베스터가가 아니라 오스터가에 살았다. 그 단독주택들 옆에도 사이에도 맞은편에도 같은 형태의 단독주택들이 있었다. 그저 번지수가, 경우에 따라서는 커튼의 무늬나 커튼을 접어올린 방식만 다를 뿐, 좁은 앞뜰에 심은 화초나 나무들로는 거의 구별되지 않는 집들이었다. 집집마다 앞뜰에는 새집이 달린 기둥이 세워져 있었고, 개구리라든가 광대버섯 혹은 난쟁이 모양의 바니시를 칠한 정원용 장식품들이 놓여 있었다. 말케의 집 앞에는 도자기로 만든 개구리가 웅크리고 있었다. 하지만 옆집, 그리고 그다음 집 앞에도 초록색 도자기로 된 개구리가 있었다.

간단히, 말케의 집은 24번지였으며 볼프스길을 기준으로 볼 때 왼편 네번째 집에 살았다. 오스터가는 맞은편의 베스터가와 마찬가지로, 볼프스길을 마주보는 베렌길의 오른쪽 모퉁이와 만난다. 볼프스길에서 시작해 베스터가를 따라 내려오다보면 왼편의 붉은 기와지붕들 너머로 녹색으로 산화된 양파 모양의 지붕을 인 교회 누각의 전면과 서쪽 면이 보였다. 그 방향 그대로 오스터가를 따라 내려가면, 오른쪽 지붕들 너머로 교회 종루의 전면과 동쪽 면이 보였다. 그리스도 교회는 베렌길의 맞은편, 오스터가와 베스터가 사이에 위치하고 있었으니까. 초록색 양파 모양의 지붕 아래 사면에 자리잡은 시곗바늘들은 막스 할베 광장에서 시계가 없는 마리아 성당까지, 마그데부르크 거리에서 셸뮐 근처의 포자도브스키 거리까지, 모든 구역에 시간을 알려주었다. 개신

교도나 가톨릭교도 할 것 없이 노동자, 종업원, 여성판매원, 초등학생과 김나지움 학생 들을 종파와 상관없이 언제나 정확하게 일터나 학교로 보냈다.

말케의 방에서는 누각 동편의 시계 문자판이 보였다. 조금 기울어진 벽으로 둘러싸인 합각머리 지붕 밑, 그의 앞가르마 바로 위에서 비와 우박이 쏟아질 듯한 자리에 그의 방이 있었다. 나비 수집상자부터 인기 배우들과 높은 훈장을 단 전투기 조종사, 전차부대 장군들의 사진엽서들까지 소년들의 흔한 잡동사니가 가득한 망사르드 지붕* 아래 다락방이었다. 그러나 그 사이에 볼이 통통한 두 명의 천사를 아래쪽에 거느린 시스티나 성모**의 복제화가 액자 없이 걸려 있었다. 그 옆에 이미 언급했던 피우수트스키의 메달과 쳉스토호바의 엄숙하고 신성한 부적, 그리고 나르비크 구축함 사령관의 사진도 보였다.

처음 방문하자마자 내 눈길을 끈 것은 흰 올빼미의 박제였다. 나는 그리 멀지 않은 베스터가에 살았다. 하지만 내 이야기가 되어서는 안 된다. 언제나 말케에 관한 이야기여야 하며, 혹은 말케와 나에 관한 것이더라도 항상 그를 염두에 둬야 한다. 왜냐하면 앞가르마를 탔던 것은 그였고, 목구두를 신은 것도, 영원한 고양이를 영원한 쥐로부터 따돌리기 위해 목에 이것저것을 걸었던 것도 그였으며, 성모상 앞에 무릎을 꿇었던 것도, 거듭 새로운 화상을 입던 잠수부도, 오한에 떨면서도 늘 우리보다 한발 앞섰고, 수영을 배우고 얼마 지나지 않아서는 언젠가 학교를 졸업하고 나서 서커스단의 광대가 되어 사람들을 웃기겠다고 했

* 경사가 완만하다 급격히 꺾이는 지붕.
** 르네상스시대 이탈리아 화가 라파엘로 산치오가 그린 〈시스티나 성모〉.

던 것도 그였으니까.

흰 올빼미도 단정하게 앞가르마를 타 넘기고 말케와 똑같이, 저 고통에 시달리며 부드러운 듯 단호한, 내면의 치통에 시달리는 구세주의 표정을 짓고 있었다. 그의 아버지는 그에게 자작나무 가지를 발톱으로 움켜쥔, 희미한 무늬가 있는 훌륭히 박제된 그 새를 물려주었다.

흰 올빼미와 성모의 복제화는 물론 쳉스토호바의 은메달에서도 시선을 돌리려 애쓰던 나에게, 이 방의 중심은 말케가 여러 번 물속으로 들어가 작은 배에서 어렵사리 꺼내온 축음기였다. 그 속에서 레코드판은 찾지 못했다. 아마도 물속에서 녹아버린 모양이다. 크랭크와 바늘을 끼우는 가로대가 붙은 무척 현대적인 축음기를 그는 사관실에서 찾아냈다. 이미 그에게 은메달을 비롯해 몇 가지 선물을 안겨준 그 사관실은 배 중앙에 있어, 우리는 물론 호텐 존타크에게도 손이 닿지 않는 곳이었다. 우리는 함수까지만 들어갈 수 있었고, 물고기도 몸을 사릴 배의 방수문을 지나 기관실이나 그 옆에 붙어 있는 좁은 선실에 가볼 엄두는 내지 못했다.

작은 배 위에서 보낸 첫 여름방학이 거의 끝나갈 무렵, 말케는 축음기를 꺼내왔다. 소화기와 마찬가지로 독일제였다. 아마도 열두 번인가 잠수를 한 다음이었을 것이다. 축음기를 조금씩 이물 쪽으로 옮겨와 갑판의 해치 밑까지 가져왔고, 마지막에는 미니맥스 소화기를 끌어올린 그 밧줄을 써서 물 밖으로, 그러고는 우리가 있는 함교 위로 끌어올렸다.

우리는 떠내려온 목재와 코르크로 뗏목을 만들어, 녹슨 크랭크가 달린 그 축음기를 해안까지 운반할 수 있었다. 우리가 교대로 끌었다. 말케는 끝지 않았다.

일주일 후에 축음기는 수리하고 기름칠을 하고 금속 부품에 청동도금이 입혀진 다음 그의 방에 놓였다. 턴테이블 위에 새 펠트천도 깔았다. 그가 내 앞에서 태엽을 감아 그 짙은 초록색의 텅 빈 턴테이블을 돌렸다. 말케는 자작나무 가지에 올라앉은 흰 올빼미 옆에 나란히 팔짱을 끼고 서 있었다. 그의 쥐는 잠잠했다. 나는 시스티나 성모의 복제화를 등지고 서서 가볍게 회전축을 흔드는 텅 빈 턴테이블을 물끄러미 지켜보거나 다락방의 창문 너머로 붉은 기와들 저편의 그리스도 교회를 바라보았다. 둥근 양파 모양의 지붕 정면과 동쪽 면에 있는 시계 문자판이 보였다. 여섯시가 울리기 전에 소해정에서 꺼내온 축음기는 틸틸거리는 기계소리를 내며 멈췄다. 말케는 몇 번이나 축음기를 되감으며 내가 그의 새로운 의식에 지치지 않고 관심을 보이길 바랐다. 축음기가 단계별로 생성하는 다양한 잡음들, 그 공전空轉하는 미사에. 당시 말케는 레코드판을 갖고 있지 않았다.

책은 가운데가 움푹 내려앉은 긴 선반에 꽂혀 있었다. 종교 서적도 그렇고 그는 책을 많이 읽었으니까. 창턱의 선인장, 24형식 어뢰정* 모형과 통보함** 그릴*** 모형 외에도 세면대 옆 서랍장 위에 있던, 늘 엄지손가락 두께만큼 설탕이 녹아 있던 뿌연 물컵을 언급해야 할 것 같다. 아침이 되면 말케는 그 컵에 담긴, 전날 사용하고 가라앉은 찌꺼기에 물과 설탕, 신중함을 섞어서 날 때부터 가늘고 힘없는 머리칼을 고

---

* 제1차, 제2차세계대전 당시 사용된 해군 함정으로, 어뢰를 주된 공격 무기로 사용했다.
** 연락이나 정찰에 쓰인 작은 군함.
*** 제2차세계대전 당시 히틀러가 시찰하는 데 사용한 그릴 1호를 지칭한다.

정시킬, 우윳빛깔의 팅크*를 만들었다. 언젠가는 나한테도 해보라기에 나도 설탕물을 바르고 머리를 빗어보았다. 실제로 그 고정액을 발랐더니 머리가 저녁까지 유리처럼 딱딱했다. 머릿속은 가려웠고, 시험삼아 문질러보자 손은 말케의 손처럼 끈적끈적해졌다. 어쩌면 끈적였다는 것은 나중에 내가 상상한 건지도 모르며, 실제로는 전혀 끈적이지 않았을 수도 있다.

그의 방 아래에는 방이 세 개 있었는데 그중 두 개만 사용했고, 거기 그의 어머니와 어머니의 언니가 살고 있었다. 그가 집에 있을 때면 둘 다 조용히 지냈다. 늘 조심스러웠고 그를 자랑스럽게 여겼다. 말케는 우등생은 아닐지라도 성적은 좋은 학생이었으니까. 그의 성과를 조금 깎아내리는 말이겠지만, 그는 우리보다 한 살이 많았다. 몸이 약한, 그들의 표현을 빌리면 병치레가 잦은 아이여서, 어머니와 이모는 그를 초등학교에 일 년 늦게 입학시켰다고 했다.

그렇다고 그가 공붓벌레 타입은 아니었다. 적당히 노력했고, 누구나 자기 것을 베껴쓰라고 놔두었으며, 고자질하는 법도 없었고, 체육시간 외에는 특별히 열성을 보이지 않았지만, 8, 9학년생들이 흔히 해대는 추접한 짓거리에는 유독 혐오감을 나타냈다. 호텐 존타크가 슈테펜스 공원의 벤치 사이에서 콘돔을 주워 나뭇가지에 끼워와서 교실 문손잡이에 걸어놓자 그가 끼어들었다. 우리는 눈이 반쯤 먼 데다가, 원칙상 정년퇴직을 할 때가 지난 늙은 트로이게 선생을 골탕 먹일 작정이었다. 누군가가 복도에서부터 소리를 질렀다. "온다!" 그때 말케가 의자에서

---

* 동식물에서 얻은 물질을 알코올이나 에테르 등에 담가 녹이거나 우려낸 액체.

일어나 침착하게 걸어나오더니 버터 바른 빵을 쌌던 종이로 손잡이에서 콘돔을 벗겨냈다.

아무도 항의하지 않았다. 그가 우리에게 다시 보여준 것이다. 지금도 나는 말할 수 있다. 그는 공붓벌레 타입은 아니었고, 적당히 노력했고, 누구나 자기 것을 베껴쓰라고 놔두었으며, 고자질하는 법이 없었고, 체육시간 외에는 특별히 열성을 보이지 않았지만, 그런 불결한 장난에는 동참하지 않았기에, 또다시 매우 특별한 말케가 되었다. 그는 때로는 월등하게, 때로는 부자연스럽게 갈채를 받았다. 어쨌거나 그는 나중에 아레나로, 가능하다면 무대 위로 진출하기를 바라며 광대로서 연습했다. 흐물거리는 콘돔을 떼어내며 수런수런 동의를 얻어내고, 시큼한 체육관 공기 속에서 은제 마리아를 빙빙 돌려가며 철봉에 다리 걸고 넘기를 해 보일 때면, 거의 광대나 다름없었다. 그러나 말케가 가장 많은 갈채를 받는 것은 여름방학 기간, 침몰한 배 위에서였다. 그렇다고 우리가 그의 신들린 듯한 잠수를 볼만한 서커스 프로그램이라고 생각했던 건 아니다. 그가 우리에게 뭔가를 꺼내 보여주기 위해 이따금 파랗게 질려 몸을 떨며 배 위로 올라왔을 때 우리는 결코 웃지 않았다. 기껏해야 속마음과는 다른 찬사를 보냈을 뿐이다. "와우, 세상에, 끝내준다. 간도 크다. 넌 미친놈이야, 요아힘. 이건 또 어떻게 떼어왔나?"

그는 박수를 받으면 기뻐했고, 펄떡거리던 울대뼈는 차분해졌다. 마찬가지로 박수를 받으면 그는 어쩔 줄 몰라했고, 울대뼈는 새로운 자극을 받았다. 그는 대개 박수를 사양했는데 그래서 또다시 박수를 받았다. 으스대기 좋아하는 녀석은 아니었으니까. 너는 이렇게 말한 적은 없다. "너희도 따라 해봐"라든가 "누구든 날 흉내내봐"라든가 "너희 중 누구도 해낸 적이 없어. 그저께 내가 네 번 연속으로 물속에 들어가, 선체 중앙의 조리실에서 통조림을 꺼내온 일 같은 거 말이야. 분명히 프랑스제였지, 개구리 뒷다리가 들어 있었으니까. 약간 송아지고기 맛이 나더라. 하지만 너희는 겁을 냈어. 한번 맛을 보려고도 않고. 내가 통조림 깡통을 반이나 비울 때까지 말이야. 그러고 나서 두번째 캔을 가져왔지. 이번엔 깡통따개까지. 두번째 것은 썩었었잖아, 콘드비프였는데" 라든가.

아니, 말케는 결코 그렇게 얘기하지 않았다. 그는 뭔가 범상치 않은 일을 했다. 예를 들면 배의 조리실에서 영국제나 프랑스제임을 알 수 있는 라벨이 붙은 통조림들을 여러 개 꺼내왔다. 심지어 웬만큼 쓸 만한 깡통따개도 입수해 우리 눈앞에서 말없이 캔을 열어, 그 개구리 뒷다리라는 것을 씹으며 울대뼈가 턱걸이를 하도록 했다. 말하는 걸 깜빡했는데, 말케는 타고난 대식가였음에도 살이 찌지 않았다. 반쯤 비어 갈 때면 강요는 아니지만, 도전해보라는 듯 캔을 내밀었다. 우리는 말은 고맙다고 하면서도 사양했다. 빈터는 보는 것만으로도 이미 빈 회전포가로 기어올라 항구의 입구를 향해 오랫동안 헛구역질을 해야 했으니까.

물론 말케는 이 식사 시연으로 받은 갈채도 사양했다. 그리고 그가 먹는 동안 내내 가까이서 아우성치던 갈매기들에게 남은 개구리 뒷다리 통조림과 상한 콘드비프를 던져주었다. 마지막으로 그는 양철깡통을 볼링하듯 굴려, 갈매기들과 함께 갑판 너머로 날려보냈다. 그러고 나서는 깡통따개를 모래로 닦았다. 그것만이 말케에게는 보존할 가치가 있었다. 영국제 드라이버처럼, 이런저런 부적처럼. 그때부터 그리고 이후에도, 날마다 그런 건 아니었지만, 이따금 옛 폴란드 소해정의 조리실에서 통조림을 찾을 때면 배탈 한번 나지 않던 말케는 그 깡통따개도 끈에 끼워 목에 걸고 있었다. 다른 잡동사니들과 마찬가지로 셔츠 안에 매고 학교에 왔으며, 심지어는 마리아 성당의 새벽미사에까지 달고 왔다. 매번 말케가 제단 앞 난간에 무릎을 꿇고 머리를 뒤로 젖힌 다음, 혀를 내밀어 구제브스키 신부가 혀 위에 올려주는 성체를 받아먹을 때면, 신부 옆에 선 복사는 말케의 셔츠 안을 들여다보았다. 그때 너의 목에는 마리아와 기름 먹인 드라이버와 함께 깡통따개가 매달려 있었다. 그리고 너는 의도한 바 아니겠지만, 나는 너를 찬미했다. 아니, 말케는 악착같이 잘해내려고는 하지 않았다.

그가 수영을 배운 그해 가을에는 소년단에서 내쫓겨 히틀러 청소년단에 강제입단되기도 했다. 일요일 오전에 해야 하는 사역을 여러 번 태만히 하고, 조장이면서도 예슈켄탈 숲으로 자기 조를 인솔하는 걸 거부했기 때문이다. 이로 인해 그는 적어도 우리 반에서는 큰 찬사를 받았다. 그는 평소처럼 우리의 칭찬을 아무렇지 않게, 그러나 당황스러운 듯 받아들이더니, 히틀러 청소년단의 평회원으로서 해야 하는 일요일 오전 임무를 계속해서 태만히 했다. 다만 14세 이상의 모든 청소년이 참가하는 이 조직에서 그의 부재는 두드러지지 않았다. 히틀러 청소년단은 독일소년단보다는 운영이 느슨하고 허술한 단체라, 말케 같은 사람이 그리 주목받지 않았다. 무엇보다 그는 일반적인 의미에서 반항적이지 않았으며, 주중에는 향토저녁학습모임*에 규칙적으로 참석했고,

---

* 제국청년단 회원이 정치학습을 위해 의무적으로 참석해야 했던 모임.

점점 빈번해지는 폐품 수거나 겨울철 구제사업 같은 특별활동에도 활발히 동참했다. 모금함 덜컥거리는 소리가 그의 일요일 새벽미사를 방해하지 않는 한. 무엇보다 소년단에서 히틀러 청소년단으로 옮긴 일이 그리 특별한 사례도 아니었기에, 국가 차원의 소년단체 안에서 단원 말케를 주목할 이유가 없었다. 그러나 우리 학교에서는, 작은 배에서 처음 보낸 여름 이후로 부정적이지도 긍정적이지도 않은, 특별하고도 전설적인 평판이 따라붙었다.

아마도 너에게 우리 김나지움은 앞서 말한 저 소년단체들에 비해 세월이 흐를수록 더 큰 의미를 가지게 된 것 같다. 엄격하지만 소박한 전통과 알록달록한 교모*와 종종 회자되는 학교정신을 이어온 평범한 김나지움이 네가 키워갈 기대들을 충족시켜주리라 믿었기에.

"쟤 왜 저래?"

"자식, 머리가 돈 거 아닐까."

"쟤네 아버지 돌아가신 거랑 상관이 있을지도 몰라."

"목에 저 잡동사니들은 뭐야?"

"허구한 날 기도드리러 가는 건 또 어떻고."

"믿음이라곤 없는 것 같은데."

"그러기엔 너무 현실적인 녀석이지."

"거기다 또 그거 있잖아 왜?"

---

* 당시 김나지움 학생들은 각 학교마다 색이 정해져 있고 학년이나 학급별로 다른 색 표장(標章)을 꿰매 붙인 교모를 썼다. 히틀러 정권은 이를 구시대의 계급사회를 반영하는 악습으로 간주하여 폐지했다.

"네가 물어보지그래, 네가 그때 그 고양이를 개한테……"

우리는 머리를 굴려가며 추측해보았으나 너를 이해할 수는 없었다. 수영을 할 줄 알기 전에, 너는 아무것도 아니었다. 이따금 호명되면 대체로 정답을 말하며, 요아힘 말케라 불렸을 뿐. 그러고 보니 내 생각에 5학년 때인가 그 이후던가, 아무튼 네가 수영을 처음 배우기 전에, 한동안 우리는 옆에 앉았던 것 같다. 네가 내 뒷자리였거나, 내가 실링과 창가자리에 앉았을 때 같은 줄 중앙 분단에 앉았는지도 모른다. 6학년까지 너는 안경을 썼다던데 내 눈에는 띄지 않았다. 네가 언제나 목구두를 신는 것도 네가 수영을 하게 되고 나서, 신발끈을 목에 걸고 다니기 시작한 후에야 깨달았다. 그 무렵 큰 사건들이 세계를 뒤흔들었으나 말케의 시간은 자유롭게 수영하기 이전과 자유롭게 수영하게 된 이후로 나뉘었다. 도처에서, 한번에 일어난 게 아니라 차례로, 먼저 베스터플라테*에 이어 그다음에는 라디오에서, 이후로는 신문지상에서 전쟁이 시작됐을 때, 수영도 못하고 자전거도 탈 줄 모르는 김나지움 학생은 따분한 녀석에 불과했다. 나중에 그에게 첫 등용문이 되어줄 저 차이카급 소해정만이, 몇 주에 불과했다 하더라도 푸치히만과 헬라의 어항漁港에서 그 군사적 역할을 수행했을 뿐.

폴란드 함대는 크지 않았지만 결사적이었다. 우리는 대개 영국이나 프랑스에서 진수한 신형 전함들의 정보에 통달해 그 배들의 장비며 톤수, 최고속력 등을 줄줄 꿰었고, 이탈리아의 경순양함들은 물론 브라질

---

* 폴란드 그단스크(단치히)에 위치한 반도로, 1939년 이곳에서 폴란드군이 열 배가 넘는 독일군과 맞서 일주일을 버텨냈다. 폴란드군 저항의 상징이 된 지역이다.

의 구형 전함들과 모니터함*의 이름까지도 막힘없이 나열할 수 있었다.

나중에 말케는 이 방면에서도 모두를 앞서갔다. 1938년에 완성된 최신식 가스미 신형부터 1923년에 현대화된 더 느린 아사가오까지 일본의 구축함들 이름을 유창하게 외웠다. 후미즈키, 사쓰키, 유즈키, 호카제, 나다카제 그리고 오이테.

폴란드 전함의 이름을 읊는 건 순식간이었다. 그중에는 '브위스카비차'와 '그롬', 두 척의 구축함이 있었다. 무게 2천 톤, 속력 39노트인 이 배들은 그러나 개전 이틀 전에 변침해서 영국항으로 들어가 영국 함대에 편입되었다. '브위스카비차'는 현존한다. 그딩겐에서 물위에 떠 있는 전함박물관으로 바뀌어 학생들의 견학 장소가 되었다.

마찬가지로 영국으로 이동한, 무게 1천5백 톤, 속력 33노트의 구축함 '부자'가 있다. 다섯 척의 폴란드 잠수함 중에 영국항으로 들어갈 수 있었던 것은 '빌크'와 1천5백 톤의 '오젤'뿐이었다. 해도와 사령관 없이 위험천만한 항해를 마친 다음이었다. '리시' '즈비크' 그리고 '셈프'는 스웨덴에 억류당했다.

개전 당시 그딩겐과 푸치히, 하이스터네스트 그리고 헬라항**에는 연습함과 거주함으로 사용되던 프랑스의 노후한 순양함 한 척 외에 르아브르의 노르망디 조선소에서 건조되어 통상 3백여 개의 기뢰를 실을 수 있는, 중무장한 2천2백 톤의 기뢰부설함 '그리프'가 있었다. 구축함은 '비헤르'가 유일했고, 옛 독일제국해군 소속의 어뢰정 몇 척도 남아

---

* 비교적 작고 낮은 건현의 선체에 상대적으로 대구경인 주포를 포탑에 탑재한 군함. 감시선의 일종.

** 현재 폴란드 지명으로는 각각 그다니아, 푸츠크, 야스타르니아, 헬이다.

있었다. 속력 18노트, 75밀리미터 함수포 1문과 회전포탑, 기관총 4문, 공식 발표에 따르면 스무 개의 기뢰를 장착한 예의 그 차이카급 소해정 여섯 척은 기뢰의 부설과 제거를 맡았다.

그중 185톤의 소해정은 특별히 말케를 위해 건조된 것이다.

단치히만에서의 해전은 9월 1일부터 10월 2일까지 계속되었고 지극히 피상적인 관점에서 보자면 헬라반도가 함락된 후의 결과는 이러했다. 폴란드의 군함 '그리프' '비헤르' '발티크'를 비롯해 차이카급의 '메바' '야스콜카' '차플라' 세 척이 불타 항구에서 침몰했고, 독일의 '레베레히트 마스'는 포격으로 손상을 입었으며, 소해정 M85는 하이스터네스트 북동쪽에서 폴란드의 잠수함 기뢰에 격침당해, 병력의 3분의 1을 잃었다.

적이 약탈해간 것은 가벼운 손상을 입은 나머지 차이카급 배 세 척뿐이었다. '주라프'와 '차이카'는 곧바로 '옥스회프트'와 '베스터플라테'라는 이름으로 임무에 투입될 수 있었지만, 세번째 배인 '리비트바'는 헬라항에서 노이파르바서로 예항되던 도중에 물속으로 가라앉아 요아힘 말케를 기다렸다. 왜냐하면 이듬해 여름에 '리비트바'라고 새겨진 놋쇠를 끌어올린 것은 그였으니까. 나중에 들은 바로는, 독일군 감시하에 조타를 맡았던 폴란드 장교와 해군 하사관이 유명한 스캐파플로*를 본떠 그 배를 자침시켰다고 한다.

이유야 어찌됐든 그 배는 노이파르바서의 수로와 항구 부표 가까이에서 침몰했다. 그리고 운좋게 근처의 여러 사구 중 하나에 올라앉았는

---

* 영국 북단에 있는 군항. 1919년 6월 21일, 이곳에서 영국군에 억류되어 있던 독일 대양 함대가 집단으로 군함을 자침시킨 사건이 있었다.

는데도 인양되지 않았고, 전쟁이 이어지던 수년 동안 함교와 난간의 잔해들, 휘어진 배기구와 해체된 함수포의 포좌砲座 등과 더불어 처음에는 낯설게, 그리고는 차차 낯익은 모습으로 바다 위에서 너 요아힘 말케에게 하나의 목표를 부여했다. 1945년 2월에 그딩겐 항구 앞에서 침몰한 전함 '그나이제나우'*가 폴란드 학생들의 표적이 된 것처럼. 잠수를 해 '그나이제나우'의 속을 다 털어낸 폴란드 소년들 중에 말케처럼 신들린 듯 물속으로 내려간 자가 있었는지는 모를 일이지만.

---

* 1939년 '페로섬해전', 1940년 '나르비크해전', 노르웨이해전 등에 참가하여, 영국 항공모함과 구축함 등을 격침한 순양함. 1945년 2월 연합군 항공기의 폭격으로 침몰했다. 그딩겐으로 예인되던 중 가라앉았다가 1947년 재인양되었다.

III

그가 잘생긴 건 아니었다. 그는 울대뼈 성형을 했어야 했다. 모든 것이 그 후골 때문이었을 수도 있다.

그러나 그것에 걸맞은 것들이 있긴 했다. 모든 것을 비례로 증명할수는 없다 해도. 나는 그의 영혼에 대해 알지 못했다. 나는 결코 그의생각을 들을 수 없었다. 결국 그의 목과 거기 달려 있던 많은 평형추들이 남았을 뿐이다. 그가 학교나 해수욕장에 불룩한 빵봉지를 들고 다니며 수업중이나 수영을 시작하기 직전에 마가린 바른 빵을 먹어치운다는 것도 쥐에 대한 또하나의 암시에 불과하다. 왜냐면 쥐는 함께 빵을씹으면서도 포만감을 느끼지 못했으므로.

마리아 제단을 향한 기도는 또 어떤가. 십자가에 매달린 사내는 그의 관심을 그리 끌지 못했다. 그가 양손 끝을 모아쥘 때, 목의 상하운동이 사라지기는커녕 멈추는 일도 없었다. 그러나 기도를 할 때 느린 속도로 침을 삼키며 손 모양을 과장되게 꾸밈으로써, 셔츠 깃 위로 드러난, 구두끈과 짧은 목걸이와 거기 매달린 장식물들 위쪽에서 끊임없이 운행중이던 승강기로부터 시선을 돌리게 할 수는 있었다.

그밖에 여자애들과는 별로 엮이지 않았다. 그에게 누이가 있었다면? 내 사촌누이들도 별로 도움이 되지 않았다. 툴라 포크리프케*와의 관계는 그런 게 아니어서, 그가 광대가 되고 싶어했으니 말인데, 특이한 방식의 서커스 공연이라고 봐도 무방할 것이다. 새다리 말라깽이 툴라는 소년인 우리와 별 차이가 없었다. 여하튼 이 여리여리한 존재는 우리가 작은 배에서 두번째로 맞는 여름을 장작 패듯 잘게 쪼개고 있을 때 내키면 함께 수영을 했고, 우리가 수영팬티를 벗어던지고서 뭘 해야 할지 잘 모르거나 어렴풋이 아는 상태로 벌거벗고 녹 위에 앉아 뒹굴 때도 우리 앞에서 거리낌없이 굴었다.

툴라의 초상은 마침표와 쉼표, 선 하나로 완성할 수 있을 것이다. 사실 그녀의 발가락 사이에는 물갈퀴가 붙어 있었음이 분명하다. 그렇게 가볍게 그녀는 물에 떠 있었다. 작은 배에서 늘 미역과 갈매기와 쉰 녹내가 났음에도 불구하고 그녀에게서는 목공장木工場의 아교냄새가 났다. 그녀의 아버지가 숙부의 목공장에서 일했기 때문이다. 그녀는 피부와 뼈와 호기심으로 뭉쳐 있었다. 빈터나 에슈가 더이상 참지 못하고 고추를 주물러 하얀 그리스 은전**을 주조할 때면, 툴라는 조용히 턱을

<hr>

* 단치히 3부작의 마지막 작품인 『개들의 시절』의 중심인물. 『개들의 시절』을 비롯해 그라스의 초기작과 『게걸음으로』에서 물의 요정 혹은 인어처럼 묘사되는 인물이다.
** 그리스에서 사자의 입에 노잣돈으로 물려주던 은전 오볼로스. 저승과 죽음에 대한 암

받치고 쳐다보았다. 등뼈가 도드라지게 등을 말고 앉아서는, 끝내려면 언제나 한참 걸리는 빈터를 마주보며 중얼거리곤 했다. "저런, 오래도 걸리네."

그것이 드디어 나와 녹 위에 찰싹 소리를 내며 떨어지면, 그녀는 제대로 춤싹거리기 시작했다. 엎드린 채 눈을 쥐처럼 가늘게 뜨고 뭘 찾겠다는 건지 보고 또 보다가, 웅크리고 엎드렸다가 다시 일어나 그 위에서 무릎을 살짝 엇갈려 벌리고는 엄지발가락으로 쓱쓱 붉은 녹 색깔의 거품이 나도록 문질렀다. "와, 굉장하네! 이번엔 네가 해봐, 친구."

누구에게도 해로울 일 없던 이 장난질에 툴라는 싫증을 낼 줄 몰랐다. 그녀는 코맹맹이 소리로 애걸했다. "좀 해봐. 오늘 아직 안 한 사람 누구야? 이번엔 네 차례야."

늘 그녀에게 걸려드는 어리석고 마음 약한 녀석들이 있었다. 그럴 마음이 없는데도 그녀에게 볼거리를 제공하기 위해 노동을 마다않는 녀석들. 툴라가 적합하고 자극적인 말을 찾아낼 때까지 유일하게 동참하지 않은 사람은 월등한 수영선수이자 잠수부인 요아힘 말케였다. 그래서 이 올림픽을 묘사한 것이기도 하고. 고해성사를 위한 견본서에도 나와 있는데, 성경에서도 전례를 찾을 수 있는 이 작업***에 우리 모두 혼자서 혹은 여럿이 힘을 합쳐 종사하는 동안, 말케는 항상 수영팬티를 입은 채 진지하게 헬라반도 쪽을 바라보았다. 우리는 그가 집에서,

_____

시로 쓰였다.
*** 『창세기』 38장 9절. 오난이 정액을 땅에 뿌린 행위를 성경에서는 어리석고 악한 행위로 묘사했다.

그의 방 흰 올빼미와 시스티나 성모 사이에서 똑같은 운동을 하리라고 굳게 믿었다. 그때 마침 그가 물속에서 올라와 평소처럼 몸을 부들부들 떨었다. 보여줄 거리는 아무것도 꺼내오지 못했다. 실링이 이미 툴라를 위해 한차례 거사를 마친 후였다. 연안 모터보트 한 대가 자력으로 항구로 들어왔다. "다시 해봐, 응." 툴라가 졸랐다. 실링이 제일 많이 할 수 있었으므로. 정박지에는 큰 배가 한 척도 없었다. "수영하고 나서는 안 돼. 내일 다시 해." 실링이 달래자, 툴라는 발뒤꿈치를 홱 돌려 까치발로 선 채 말케를 마주보았다. 그가 언제나처럼 나침함 뒤의 그늘에서 이를 딱딱 부딪치며 막 쪼그려 앉으려는 찰나였다. 함수포를 탑재한 대양예선이 항구를 빠져나갔다.

"너도 할 수 있니? 좀 해봐. 넌 못하는 거야? 아님 하기 싫어? 너 이런 거 하면 혼나니?"

말케가 그늘에서 반쯤 빠져나와 손바닥과 손등으로 툴라의 조그맣고 오목조목한 뺨을 좌우로 돌려가며 때렸다. 목의 그것은 멋대로 뛰놀았다. 드라이버 역시 정신 나간 듯 움직였다. 툴라는 물론 눈물 한 방울 흘리지 않고 입을 다문 채 얼빠진 듯한 소리로 웃었다. 그의 앞에서 데굴데굴 구르다가 몸을 둥글게 말고는, 고무 같은 팔다리를 꼬아 손쉽게 만들어낸 가느다란 교각 사이로 머리를 집어넣고 말케 쪽을 쳐다보았다. 예인선은 서북방향으로 침로를 바꿨다. 이미 다시 그늘로 돌아가 있던 말케가 이렇게 말했다. "그러지, 뭐. 그걸로 네 주둥이를 다물게 할 수 있다면."

툴라는 곧바로 교각을 풀었고, 말케가 수영팬티를 무릎까지 내렸을 때 평소처럼 다리를 포개고 웅크려 앉았다. 아이들은 눈앞에 펼쳐진 광대놀음에 입이 벌어졌다. 그가 오른쪽 손목을 몇 번 까딱하자, 성기가 부풀어오르며 귀두가 나침함 그늘을 벗어나 햇빛 아래 드러났다. 우리 모두가 반원으로 둘러싼 후에야, 말케의 오뚝이는 다시 그늘 속에서 솟아올랐다.

"나 잠깐만 만져봐도 돼? 아주 잠깐만?" 툴라의 입이 벌어져 있었다. 말케는 고개를 끄덕이며 오른손을 가볍게 성기에서 떼긴 했으나 쥐고 있던 손을 가볍게 벌리기만 한 정도였다. 언제나 할퀸 자국이 있는 툴라의 두 손이 허둥지둥 그 물건에 닿자, 손가락 끝이 살펴보듯 닿은 것만으로도 둘레가 커지고, 정맥이 부풀어오르고, 색깔이 어두워졌다.

"크기를 재보자!" 위르겐 쿠프카가 외쳤다. 한 뼘, 그리고 또 한 뼘이 조금 못 되게 툴라가 왼손을 펴야 했다. 누군가 그리고 또다른 누군가가 속삭였다. "적어도 삼십 센티미터는 되겠다." 물론 과장이었다. 우리 중에 가죽끈이 제일 긴 실링이 자기 것을 끄집어내 일으켜세운 다음 그 옆에 나란히 서야 했다. 말케의 것은 첫째로 둘레가 훨씬 굵었고, 둘째로 성냥갑 하나만큼 더 길었으며, 셋째로 어른스럽고 위험하며 숭배할 가치도 있어 보였다.

그는 우리에게 다시 한번 보여주었고, 곧이어 또 보여주었다. 우리끼리 하는 말로, 두 번 연속 승리의 여신에게 홀딱 빠진 것이다.* 엉거주춤 무릎을 꿇은 자세로 말케는 나침함 뒤의 휘어진 난간 바로 앞에 서서 노이파르바서 항구의 부표 쪽을 물끄러미 바라보며 대양예선이 남기는 평평한 연기를 뒤쫓기라도 하는 듯했다. 출항하는 어뢰정 뫼베에

---

* 자위 행위를 의미하는 속어.

는 눈길조차 주지 않았다. 그리고 뱃전에 살짝 걸친 발가락부터 가르마의 분수령에 이르기까지, 옆모습을 보여주었다. 주목할 만한 점은 그의 성기의 길이가 평소에는 늘 두드러지는 울대뼈를 넘어서서 기이하긴 해도 균형잡힌 방식으로 그의 몸에 어울리는 조화로움을 부여했다는 것이다.

처음 차오른 것을 난간 너머로 분출하자마자 말케는 다시 처음부터 시작했다. 빈터가 방수가 되는 손목시계로 시간을 쟀다. 어뢰정이 방파제 끝에서 항구 부표에 다다를 정도의 시간이 말케에게도 필요했다. 어뢰정이 부표를 통과했을 때 그는 처음과 똑같은 양을 방출했다. 출렁임이 거의 없는 고요한 해면을 부유하는 그 분비물에 갈매기떼가 달려들며 더 달라고 울어댔기 때문에, 우리는 날카로운 소리로 웃어댔다.

요아힘 말케는 이런 장면을 반복할 필요도, 기록을 경신할 필요도 없었다. 우리 중 누구도, 여하튼 수영이나 잠수를 한 다음에는 그의 기록에 도달할 수 없었다. 우리가 무엇을 했든, 그건 스포츠였고 우리는 규칙을 존중했으므로.

아마도 그로부터 가장 강한 인상을 받았을 툴라 포크리프케는 한동안 그를 뒤쫓아다녔고, 작은 배 위의 나침함 근처에 웅크리고 앉아 말케의 수영복 팬티를 물끄러미 바라보았다. 그녀가 몇 차례 조르자 그는 거절했지만, 화를 내지는 않았다.

"그 일을 고해해야 했어?"

말케는 고개를 끄덕이며 그녀의 시선을 돌리기 위해 신발끈에 묶인 드라이버를 만지작거렸다.

"나도 한번 데리고 내려가줄 수 있어? 혼자는 무섭단 말이야. 바닷속에는 아직 시체가 있을 거야, 분명히."

내막이야 알 수 없으나 아마도 가르쳐주겠다는 이유로 말케는 툴라를 함수로 데리고 내려갔다. 그는 그녀와 함께 유난히 오래 잠수했다. 물 밖으로 올라왔을 때 그녀는 샛노랗게 질려 그에게 안겨 있었고, 우리는 가볍고 볼록한 곳 없는 납작한 몸을 거꾸로 세워 흔들어야만 했다.

그날 이후 툴라 포크리프케는 우리와 그저 몇 번쯤 더 어울렸을 뿐이고, 그 나이대 다른 여자애들보다야 나았지만, 배 안에 죽은 선원이 있다는 얘기*를 지겹도록 떠들어대서 우리를 점점 더 귀찮게 했다. 하지만 그녀에게는 중대한 문제였다. "나한테 시체를 꺼내다주는 사람은 한번 하게 해줄게." 툴라는 보상을 약속했다.

우리 모두 함수 아래서, 그리고 말케는 기관실에서 서로 모르는 체하며 반쯤 부패한 폴란드 선원을 찾고 있었는지도 모르겠다. 여물지 않은 툴라의 거기에 꽂기 위해서가 아니라 그냥, 정말로 그냥.

그러나 말케조차도 해초가 엉겨붙은 해진 옷가지 말고는 아무것도 찾지 못했다. 옷 속에서 가시고기가 빠져나오자 갈매기들이 낌새를 채고 달려들 뿐이었다.

나중에 툴라와 그가 그렇고 그렇다는 소문이 돌기는 했으나, 아니, 말케는 툴라에게 큰 관심이 없었다. 그는 여자애들에게 관심이 없었다. 실링의 누이도 마찬가지였다. 베를린에서 온 내 사촌누이들도 물고

---

* 당시 영국 시인 새뮤얼 테일러 콜리지의 서사시 「늙은 선원의 노래」가 번역되어 널리 읽혔다. 이 시에는 죽은 선원들의 시체가 등장한다.

기 눈으로 쳐다보았다. 그의 경우에, 관심을 가졌다고 하면 그건 아마도 소년들이었을 것이다. 그렇다고 말케가 동성애자였다고 말하려는 것은 아니다. 해수욕장과 해저에 가라앉은 작은 배 사이를 규칙적으로 오가던 그 시절, 우리가 남자애인지 여자애인지를 우리 모두 정확히 알 수 없었다. 사실, 훗날의 소문과 확실한 증거들은 그 반대라고 얘기하는 듯도 했지만, 말케에게 여자라면 가톨릭의 동정녀 마리아뿐이었다. 오로지 그녀를 위해 그는 그 모든 것, 그가 목에 걸고 다니며 내보인 것들을 마리아 성당으로 끌고 다녔다. 잠수부터 훗날의 좀더 군사적인 성과까지 그 모든 것은 그녀를 위해서 한 일이었거나 어쩌면, 내 말과 모순될지는 모르겠으나 그의 울대뼈에서 시선을 돌리기 위해 한 일이었으리라. 마지막으로 동정녀 마리아와 쥐를 부정할 필요도 없이, 제3의 동기를 언급할 수 있겠다. 우리의 김나지움, 그 곰팡내 나고 바람이 잘 통하지 않던 갑갑한 교실, 특히나 대강당은 요아힘 말케에게 의미가 컸다. 이것들이 훗날 너에게 최후의 노력을 강요했던 것이다.

이제 말케의 얼굴이 어떻게 생겼는지 말해야 할 때다. 우리 중 몇몇은 전쟁을 겪고 살아남아 크고 작은 소도시에 살고 있으며, 몸이 붙고, 머리가 벗어지고, 돈도 웬만큼 번다. 실링과는 두이스부르크에서, 그리고 위르겐 쿠프카와는 그가 캐나다로 이민을 가기 직전에 브라운슈바이크에서 만나 얘기했다. 둘 다 곧바로 울대뼈 얘기를 꺼냈다. "참, 그 친구 목에 뭔가 있었지. 왜 언젠가 고양이 그거 했잖아, 그게 자네 아니었나, 고양이를 그 친구 목에……" 그래서 나는 말을 끊어야 했다. "그 얘기 말고, 얼굴 생김새 말이야."

우리는 대략 이렇게 합의했다. 그의 눈동자는 회색 아니면 청회색이었다. 색은 밝았지만 광채가 없었고, 갈색은 절대 아니었다. 얼굴형은 길고 여윈 편으로, 광대뼈 주변에는 근육이 도드라졌다. 코는 눈에 띌 만큼 크지는 않았지만 두툼했고, 추운 날씨에는 빨리 붉어졌다. 뒤통수가 튀어나왔다는 얘기는 이미 했다. 말케의 윗입술에 대해서는 좀처럼 의견이 모이지 않았다. 위르겐 쿠프카는 나와 생각이 같았다. 위로 말려올라간 윗입술은 멧돼지의 이빨처럼 비스듬한 윗니 두 개를 다 덮지 못했다. 물론 잠수할 때는 예외였다. 벌써 의구심이 들기 시작했다. 생각해보니, 조그만 포크리프케의 입술도 위로 말려 늘 앞니가 보였던 것이다. 결국 우리는 윗입술에서는 말케와 툴라를 혼동했는지도 모르겠다고 생각했다. 실제로 그런 입술을 가진 건 그녀뿐이었을지도 모른다. 그녀의 경우에는 확실했으니까.

실링의 아내가 갑작스러운 방문을 달가워하지 않았기 때문에, 그와는 두이스부르크 기차역 구내식당에서 만났다. 그는 며칠 동안 우리 반을 떠들썩하게 만들었던 그 캐리커처에 대한 기억을 일깨워주었다. 1941년이던가, 우리 반에 발트해 연안에서 가족과 함께 이주해온 녀석이 있었다.[*] 키가 크고, 조금 서툴긴 해도 독일어를 막힘없이 구사했다. 명문가 출신으로 늘 기품이 있었고 그리스어를 할 줄 알았는데, 말도 많았다. 아버지는 남작이었고, 겨울에는 모피 모자를 쓰고 다녔다. 성이 뭐였더라, 여하튼 이름은 카렐이었다. 그는 데생 실력이 뛰어났는데, 모델이 있든 없든 그랬다. 늑대에게 둘러싸인 말 썰매며 술 취한 카

---

[*] 1940년 6월, 소련은 발트 3국과 루마니아 일부 지역을 점령했다.

자크 기병, 〈슈튀르머〉*지에 실릴 법한 유대인, 사자에 올라탄 벌거숭이 소녀, 도자기처럼 매끈하고 늘씬한 다리를 가진 나체 소녀 그림들이 많았는데 결코 불결하지는 않았다. 어린아이들을 이빨로 물어뜯는 볼셰비키 당원들이나, 카를 대제의 옷을 입은 히틀러, 긴 머플러를 날리며 운전대를 잡은 숙녀들이 탄 경주용 자동차들도 그렸다. 특히 솜씨를 발휘했던 건 교사들이나 동급생들을 붓이나 펜, 빨간 철자토鐵赭土 연필로 아무 종이에나 그릴 때라든가 칠판에 분필로 그릴 때였다. 여하튼 그는 말케를, 빨간 철자토 연필로 종이에 그린 게 아니라, 끽끽 소리 나는 분필로 교실 칠판에 그렸다.

그는 정면에서 본 말케를 그렸다. 말케가 이미 그 겉멋 든, 설탕물로 고정시킨 앞가르마를 타고 다닐 때였다. 얼굴은 뾰족한 삼각턱이고, 입은 기분 나쁜 듯 꾹 다물고 있었다. 멧돼지 같은 인상을 주는 앞니는 조금도 보이지 않았다. 눈은 고통스레 치켜뜬 눈썹 밑에 찌를 듯한 점 두 개였고, 반쯤 옆을 돌아보는 목에는 울대뼈의 화신이 달라붙어 있었다. 그리고 찡그린 표정을 지은 머리 위로는 둥근 후광이 비쳤다. 구세주 말케는 완벽했고, 반응은 폭발적이었다.

우리가 각자의 자리에서 환호성을 지를 때, 누군가가 잘생긴 카렐 아무개의 멱살을 쥐었다. 처음에는 맨주먹이었고, 다음으로 목에서 떼어낸 강철 드라이버로 교탁 옆에서 두들겨패려고 할 때서야 우리는 정신을 차리고 둘을 떼어놓았다.

구세주로서의 네 초상화를 스펀지로 칠판에서 지운 것은, 나였다.

---

* 1923년부터 지속적으로 유대인을 향한 잔학행위를 선동하고 유대인의 '인종적 특징'에 대해 근거 없는 주장을 게재하며 조롱한 대표적인 반유대계 신문.

IV

비꼬는 것이기도 아니기도 하다. 너는 광대까지는 아닐지라도 유행을 선도하는 사람쯤은 되지 않았을까. 왜냐하면 작은 배에서 여름을 두 번 보낸 후 찾아온 겨울*에 소위 털술을 유행시킨 것은 말케였으니까. 단색도 있었고 여러 색이 섞인 것도 있었는데, 어느 것이든 탁구공만한 털실 두 개가 뜨개 끈에 달려 있어, 넥타이처럼 셔츠 깃 밑으로 둘러맨 다음 앞에서 묶게 되어 있었다. 나비넥타이를 매듯이 방울이 서로 대각선으로 교차됐다. 내가 확인한 바로는 전쟁이 시작된 후 세번째 겨울부터, 이 조그만 공 혹은 우리가 털술이라 부르던 것이 거의 독일 전역, 특히 김나지움 학생들 사이에서 퍼졌으며, 독일 북부와 동부지역에

---

* 1941년 말에서 1942년 초.

50

서 가장 많이 달고 다녔다. 우리 사이에서는 말케가 처음 소개했다. 그가 발명한 것일 수도 있었다. 어쩌면 그가 그 물건의 발명자가 아니었을까. 그는 털술 여러 쌍을 가지고 있었는데, 이모에게 남은 털실과 여러 번 빨아 가늘어지고 보풀이 일어난 털실, 돌아가신 아버지가 수차례 기워 신었던 양말들을 풀어 생긴 털실로 만들어달라고 부탁했다는 것이다. 그리고 그것을 목에 매고 눈에 띄는 차림으로 학교에 왔다.

열흘 후에 그 공은 포목점에 나타났다. 아직은 수줍은 듯 계산대 옆의 마분지상자에 어색하게 놓여 있었지만 머지않아 진열장에 예쁘게 진열되었고, 중요한 점은 배급표 없이도 살 수 있었다는 것이다. 그리고 계속 통제 없이, 랑푸르에서 시작해 동부와 북부를 지나며 승리의 행진을 이어갔다. 증인도 여러 명 있어, 심지어 라이프치히와 피르나에서도 달고 다녔으며 산발적으로 퍼져, 말케가 털술을 던져버린 몇 달 후에는, 라인란트와 팔츠에까지 갔다고 한다. 나는 말케가 그의 발명품을 다시 목에서 떼어낸 날을 정확히 알고 있는데, 나중에 그에 대해 얘기하도록 하겠다.

우리는 그 털술을 오래 달고 다녔는데, 우리의 클로제 교장선생님이 털술을 달고 다니는 것은 계집애 같아 독일 청소년에게는 어울리지 않는다며 건물 안은 물론 학교 안뜰에서도 금지한 데 대한 반항이기도 했다. 클로제 교장이 모든 학급에 회람으로 돌려 읽게 한 규정은 그의 수업시간 외에는 무용지물이었다. 정년퇴직을 했다가 전쟁이 일어난 후 다시 교단에 서게 된 파파 브루니스가 털술과 관련해 다시 떠오른다. 그는 항상 다양한 색깔의 털술들을 재밌어했으며 말케가 더이상 술을 달고 다니지 않을 무렵, 자신의 와이셔츠 깃 앞에 술을 한두 번 묶고 오기까지 했다. 그러고서는 아이헨도르프*의 어두운 박공지붕 높은 창……**이던가, 여하튼 그가 가장 좋아하는 시인인 아이헨도르프를 읽어주었다. 오스발트 브루니스는 군것질을 좋아하고 단것이라면 사족을 못 썼는데 나중에는 학생들 몫인 비타민정을 착복했다는 혐의로, 그러나 아마도 정치적인 이유에서 학교 건물 안에서 체포되었다. 브루니스는 프리메이슨*** 단원이었다. 학생들은 심문을 받았다. 내가 그에게 불리한 증언을 하지 않았기를 바란다. 발레 레슨을 받던, 인형처럼 생긴 그의 양녀****가 검은 상복을 입고 거리를 돌아다녔다. 그들은 그를 슈투트호프 수용소*****로 데려갔다. 그는 거기 남았다. 이것은 본론에서 벗어난 이야기로, 다른 기회에 내가 아닌 다른 누군가의 손으로, 말케와는 상관없이 씌어야 하는 어두운 이야기이다.

다시 털숱로 돌아가자. 당연히 말케가 그것을 발명했다. 그의 울대뼈에 뭔가 좋은 일을 해주기 위해. 털숱은 한동안 천방지축 뛰노는 그것을 안정시킬 수 있었다. 그러나 털숱이 어디서나, 심지어 신입생들 사이에서까지 유행하게 되자, 그 발명자의 목에서조차 눈길을 끌지 못했다. 그렇게 나는 요아힘 말케가, 잠수도 할 수 없고 털숱도 소용없어진 탓에 그에게는 혹독했을 1941년과 1942년 사이의 겨울 동안, 언제나

---

* 독일 시인 요제프 폰 아이헨도르프.
** 아이헨도르프의 시 「단치히에서」의 한 구절.
*** 프리메이슨의 가르침과 의식이 유대교의 카발라와 관련이 있으며 모임 역시 엘리트 집단의 성격을 띤다는 이유로, 나치 독일은 프리메이슨을 탄압했다.
**** 『개들의 시절』과 『게걸음으로』에 등장하는 예니 브루니스.
***** 단치히와 엘빙 사이에 위치했던 수용소. 정치범 수용소였으나 곧 가스학살이 자행되면서 죽음의 수용소 중 한 곳이 되었다.

불멸의 고독 속에서, 오스터가를 따라 내려와 마리아 성당 쪽으로 베렌길을 올라오는 모습을 본다. 검은색 목구두를 신고 재가 뿌려진 눈 위로 뽀드득 소리를 내면서 걷고 있고 모자는 쓰지 않았다. 빨갛고 투명하게 타오르는 쫑긋 선 귀. 설탕물과 추위에 언, 정수리부터 가르마를 탄 머리. 괴로운 듯 치켜뜬 눈썹. 실제 마주한 것보다 더 많은 것을 보는, 두려움이 깃들고 물기어린 눈. 올려세운 외투깃. 외투도 돌아가신 아버지의 유품이었다. 뾰족하다못해 빈약한 턱밑에 바짝 겹쳐 맨 회색 털목도리는 멀리서도 뚜렷이 눈에 띄는 커다란 안전핀으로 흘러내리지 않게 고정시켰다. 스무 걸음마다 오른손이 외투 주머니에서 나와 목도리가 목 위로 잘 나와 있는지 확인한다. 익살꾼들, 광대 그로크*나 극장에서 본 채플린도 비슷한 커다란 안전핀을 하고 있었다. 그리고 말케는 연습한다. 남자들, 여자들, 제복을 입고 휴가를 나온 군인들, 아이들이 혼자서 혹은 여럿이 함께 눈 위를 걸으며 그를 향해 가까이 다가온다. 말케를 포함해 모두의 입에서 나온 하얀 입김이 어깨 너머로 사라진다. 그리고 그를 향해 마주오는 모든 눈이 이상한, 매우 이상한, 끔찍하게 이상한 안전핀에 쏠렸다. 말케 본인은 그렇게 생각했을 것이다.

혹한이 닥쳐온 바로 그해, 나는 크리스마스 방학을 맞아 베를린에서 온 사촌누이 둘을 데리고, 짝이 맞도록 실링도 얹어, 언 바다를 지나 얼음에 갇힌 소해정으로 갔다. 우리는 약간 으스대고도 싶었고, 베를린에서 곱게만 자란 곱슬곱슬한 금발의 도회지 소녀들에게 뭔가 특별한 것

---

* 스위스 출신의 유명한 광대.

을, 우리의 작은 배를 보여주고도 싶었다. 그밖에 모르긴 몰라도 전차 안이나 해변에서 하기엔 주저되는 뭔가를 할 수 있을지 모른다는 희망도 가졌다.

말케가 그날 오후를 망쳤다. 쇄빙선이 항구 입구로 이어지는 근처 수로를 여러 번 파헤쳐야 했으므로 얼음덩어리가 작은 배까지 밀려와 서로 밀어대며 층층이 쌓여 함교의 일부를 가리는 벽이 되었고, 벌어진 틈 사이로 바람이 불면 쩍 소리를 냈다. 우리가 말케를 본 것은 어른 키 높이 정도의 얼음벽 위에 서서 소녀들을 끌어올릴 때쯤이었다. 함교, 나침함, 함교 뒤의 배기구, 그 외 아직 남아 있던 것들은 파르스름하게 빛나는 한덩어리 사탕이 되었으며, 추위에 언 태양이 그것을 부질없이 핥고 있었다. 갈매기는 없었다. 그 새들은 더 멀리, 정박지에 꽁꽁 얼어붙은 화물선의 잔해 위를 날고 있었다.

물론 말케는 외투 깃을 세우고 있었다. 목도리를 턱밑까지 동여매고, 앞에 안전핀을 꽂고 있었다. 앞가르마를 탄 머리 위에는 아무것도 없었다. 하지만 청소부나 맥주배달부가 쓰는 것 같은 귀마개를 하고 있었다. 얇은 금속테가 대들보처럼 그의 정수리 위를 지나가는, 둥글고 까만 귀마개는 평소에는 쫑긋 선 말케의 양쪽 귀를 눌렀다.

그는 우리를 알아채지 못했다. 함수를 덮은 얼음장 위에서 뭘 하는지 몸이 후끈 달아오르도록 열중해 있었다. 그는 작은 손도끼로 근처의 얼음을 깨려 했다. 아마도 그곳, 여러 겹의 얼음층 밑에 뱃머리로 이어지는 해치가 있을 것이다. 그는 경쾌한 도끼질로 맨홀 뚜껑만한 동그라미를 만들고 있었다. 실링과 나는 얼음벽에서 뛰어내려 소녀들이 내려오는 걸 도왔고, 그와 인사시켰다. 그는 맨손이라 장갑을 벗을 필요가 없었다. 손도끼를 왼손에 바꿔쥐고, 얼얼하게 뜨거운 오른손을 내밀었다가, 우리가 손을 내밀자 곧바로 다시 도끼를 쥐고 도랑을 팠다. 서 있는 두 소녀의 입이 살짝 벌어졌다. 작은 이가 차가워졌다. 입김이 서리가 되어 두건에 달라붙었다. 그녀들은 눈을 반짝이며 쇠와 얼음이 맞물리는 것을 바라보았다. 소녀들의 관심 밖으로 밀려난 우리는, 그에게 분노를 느끼면서도 그의 잠수 전력과 지난여름에 대해 떠들기 시작했다. "작은 표지판을 주워왔어, 그리고 소화기랑 통조림도 가져왔는데 말이야, 깡통따개로 바로 따보니까, 그 안에 사람 고기가 들어 있는 거야, 축음기를 끌어올렸을 때, 뭐가 기어나오고, 한번은……"

소녀들은 이야기를 다 이해하지는 못했고, 말케에게 존칭을 쓰며 어리석기 그지없는 질문을 던졌다. 그는 한눈팔지 않고서 도끼질을 했고, 우리가 큰 소리로 그의 잠수부로서의 무용담을 빙판 위에 펼치자 귀마개를 한 머리를 저었다. 그러나 놓고 있는 한 손으로 목도리와 안전핀을 더듬는 것은 잊지 않았다. 할 얘기도 떨어지고 추위로 몸이 얼어갈 즈음 그가 엉거주춤 일어나, 도끼를 스무 번 휘두른 다음 잠깐씩 쉬는 사이에 겸손한 말투와 객관적인 보고로 그 시간을 채웠다. 단호하면서도 쑥스러운 듯 소소한 잠수 시도들을 언급했을 뿐, 대담한 모험들에 대해서는 입을 다물었다. 침몰한 소해정의 축축한 내부에서 일어난 모험들보다는 지금 하고 있는 일에 대해 말하며 얼음 표면에 점점 더 깊은 도랑을 파내려갔다. 사촌누이들이 말케에게 반한 것은 아니었다. 그러기에는 그의 단어 선택은 지루했고 위트가 없었다. 거기다 그애들이 할아버지처럼 시커먼 귀마개를 한 녀석과 어울리지는 않았을 것이다. 그럼에도 우리는 여전히 그녀들의 관심 밖이었다. 그는 우리를 어리고 추위에 떨고 있는, 찌질한 코흘리개 들러리들로 만들었다. 소녀들은 돌아가는 길에도 나와 실링을 내려다보듯 바라봤다.

말케는 남아서 구멍을 마저 뚫고 바로 아래 해치가 있다는 사실을 스스로에게 증명하고 싶어했다. "내가 마저 뚫을 때까지 기다려줘"라고 말하지는 않았지만, 이미 얼음벽 위에 서 있던 우리의 출발을 오 분 남짓 지연시켰다. 우리를 향해서라기보다 정박지에 얼어붙은 화물선을 향해서, 여전히 허리를 굽힌 채 뭔가를 중얼거렸다.

그는 우리에게 도와달라고 부탁했다. 아니면 그것은 정중한 명령이었던가? 여하튼 우리한테 쐐기 모양으로 파놓은 도랑에 오줌을 눠달라는 얘기였다. 따뜻한 소변으로 얼음을 녹일 수 있게, 적어도 녹녹하게 만들 수 있도록. 실링이나 내가 "그건 안 돼!"라든가 "오는 길에 이미 눴는데" 같은 말을 하기도 전에 사촌누이들이 환호성을 치며 가세했다. "네, 좋아요! 하지만 너희 고개를 돌리고 있어야 돼. 말케 씨도요."

말케가 그 둘에게 어디에 쪼그려 앉아야 하는지 보여주고 나서 얼음벽 위로 기어올라와 우리와 함께 해변 쪽으로 몸을 돌렸다. 그는 오줌 줄기가 항상 같은 곳을 맞혀야지, 안 그러면 전혀 도움이 되지 않는다고 말했다. 등뒤에서 키득거리는 웃음소리와 소곤거림을 누르면서 오줌 누는 소리가 이중창으로 울려퍼지는 동안, 우리는 브뢰젠과 꽁꽁 언 잔교 위로 개미떼처럼 몰려드는 인파를 물끄러미 바라보았다. 해안 산책길의 포플러나무 열일곱 그루는 설탕을 입혀놓은 듯했다. 브뢰젠의 수풀에서 오벨리스크처럼 머리를 내밀고 있는 전쟁기념비 꼭대기에서 금색 공이 들떠서 우리에게 섬광을 쏘아보냈다. 어디를 봐도 일요일이었다.

소녀들이 스키바지를 추켜올리며 다시 얼음벽 위에 올라서고, 우리가 까치발로 도랑 주위에 둘러설 때까지도 둥근 원에서 여전히 김이 올라왔다. 특히 말케가 미리 도끼로 십자표시를 해둔 두 지점에서. 옅은 노란색 액채가 아직 도랑에 남아 찌그럭 소리를 내며 퍼졌다. 푹 패인 도랑의 가장자리는 황록색으로 물들어갔다. 얼음은 우는소리로 노래했다. 톡 쏘는 냄새는, 다른 냄새도 안 나고 그 냄새를 덮을 만한 것도 없었기에 오래 남았고, 말케가 손도끼로 축축해진 곳을 따라 파헤치자 점점 강렬해졌다. 도랑에서 질척한 얼음이 양동이 하나를 채울 만큼 나왔다. 특히 그는 표시해둔 두 지점에 구멍을 깊이 뚫고 들어가는 데 성공했다.

파헤쳐 녹녹해진 얼음이 옆에 쌓이기 무섭게 단단히 얼어가자, 그는 두 곳에 새롭게 표시를 했다. 소녀들은 고개를 돌려야 했고, 우리는 단추를 풀고 말케를 도왔다. 얼음장을 몇 센티미터 더 녹여 새로운 구멍을 두 개 뚫었지만 마찬가지로 충분하지 않았다. 그는 오줌을 누지 않았다. 우리 역시 그렇게 요구하지 않았을 뿐 아니라, 오히려 소녀들이 그를 부추길까 겁났다.

우리 일이 끝나자마자, 내 사촌누이들이 입을 열기도 전에 말케가 우리를 쫓아냈다. 다시 얼음벽 위에 서서 뒤돌아보니, 그는 안전핀까지 통째로, 목도리를 목은 물론 턱과 코까지 덮을 만큼 끌어올렸다. 흰색 바탕에 빨간 점이 박힌 털방울 혹은 털술이 목도리와 외투 깃 사이에서 상쾌한 바람에 날렸다. 그는 어느새 우리와 소녀들이 속살거려놓은 자리를 다시 파고 있었다. 햇살이 휘저어놓은 세탁장 증기의 가벼운 베일 뒤에서 등을 구부린 채.

브뢰젠 해안으로 돌아오는 길에는 그의 얘기뿐이었다. 사촌누이들은 교대로 혹은 동시에 질문을 던졌으나 다 대답할 수는 없었다. 동생 쪽이 말케 씨는 목도리를 왜 그렇게 턱밑까지 바짝 치켜올려 무슨 붕대처럼 묶고 있냐고 물었을 때, 언니도 역시 목도리에 대해 물으려 하자, 실링은 작은 기회를 놓칠세라 그것이 마치 갑상샘종이라도 되는 양 말케의 울대뼈에 대해 늘어놓았다. 그러면서 그는 과장되게 삼키는 동작을 해 보이고, 말케가 씹는 모습을 흉내냈다. 스키모자를 벗고 손가락으로 대충 비슷하게 앞가르마를 타자 드디어 소녀들이 웃음을 터뜨렸다. 요아힘 말케가 약간 이상하고 머리가 좀 돈 게 아니냐며.

그러나, 나도 힘을 보태 네가 성모마리아를 대하는 태도를 흉내내봤건만, 너를 팔아 얻어낸 작은 승리에도 불구하고 내 사촌누이들은 일주일 뒤에 다시 베를린으로 돌아갔다. 극장에서 누구나 그러듯 가볍게 입을 맞춰본 것 말고는, 그 어떤 근사한 일도 해보지 못했다.

여기서 숨겨서는 안 될 게 있다. 내가 다음날 상당히 이른 시각에 전차를 타고 브뢰젠으로 갔던 일이다. 해변의 짙은 안개를 뚫고 얼음 위를 달려가다 작은 배를 그냥 지나칠 뻔했다. 얼음구멍은 이제 정말로 함수까지 연결되어 있었다. 밤새 다시 생긴 얼음층을 나는 구두 뒤꿈치와 미리 가져온 아버지의 지팡이로 눌러 깼다. 그리고 끝에 쇠가 달린 지팡이로 얼음층 사이로 어둡게 빛나는 잿빛 구멍을 헤집어보았다. 지팡이가 거의 손잡이만 남고 물밑으로 사라져 장갑까지 축축하게 젖어왔을 때 지팡이 끝이 상갑판에 닿았다, 아니, 상갑판이 아니었다. 처음에는 바닥이 없는 곳이었다. 지팡이를 옆으로 움직여 얼음구멍 가장자리로 옮겨가서야, 끝이 바닥에 부딪혔다. 나는 쇠와 쇠가 맞닿도록 지팡이를 끌었다. 그것은 뚜껑 없이 열려 있어 정확히 함수로 이어지는 해치였다. 접시 두 개를 포개어놓으면 하나가 다른 하나 아래 놓이듯, 해치는 얼음구멍 아래 있었다. 거짓말이다, 그처럼 정확하지는 않았다. 그렇게 정확할 수는 없다. 해치가 조금 크거나 아니면 얼음구멍이 조금 더 컸다. 그러나 거의 바로 아래에 해치가 열려 있었다. 나는 요아힘 말케에게 크림사탕처럼 달콤한 자랑스러움을 느꼈다. 그리고 너에게 기꺼이 내 손목시계를 선물하고 싶어졌다.

십 분 가까이 나는 거기 머물렀고, 구멍 옆에 놓인, 두께가 사십여 센티미터쯤 되는 둥근 얼음장 위에 앉아 있었다. 얼음덩어리 밑으로 3분의 2쯤 되는 곳을 전날의 그 옅은 노란색 소변자국이 둘러싸고 있었다. 우리가 그에게 도움이 됐다. 그러나 말케는 혼자서도 얼음구멍을 뚫었을 것이다. 그는 구경꾼 없이도 해낼 수 있었을까? 그가 스스로에게만 보인 것도 있었을까? 만일 내가 와서 너에게 감탄하지 않았더라면 갈매기조차 네가 파놓은 해치 위의 얼음구멍에 감탄하지 않았을 텐데.

그에게는 항상 관객이 있었다. 내가 지금 하는 말을 사실 성당은 시인해야 할 것이다. 그에게는 항상, 꽁꽁 언 작은 배 위에서 홀로 동그란 구멍을 파고 있을 때도 앞이나 뒤에서 지켜보면서 그의 손도끼를 바라보며 감동했을 성모마리아가 있었을 거라고 말한다면 말이다. 하지만 성당이 성모마리아를 말케의 작은 예술품을 끊임없이 지켜보는 여인으로 용납하지 않더라도, 그녀는 그를 주의깊게 보고 있었다. 나도 아니까 하는 말이다. 처음에는 성심 성당의 빙케 신부, 그리고 나서는 마리아 성당의 구제브스키 신부를 도와 성당의 복사 일을 했었으니까. 나이들어 제단 앞의 마술에 대한 믿음을 잃은 지 오래였음에도 나는 계속 미사를 도왔다. 제단 앞에서 주고받는 것들이 재밌었다. 발을 질질 끌며 걷지도 않고 나름대로 노력도 했다. 그때나 지금이나 확신할 수 없다. 감실 앞뒤나 그 안에 정말 무엇이 있었는지…… 아무튼 구제브스키 신부는 내가 양옆에 서는 복사 중 한 명으로 그의 일을 도와주면 언제나 기뻐했다. 성체성사 중에 다른 사내아이들이 그러듯 담배 카드*를 교환한다든가, 장난삼아 종을 오래 울리거나, 미사용 포도주로 거래하는 짓을 한 번도 하지 않았기 때문이다. 미사 복사들이란 제일 못된 아이들이었으니까. 성찬대 앞에 소년들의 잡동사니를 늘어놓고, 동전이나 사용한 볼베어링을 걸고 내기를 할 뿐 아니라, 미사 전 기도를 올릴 때부터 시작해, 미사 중간이나 라틴어 구절이 이어지는 동안에 아직 떠 있거나 이미 침몰한 전함들의 시시콜콜한 기술적 특징들에 대해 질문을 주고받았다. "인트로이보 아드 알타레 데이, 순양함 '에리트레아'가 진수된 것은 몇 년? 1936년. 특징은? 아드 데움, 퀴 라이티피카트 유벤투템 메암, 동아프리카 방면의 유일한 이탈리아 순양함. 배수량은? 데우스 포르티투도 메아, 2,172톤. 속력은 몇 노트? 에트 인트로이보 아드 알타레 데이, 몰라. 장비는? 시쿠트 에라트 인 프링키피오, 15센티미터 포 6문, 7.6센티미터 포 4문……틀렸어! 에트 눈크 에트 셈페르, 맞거든. 독일 포술연습함의 이름은 뭐지? 에트 인 사이쿨라 사이쿨로룸, 아

---

* 당시 담배회사들은 광고의 일환으로 담뱃갑에 그림카드 교환권을 넣어 다양한 그림카드를 모을 수 있게 했다.

멘, 브루머와 브렘제지."*

　나중에 나는 더이상 마리아 성당의 미사를 정기적으로 돕지 않고, 구제브스키 신부가 나를 부르러 사람을 보낼 때만 갔다. 그의 복사들이 청소년단의 일요야외행군이나 겨울철 구제사업에 동원되어 곤란해졌을 때처럼.

　이 모든 것은 그저 내 자리가 본제단 앞이었다는 것을 밝히기 위해서 얘기한 것이다. 말케가 마리아 제단 앞에 무릎을 꿇을 때면 나는 본제단에서 그를 관찰할 수 있었다. 그는 정말 열심히 기도를 드렸다! 그의 송아지 눈빛. 그의 눈은 점차 유리알처럼 반들반들해졌다. 입매는 지나치게 진지했고, 해변에 휩쓸려온 물고기들이 모자란 공기를 들이마시려 입을 뻐끔거리듯 구두점 없이 움직였다. 말케가 얼마나 주변에 개의치 않고 기도를 드렸는지는 이다음 말할 일화가 증명해줄 것이다. 구제브스키 신부와 내가 제단 앞 난간을 돌다가, 언제나 제단에서 봤을 때 레프트윙**에 무릎을 꿇고 있던 사람에게 다가가보면, 거기에는 모든 조심성과 목도리와 커다란 안전핀을 모두 내려놓은 말케가 있었다. 한곳을 응시하며, 앞가르마를 탄 머리를 뒤로 젖히고는 혀를 내민 채, 그 자세로 저 살아 움직이는 쥐를 자유롭게 내버려두었다. 내 손에 잡힐 것만 같이, 그 작은 동물은 그렇게 무방비하게 방치되어 있었다. 그러나 아마도 요아힘 말케는 알지 않았을까. 사람들의 이목을 끄는 그

───────────

* 미사를 시작할 때 집행사제와 복사가 함께 읊는 입당송. "당신의 제단으로 나아가리이다. 나의 기쁨이신 하느님께로 나아가리이다. 하느님은 나의 힘이시니, 처음과 같이 이제와, 항상 영원히, 아멘."
** 축구나 하키 따위 등에서 앞쪽에서 서는 선수 중 맨 왼쪽의 공격 위치, 또는 그 위치에서 공격하는 선수.

것이 제멋대로, 불현듯 움직이는 것을. 어쩌면 과장되게 삼키는 동작을 해서 옆에 서 있는 동정녀 마리아의 유리눈을 유혹하는 데 힘을 보탰을 수도 있다. 왜냐하면 나는 네가 한 번이라도, 아주 사소한 것일지라도 관객 없이 뭔가를 한 적이 있으리라고는 믿을 수도 없고 믿고 싶지도 않으므로.

V

마리아 성당에서 나는 그가 털술을 단 모습을 결코 본 적이 없다. 학생들 사이에서 본격적으로 인기를 얻기 시작했음에도, 그가 털방울을 매고 오는 일은 점점 뜸해졌다. 이따금, 우리가 셋이서 학교 안뜰의 그 밤나무 아래 서서 털술을 매고 앞다퉈 제 말만 지껄일 때 말케는 술을 목에서 떼어냈다. 그러고는 결단을 내리지 못하다가 더 나은 대안도 없던 탓에 두번째 쉬는 시간을 마치는 종소리가 들려오자 다시 나비넥타이처럼 그것을 매고 왔다.

그 무렵 우리 학교를 졸업한 선배가 전방에서 처음으로 돌아와, 저 탐나는 봉봉*을 목에 걸고서 총통본부**를 거쳐 학교를 방문한 일이 있

---

* 당시 나치당의 휘장이나 나치 독일의 훈장을 애칭처럼 봉봉이라고도 불렀다. 봉봉은 독일어로 사탕이라는 뜻이다. 여기서는 군에서 공적을 세운 사람에게 주어졌던 철십자장을

었다. 수업 도중에 비상소집 벨이 울려 우리를 강당으로 불러모았다. 젊은 남자는 강당 앞에 있는 높은 창 세 개를 등지고 서 있었다. 잎이 큰 분재 식물과 선생님들이 그를 반원으로 빙 둘러싸고 있었다. 그는 목에 봉봉을 매달고 낡은 갈색 교탁 뒤가 아닌 옆에 서서 작은 선홍색 입술을 키스하듯 살짝 내밀고서, 몸짓을 섞어가며 우리의 머리 너머로 얘기했다. 그때 나는 나와 실링의 앞줄에 앉아 있던 요아힘 말케의 귀가 투명해지며 실핏줄이 타오르는 것을 보았다. 그는 뻣뻣하게 등을 기대고 앉아 두 손으로 목을 좌우로 문지르고 조르다가 마침내 뭔가를 의자 밑으로 던졌다. 털실, 술, 작은 방울, 초록과 빨강이 섞였던 것 같다. 공군 소위라는 그 사내는 처음에 조심스레 입을 열었고, 가끔씩 말을 더듬었다. 하지만 그렇게 서툰 모습은 오히려 호감을 불러일으키는 편이었고, 자신의 얘기 때문은 아닌 듯했으나 여러 번 얼굴을 붉혔다. "자, 제군들, 그러니까, 그게 토끼사냥처럼 간단히 풀린다고 생각해서는 안 되겠다. 무작정 나선다고 해서 바로 추격할 대상이 나타나지는 않는다는 말이다. 종종 몇 주 동안 아무 일이 없을 때도 있다. 하지만 우리가 영국해협에 도착했을 때, 나는 여기서 못하면 어디서도 못한다고 생각했다. 그리고 그렇게 됐다. 처음 출격하자마자 호위기의 지원을 받은 편대가 코앞으로 다가왔다. 말하자면, 그 회전목마 같은 것이 구름 위로 올라갔다 내려갔다 하는 모습은 그야말로 완벽했다. 선회비행이라는 건데. 나는 선회하며 상승을 시도했다. 내 밑에서 스핏파이

가리킨다.

** 총통본부 중 한 곳이 단치히에서 멀지 않은 라스텐부르크에 있었다. 제2차세계대전 당시 동부전선 지휘본부였으며, 1944년 히틀러 암살 미수 사건이 일어난 곳이기도 하다.

어* 세 대가 빙빙 돌며 숨으려고 하는데, 실패하면 웃음거리가 되겠다는 생각이 들었다. 급강하, 십자선에 조준, 적이 연기를 뿜고, 나는 제때 내 애기愛機의 좌측 날개 선단을 급히 틀었고, 그때 이미 두번째 스핏파이어가 반대 방향에서 조준선 안으로 들어온다. 프로펠러축을 겨냥해 쏜다. 적이냐 나냐, 그게 제군들도 알다시피, 바닷물에 가라앉을 쪽은 적이다. 그리고 나는 생각했다. 이미 두 대를 격추시켰으니, 세 대째도 시도해보자. 내친김에, 연료가 남아 있는 한. 그러는 사이 이미 내 밑에서 일곱 대가 편대를 해체하고 윙윙 소리를 내며 꽁무니를 빼는 중이다. 나는 운좋게도, 내내 햇살을 등지고 비행하며 적기 한 대를 포착했다. 오냐, 보내주마, 동일한 곡예를 반복한다. 이번에도 성공이다. 조종간을 힘껏 뒤로 당긴다. 세번째 전투기가 탄막에 휩싸여 빙그르 돌며 추락할 때, 해치웠을 거라 생각했다. 본능적으로 뒤쫓았지만 구름 속에서 놓쳤다가 다시 포착하고, 발사한다. 상대가 빙글빙글 바닷물로 추락한다. 나 역시 소금물에 목욕하기 직전이었는데, 어떻게 내 애기를 다시 띄워올렸는지는 정말이지 기억이 나질 않는다. 여하튼 내가 전투기 날개를 흔들며 기지로 돌아왔을 때는, 제군들도 주간뉴스에서 보거나 해서 알고 있겠지만, 뭔가 전과를 올렸을 때는 주익**을 흔든다, 착륙장치가 꽉 끼어서 나오질 않지뭔가. 그래서 처음으로 동체착륙을 시도했다. 나중에 식당에서 들으니, 내가 여섯 대를 말끔히 해치웠다는 거다. 당연히 전투중에는 숫자를 세지 않았다. 너무 흥분했었으니. 물론 엄청

---

* 영국의 단좌프로펠러 전투기로, 영국 공군의 주력 전투기였다. 제2차세계대전 기간 연합국 측에서 가장 많이 생산된 기체.
** 비행기 동체의 중앙 부분에서 좌우로 뻗은 날개.

나게 기뻤지만 네시경에 우리는 다시 한번 이륙해야 했다. 간단히 말해 옛날에 우리가, 우리의 정든 학교 교정에서, 운동장은 아직 없던 때라, 핸드볼을 할 때와 다름없었다. 말렌브란트 선생님은 기억하시겠지요. 저는 그때도 한 골도 못 넣거나 아홉 골을 넣거나 그랬거든요. 그날 오후도 그랬다. 오전의 여섯 대에 이어 세 대를 더 보탰다. 그것이 내가 격추한 아홉번째에서 열일곱번째 상대였다. 그리고 꼬박 반년에 걸쳐 마흔 대를 채운 후에야 대장으로부터 표창을 받았고, 총통본부에서 훈장을 수여받았을 때는 마흔네 대의 격추기록을 보유했다. 영국해협에서 지상 정비대원들이 비행기에 주유를 하고 이륙 준비를 돕는 동안 우리는 각자의 애기 밖으로 발을 거의 내디딜 수 없는데, 누구나 견뎌낼 수 있는 건 아니다. 분위기를 좀 바꿀 겸 재미난 얘기를 하겠다. 어느 기지에든 중대견이라는 게 있는데 말이다. 어느 날 날씨도 더없이 화창하고 해서 우리가 중대견 알렉스를……"

높은 훈장을 단 소위는 두 번의 공중전 사이에 간주곡으로 낙하산을 써서 낙하하는 법을 배운 중대견 알렉스의 이야기를 끼워넣었다. 비상경보가 울릴 때마다 이불 속에서 늦게 뛰쳐나와 여러 번 잠옷 차림으로 출격해야만 했던 어느 병장의 소소한 일화도 있었다.

최상급생들까지 모든 학생이 웃자 소위도 따라 웃었다. 몇몇 교사들도 소리 없이 웃었다. 그는 1936년에 우리 학교에서 졸업시험을 보았고, 1943년에 루르 지방 상공에서 격추당했다. 짙은 갈색머리를 가르마 없이 올백으로 빗어넘긴 그 청년은 체구가 그리 크지 않았고 술집 종업원처럼 곱상했다. 말을 할 때는 한 손을 주머니에 넣고 있었는데, 공중전 얘기를 하다 설명이 더 필요해지면 곧바로 한 손을 주머니에서 뺐다. 그는 쭉 편 손바닥을 돌려가며 미묘한 의미를 표현하기도 했다. 양쪽 어깨를 써서 선회하며 잠복하는 모양도 흉내낼 수 있었다. 장황한 설명 대신 중요한 단어를 사이사이에 끼워넣기만 했다. 이륙에서 착륙까지의 엔진소리를 강당 안에 울려퍼지게도 했고 고장난 모터를 묘사하면서는 덜덜거리는 엔진소리를 흉내내며 최선을 다했다. 그가 이 강연을 소속 기지의 장교클럽에서 연습했음은 의심할 바 없었다. 무엇보다 그의 말 속에서 장교클럽이 중요한 의미를 가진다는 사실을 알 수 있었다. "우리는 모두 장교클럽에 평화롭게 앉아 있었다. 그리고……해서, 내가 장교클럽으로 막 들어가려는데, 우리 장교클럽에는……가 걸려 있는데……" 하지만 배우 같은 손짓과 실감나는 성대모사가 아니더라도 그의 연설은 꽤 기지가 넘쳤다. 왜냐하면 그는 이미 그가 학생이던 시절부터 같은 별명으로 불리던 몇몇 교사들을 알아서 놀려먹기도 했으니까. 그러나 줄곧 정다웠고, 장난꾸러기 같았다. 능란한 면도 있어 보였지만, 허풍을 떨지는 않았으며, 뭔가 정말 어려운 것을 성취한 이야기를 할 때는 자랑하는 게 아니라 늘 행운이 따랐다고 말했다. "난 일요일에 태어났다보니* 정말 운이 좋은 사람이라서, 학교 다닐 때부터도, 학년말 성적표를 생각하면……" 그리고 고등학생이 할 법한 농담을 하다가 옛 급우 세 명을 떠올렸다. 그의 말대로라면, 그들의 죽음은 헛되지 않았다. 그러나 그는 전사자 세 명의 이름을 언급하는 대신 간단한 고백으로 연설을 마쳤다. "제군들, 나는 이렇게 말하겠다. 외지에서 출격을 앞두고는 누구나 학창시절을 반복해서, 자주 회상하게 되는

---

* 독일에는 일요일에 태어난 아이에게 행운이 따른다는 속설이 있다.

법이라고!"

우리는 오랫동안 박수를 쳤고, 발을 구르며 고함을 쳤다. 나도 손바닥이 얼얼해지도록 박수를 치다가, 말케가 마치 먼곳에 있는 사람인 듯 연단을 향해 박수를 보내지 않는다는 걸 깨달았다.

연단에서는 클로제 교장선생님이 박수소리가 들리는 동안 옛 제자의 두 손을 붙잡고 힘찬 악수를 나눴다. 그리고 자랑스러운 듯 소위의 양 어깨를 잡았다가 서둘러 손을 뗐다. 가냘픈 체구의 소위는 즉시 제자리로 돌아가고 클로제가 교단 뒤에 섰다.

교장선생님의 말씀은 끝날 줄 몰랐다. 지루함이 무성하게 자란 분재 식물로부터 강당 뒷벽에 걸린 학교의 설립자 콘라디 남작의 유화로까지 번져갔다. 브루니스 선생과 말렌브란트 선생 사이에 끼어 있던 소위도, 거듭 자신의 손톱을 바라보았다. 수학시간이면 항상 풍겨오는, 순수한 학문을 대변하는 클로제 선생의 청량한 박하 입김도 천장이 높은 강당에서는 별 도움이 되지 않았다. 앞에서 하는 말이 강당의 중간도 못 와서 끊겨졌다. "―우리뒤를잇는사람―그리고지금이시간―나그네여그대가오면*―그러나이번에는고향이―우리는결코―민첩하고질기고단단하게**―깨끗하게―이미말했지만―깨끗하게―그렇지않은자는―그리고지금이시간에―청결을유지하고―실러의말로마무리하자면―너희가목숨을걸지않고는결코그목숨을구할수없을것이니***―자

* 기원전 480년 시인 시모니데스가 페르시아군에 맞서 싸우다 전사한 스파르타의 레오니다스왕과 군사들을 애도하며 쓴 비문의 서두.
** 히틀러는 '그레이하운드처럼 민첩하고, 가죽처럼 질기며, 크루프사의 강철처럼 단단한' 청소년을 키우고자 했다.
*** 프리드리히 실러의 희곡 「발렌슈타인의 진영」에 나오는 문장.

그러니공부합시다!"

우리는 석방되어 두 송이의 포도송이처럼 비좁은 강당의 출구로 몰려갔다. 나는 뒤에서 말케의 등을 떠밀었다. 그는 땀을 흘렸고, 흐트러진 앞가르마 주위로 설탕물을 바른 머리카락이 뾰족한 창처럼 곤두서 있었다. 나는 그때까지 한 번도, 체육관에서조차 말케가 땀을 흘리는 것을 본 적이 없었다. 삼백 명의 김나지움 학생들이 풍기는 악취가 강당의 출구를 코르크 마개처럼 막고 있었다. 말케의 불안의 도관, 제7경추에서 튀어나와 뒤통수로 이어지는 두 줄의 근육이 달아올라 있었고, 굵은 땀방울이 맺혀 있었다. 양쪽 여닫이문 앞의 복도, 곧바로 술래잡기를 시작한 신입생들의 소음 속으로 나온 후에야 그를 따라잡은 나는 그를 정면으로 쳐다보며 물었다. "넌 어땠어?"

말케는 앞을 바라보았다. 나는 그의 목에서 시선을 떼려고 애썼다. 기둥 사이에는 석고로 만든 레싱*의 흉상이 있었다. 그러나 말케의 목이 이겼다. 오랫동안 골골 앓는 이모에 대해 얘기할 때처럼, 한탄하는 목소리가 흘러나왔다. "저런 걸 갖고 싶으면, 이제 사십 대는 격추시키지 않으면 안 돼. 처음에 프랑스나 북부전선에서 전투가 끝났을 때만 해도 이십 대면 되었는데, 이런 상태로 계속 가면?"

너는 소위의 연설을 소화하지 못한 것이다. 그렇지 않다면 어째서 그런 값싼 보상에 달려들었겠는가. 그 무렵 문방구와 포목점의 진열장에는 원형, 타원형, 그리고 구멍이 뚫린 야광배지와 야광단추가 진열되어 있었다. 대개는 물고기 모양이었으며, 어둠 속에서 뿌연 초록색으로

---

* 독일 극작가, 비평가인 고트홀트 에프라임 레싱.

빛날 때면 날아가는 갈매기처럼 보이는 것도 있었다. 보통 어두운 거리에서 서로 부딪치지 않으려고 늙은 남자들이나 노파들이 외투 깃에 달고 다니는 배지였다. 야광 줄무늬가 새겨진 지팡이도 팔았다.

그러나 너는 등화관제의 피해자도 아니면서, 배지를 대여섯 개 갖고 있었다. 우글거리는 물고기떼와 조용히 날아가는 갈매기들, 야광 꽃다발들을 처음에는 외투 깃에, 그리고 목도리에 꽂았다. 너는 네 이모에게 형광물질로 만든 단추 여섯 개를 외투의 위부터 아래까지 달아달라고 해서 스스로를 광대로 만들었다. 나는 그런 네 모습을 보았고, 여전히 보고 있으며, 앞으로도 오래도록 볼 것이다. 겨울이 계속되는 동안, 침침한 빛 속에서, 저녁이면 비스듬히 날리는 눈발이나 농담 없는 어둠 속에서 너는 계속해서, 위에서 아래로 그리고 다시 반복해서 하나 둘 셋 넷 다섯 여섯 숫자를 셀 수 있는, 곰팡이가 슨 듯한 초록색 야광단추를 외투에 달고 베렌길을 따라 내려온다. 그 초라한 유령은 기껏해야 아이들이나 노파를 놀라게 할 뿐이고, 캄캄한 어둠 속에서는 어차피 보이지도 않는 어떤 고통으로부터 벗어나려 애쓴다. 너는 생각했을 것이다. 어떤 암흑도 다 자란 이 열매를 삼킬 수 없으며, 누구나 그것을 보고 느끼고 예감하고, 손에 쥐기에 딱 알맞으니 잡고 싶어할 거라고. 어서 이 겨울이 지나갔으면. 나는 다시 잠수해서 물속에 머물고 싶다.

VI

그러나 딸기와 뉴스 속보와 해수욕의 철인 여름이 와도 말케는 수영하려 들지 않았다. 우리는 6월 중순에 처음 작은 배로 헤엄쳐갔다. 모두 흥이 나지 않았다. 8, 9학년생들이 우리보다 먼저, 혹은 우리와 함께 작은 배에 도착해 함교에 모여 앉았다가 잠수해 마지막 남은 경첩을 드라이버로 떼어 가지고 오는 게 우리는 성가셨다. 한때 "나도 좀 데려가줘. 이제 나도 수영할 수 있어"라고 조르던 말케를 이제는 실링과 빈터와 내가 귀찮게 했다. "같이 가자. 네가 없으니까 하나도 재미가 없잖아. 작은 배 위에서 일광욕을 해도 되고. 어쩌면 넌 물속에서 또 멋진 걸 찾아낼지도 몰라."

말케는 몇 번이나 손을 내저으며 거절하다 마지못해, 해안과 첫 모래톱 사이의 미지근한 수프 같은 물에 발을 담갔다. 그는 드라이버 없이, 호텔 존타크 뒤로 팔 두 폭 되는 거리를 두고, 우리 사이에서 수영을 하다가 마침내 조용히 빠져나갔다. 몸을 떨거나 물을 튀기는 일 없이 물위에 떠 있는 건 처음이었다. 함교에서 그는 나침함 뒤의 그늘에 앉아 있을 뿐 잠수하려 하지 않았다. 8, 9학년 아이들이 뱃머리에서 사라졌다가 두 손에 너절한 것들을 들고 다시 떠올라도 고개를 돌리지 않았다. 말케 같으면 그들에게 뭔가 가르쳐줄 수도 있었을 것이다. 여럿이 그에게 조언을 구하기도 했으나, 그는 대답을 아꼈다. 사실 말케는 눈을 가늘게 뜨고, 입항하는 화물선에도 출항하는 범선에도 대오를 지어 항해하는 어뢰정에도 눈을 돌리는 일 없이 넓은 바다 너머 항구의 부표 쪽을 하염없이 바라보았다. 그를 움직인 것은 잠수함 정도였다. 이따금 잠수함에서 올라온 잠망경이 멀리서 보면 선명한 줄무늬처럼 보이는 긴 물거품을 만들며 지나갔다. 750톤짜리 잠수함들이 시하우 조선소에서 대량으로 건조되어 만*이나 헬라반도 저편에서 시운전을 했고, 깊은 물속에서 떠올라 항구로 들어와서는 우리의 지루함을 씻어주었다. 잠수함들이 떠오르는 모습은 근사했다. 제일 먼저 보이는 것은 잠망경이다. 사령탑은 나타나기 무섭게 한두 사람을 뱉어냈다. 흰 거품 같은 파도가 대포와 함수에서 함미로 흘러내렸다. 해치에서 사람들이 일제히 몰려나오면, 우리는 소리를 지르며 손을 흔들었다. 손을 흔들 때의 움직임이 하나하나 상세하게 기억나고 어깨 근육이 나도 모르게 다시 긴장하는 게 느껴지는데, 잠수함에서도 우리를 향해 손을 흔들어 보였는지는 잘 기억이 나지 않는다. 하지만 그들이 마주 손짓을 했든 안 했든 잠수함이 나타나며 안겨준 감동은 사라지지 않는다. 결코 손을 흔들지 않은 건 말케뿐이었다.

……그리고 언젠가, 6월 말이었고 아직 긴 여름방학이 시작되기 전이며 해군 대위가 우리 강당에서 강연하기 전이었다. 말케가 그의 그늘을 벗어났다. 8학년생 한 명이 소해정의 뱃머리에 들어갔다가 물 밖으로 나오지 않았기 때문이다. 그는 함수 쪽의 해치로 잠수해 소년을 밖으로 데리고 나왔다. 소년은 선체의 중앙부이긴 해도 기관실에는 못 미친 곳에 몸이 끼어 있었다. 말케는 갑판 밑의 파이프와 전선다발 사이에서 그를 찾아냈다. 실링과 호텐 존타크가 교대로 두 시간가량 말케의 지시에 따라 움직였다. 8학년생은 천천히 혈색을 되찾았으나 헤엄쳐 돌아가는 길에는 모두가 끌어주어야만 했다.

다음날부터 말케는 뭔가에 홀린 듯 규칙적으로 잠수를 했다. 드라이버는 없었다. 배로 헤엄쳐갈 때부터 그는 예전의 속도를 되찾아 우리를 앞섰고, 우리가 함교에 도착했을 때는 이미 물속에 한번 들어갔다 나온 후였다.

결빙과 2월의 매서운 한파를 동반한 겨울을 보내는 동안 작은 배는 남아 있던 선박난간과 양쪽의 회전포탑, 나침함의 덮개를 잃었다. 마른 껍질처럼 딱딱한 갈매기똥만이 겨울을 이겨내고 한층 두껍게 쌓였다. 말케는 아무것도 건져올리지 않았고, 우리가 몇 번이고 새로운 질문을 던져도 대답하지 않았다. 늦은 오후가 되어, 그가 열 번인가 열두 번쯤 잠수를 하고 난 후였고, 우리는 돌아갈 생각에 이미 몸을 풀고 있었을 때였다. 그가 다시 물 밖으로 나오지 않자 우리는 혼란에 빠졌다.

이제 와서 내가 오 분 휴식, 하고 말해봤자 아무 의미가 없다. 몇 년처럼 느껴진 오 분 동안 우리는 깔깔한 혀끝으로 마른 입천장을 훑어가며 침만 삼켰다. 그런 다음 하나둘씩 작은 배 안으로 들어갔다. 함수에는 청어 말고는 아무것도 없었다. 호텐 존타크를 뒤따라 처음으로 방수벽을 지나갈 용기를 낸 나는 옛 사관실을 더듬거리며 살피다가 숨이 막혀 터지기 직전에 해치를 뚫고 나왔다. 다시 내려가 방수벽 사이를 두 번 더 비집고 들어갔으며, 삼십 분은 족히 넘긴 후에야 잠수를 포기했다. 일곱인가 여섯인가가 함교 위에 널브러져 헉헉댔다. 갈매기들은 뭔가 알아차린 듯 점점 좁은 원을 그리며 날았다. 다행히 8, 9학년생들은 배 위에 없었다. 일제히 입을 다물거나 어지럽게 떠들었다. 갈매기들이 사선으로 날아갔다 되돌아왔다. 우리는 해수욕장 관리인과 말케의 어머니, 그의 이모, 클로제 교장선생님에게 어떻게 말해야 좋을지 고심했다. 학교에서 심문을 당할 것이 분명했으니까. 내가 말케의 집 근처에 산다는 이유로, 모두가 나에게 오스터가에 방문하는 일을 떠맡기려 했다. 실링은 해수욕장 관리인과 학교에서 대변인이 되기로 했다.

"다른 사람들이 못 찾으면, 우린 화환을 가지고 헤엄쳐와서 여기서 장례식을 치러야겠네."

"돈을 걷자. 각자 오십 페니히씩은 내야지."

"여기서 배 너머로 던지든가, 이물 밑으로 가라앉히자."

"노래도 불러야 돼." 쿠프카가 말했다. 그런데 그의 제안에 이어 들려온 동굴 속 메아리 같은 웃음소리는 우리 사이에서 터져나온 게 아니었다. 웃음소리는 함교 안쪽에서 들려왔다. 우리가 서로 힐끔거리며 다시 웃음소리가 들려오길 기다리는데 함수 쪽에서 평범한 웃음소리가 들려왔다. 더이상 속이 텅 빈 소리가 아니었다. 앞가르마를 탄 말케가 물방울을 뚝뚝 떨어뜨리며 해치 밖으로 쑥 솟아오르더니, 별로 힘들이지도 않고 숨을 내쉬었다. 그는 목덜미며 어깨에 새로 그은 자국을 문지르며, 빈정거린다기보다는 친근하게 투정하는 투로 말했다. "이런, 너희 벌써 조의문까지 쓰고 날 보내버린 거냐?"

빈터가 마음을 졸이다가 오열하는 바람에 진정할 시간이 필요했고, 우리가 헤엄쳐 돌아가기 전에 말케는 다시 작은 배 안으로 들어갔다. 십오 분쯤 지나, 빈터가 여전히 훌쩍이는데 말케가 다시 함교 위로 나왔다. 그는 겉으로 봐서는 흠 하나 없는 말끔한 헤드폰을 무전기사처럼 머리 뒤로 돌려서 쓰고 있었다. 말케는 선체 중앙에서 선실로 이어지는 입구를 발견했던 것이다. 사령함교 내부에서 차오른 물위로 조금 올라와 있는 곳, 소해정의 무전실로 쓰이던 곳이었다. 그는 약간 눅눅하기는 해도 바닥이 물에 젖지는 않았다고 했다. 그리고 마침내, 파이프와 전선다발 사이에서 8학년생을 구해냈을 때 선실로 가는 문을 찾았다고 고백했다. "전부 다시 말끔히 위장해놨어. 아무도 못 찾을걸. 힘들긴 했지. 그러니까, 거긴 내 거야. 다들 알았지. 꽤 아늑해. 급할 때는 몸을 숨길 수도 있겠어. 기계며 송신기며 그런 것들이 아직 잔뜩 남아 있어. 다시 작동하게 만들어야지. 기회 되면 시도해봐야겠어."

그러나 말케는 그러지 못했을 것이다. 시도조차 하지 않았다. 그가 남몰래 서툴게 만져봤다 한들 성공하지는 못했으리라. 그는 뭘 조립하는 데 능숙했고 모형도 많이 만들었지만 기계에 대해 배울 계획은 전혀 없었다. 무엇보다 말케가 송신기를 다시 작동시켜 무전을 치기라도 했다면 해양경찰이나 해군이 우리를 검거했을 것이다.

그러기보다 그는 무전실에서 온갖 기계류를 가지고 나와 쿠프카, 에슈, 그리고 8학년생들에게 선물했고 헤드폰만 일주일 넘게 귀에 걸고 다니다, 계획대로 무전실을 새로 정비하기 시작하면서 그것도 갑판 너머로 던져버렸다.

무슨 책이었는지는 더이상 기억나지 않지만, 아마 해전소설 『쓰시마』*가 있었고 드빙거** 한두 권에다 종교서적도 있었던 것 같다. 그는 책들을 찢어진 담요로 말고, 그 꾸러미를 다시 방수포로 포장해 역청인지 타르인지 밀랍인지로 이음매를 밀봉한 다음, 다루기 쉬운 뗏목에 실어 우리의 도움도 받아가며 작은 배로 끌고 갔다. 책과 담요를 거의 적시지 않고 무전실까지 가지고 갈 수 있었던 듯하다. 다음 짐은 밀랍 초와 알코올버너, 연료, 알루미늄 코펠, 차※, 오트밀과 말린 채소였다. 우리가 요란스레 벽을 두드려가며 돌아오라고 재촉해도, 그는 자주 한 시간 넘게 사라져서는 거기 머물며 대답하지 않았다. 물론 우리는 그를 대단하다고 칭찬했다. 그러나 말케는 개의치 않았고 점점 말수도 적어졌으며 그의 옷가지를 운반할 때도 도움을 받으려 하지 않았다. 오스터가에 있는 그의 집에서 본 적이 있는 시스티나 성모상의 복제화를 그는 우리가 보는 앞에서 돌돌 말아 끝을 잘라낸 놋쇠 커튼봉 안에 집어넣었다. 뚫린 구멍을 조용용 점토로 밀봉한 다음, 파이프 안에 든 성모를 먼저 작은 배로, 그러고 나서는 무전실로 옮길 때야 나는 깨달았다. 그가 누구를 위해 그렇게 애쓰는지, 누구를 위해 무전실을 아늑하게 꾸미는지.

그 복제화가 잠수 과정에서 해를 입지 않았을 리 없다. 아니면 물방울까지 떨어졌을지 모르는 눅눅한 방에서 종이가 견뎌내지 못했든가.

---

* 독일 작가 프랑크 티스의 해전소설.
** 독일 저술가 에트빈 드빙거.

방에는 현창도 없고 늘 파도가 출렁이는 배기구마저도 멀리 있어 신선한 공기가 모자랄 수밖에 없었으니까. 여하튼 말케는 복제화를 무전실로 들이고 며칠 후에 다시 뭔가를 목에 달고 있었다. 드라이버는 아니었고, 쳉스트호바의 검은 성모가 부조되고 연결 고리가 달린 청동 메달이었는데, 검정색 신발끈에 매달아 쇄골 바로 밑에 오도록 걸고 있었다. 우리가 벌써 의미심장하게 눈썹을 치켜뜨며, 저 성모 나부랭이 또 시작이군, 생각하는 도중에 말케가 함수에서 사라졌다. 우리가 함교에 쪼그리고 앉아 몸을 다 말리기 전, 하지만 십오 분이 못 되어 그는 신발끈과 메달 없이 우리 앞에 다시 나타났다. 나침함 뒤에 선 그의 얼굴은 만족스러워 보였다.

그는 휘파람을 불었다. 나는 말케의 휘파람소리를 처음 들었다. 물론 그가 휘파람을 처음 분 것은 아니었다. 그러나 그가 휘파람을 부는 것을 내가 의식한 것은 처음이었다. 그렇기에 그는 실로 처음으로 입술을 뾰족하게 내민 것이다. 그러나 말케 외에는 오로지 나만, 작은 배의 유일한 가톨릭 신자인 나만 휘파람을 따라 할 수 있었다. 그는 휘파람으로 성모마리아의 노래들을 한 곡씩 차례로 불렀다. 난간의 잔해를 타고 내려가 부딪히기도 하며 부담스러울 만큼 흥겨워했다. 처음엔 덜컹대는 함교 벽에 걸터앉아 박자를 맞추며 맨발을 흔들기 시작했다. 그리고 나서는 소리를 죽여 성령강림절의 부속가인 〈베니 상크테 스피리투스〉*를 끝까지 막힘없이 불렀다. 그리고 아니나다를까 성지주일을 앞둔 금요일에 부르는 부속가를 암송했다. '스타바트 마테르 돌로로사'부터 '파

---

* 〈임하소서 성령이여〉.

라디시 글로리아' 그리고 '아멘'까지 10절을 모두 유창하게 암송했다.*
한때 열심이었으나, 이제 구제브스키 신부가 집전하는 미사에만 이따
금 참석하는 복사인 나는 겨우 도입부만 외는 게 고작이었다.

그러나 그는 그의 라틴어를 힘들이지 않고 갈매기에게까지 올려보
냈고, 실링, 쿠프카, 에슈, 호텐 존타크, 그 외에 거기 있던 다른 아이들
은 일어나 귀를 기울이면서 "아우, 와!" "끝내준다" 등을 연발하며 말케
에게 〈스타바트 마테르〉를 다시 불러달라고 졸랐다. 라틴어와 미사전
서만큼 소년들과 거리가 먼 것도 없을 텐데.

그럼에도 내가 보기에는 너는 무전실을 작은 마리아 성당으로 바꿀
계획은 없었다. 바닷속으로 운반한 잡동사니들은 대부분 마리아와는
아무 상관이 없었다. 우리는 쉽게 할 수 없는 일이었으니 내가 너의 작
은 방을 본 적은 없으나, 나는 그곳이 오스터가에 있는 네 다락방의 축
소판이 아닐까 상상해본다. 네 이모가 종종 네 뜻과 상관없이 창틀이나
여러 층으로 된 선인장 받침대에 올려놓던 제라늄과 선인장만은 그 옛
무전실에서 대응하는 짝을 찾지 못했겠지만, 그 외에는 완벽하게 옮
겨졌다.

책과 취사도구 다음으로 통보함 그릴과 1/1250 크기 24형식 어뢰정
같은 말케의 모형 선박들도 갑판 밑으로 이사시켜야 했다. 잉크와 여러
대의 펜대, 자, 학습용 컴퍼스, 그의 나비 표본과 흰 박제 올빼미도 낑
낑대며 물속으로 끌고 들어갔다. 말케의 이삿짐들은 결로가 생긴 상자

---

* 부속가 〈고통의 어머니〉의 첫 구절과 마지막 구절.

에서 차츰 상했을 것이다. 특히 건조한 다락방 공기에만 익숙했던, 유리를 끼운 잎담배 상자 안의 나비들은 습기 때문에 고통스러웠으리라.

그러나 바로 그 여러 날에 걸쳐 계속된 이사 놀이의 무의미함과 의식적인 파괴 행위들이 우리의 감탄을 불러일으켰다. 그리고 자신이 이 년 전 옛 폴란드 소해정에서 하나씩 떼어낸 부품들, 낯익은 피우수트스키 원수를 비롯하여 사용법이 적힌 작은 표지판들을 다시 배 안으로 돌려놓는 요아힘 말케의 부지런함 덕에, 성가시고 유치한 8학년생들이 있었음에도 우리는 또다시, 전쟁에 사 주밖에 참가하지 못한 그 작은 배에서 보낸 흥미롭고 심지어 긴장감마저 돌았던 여름을 조금이나마 되찾을 수 있었다.

예를 들어, 말케는 우리에게 음악을 제공했다. 1940년 여름에 우리가 그를 데리고 예닐곱 번 작은 배로 갔을 때쯤, 함수던가 사관 휴게실이던가에서 손이 많이 가는 힘든 작업 끝에 건져올려, 그의 작은 방에서 수리하고 턴테이블에 새 펠트천을 입힌 그 축음기를 그는 레코드판 열두어 장과 함께 거의 마지막 이삿짐으로 갑판 아래 옮겨다놓았다. 작업에는 이틀쯤 걸렸는데 그사이를 참지 못해, 축음기의 크랭크를 늘 요긴히 쓰던 구두끈에 매달아 목에 걸고 다녔다.

축음기와 레코드판은 함수와 이 방 저 방의 방수벽을 넘고 선체 중앙을 지나 무전실로 가는 길을 잘 견뎌냈음이 틀림없다. 왜냐하면 순차적으로 운반을 끝낸 그날 오후에 말케는 작은 배 내부의 여기저기서 들려온, 공허함과 덜컹거리는 메아리가 섞인 음악으로 우리를 놀라게 했으므로. 대갈못과 판자가 헐거워질 듯했다. 그래서 해가 비스듬하게나마 여전히 함교 위로 비치고 있는데도 우리는 살갗이 오그라들었다.

물론 우리는 거친 숨을 몰아쉬며 말했다. "집어치워! 계속 틀어! 하나 더 틀어!" 그렇게 껌처럼 늘어지는 그 유명한 〈아베 마리아〉를 들었다. 그 노래가 뒤엉킨 바다를 잔잔하게 했던가. 그는 성모마리아를 빼놓을 수 없었다.

그리고 아리아와 서곡들, 말케가 진지한 음악을 즐겨 듣는다는 말을 했던가? 여하튼 우리는 〈토스카〉*에서 고조되는 부분이나, 홈페르딩크**의 동화적인 곡들, 라디오 신청곡으로 자주 흘러나오던, 빠바밤밤으로 시작되는 교향곡***의 한 악장 같은, 작은 배 안쪽에서 바깥으로 울려나오는 음악을 얻어들었다.

실링과 쿠프카가 신나는 것을 틀어보라고 외쳤지만, 그에게는 그런 음악이 없었다. 그가 밑에서 사라 레안데르****의 판을 틀었을 때 비로소 충격적인 효과가 일어났다. 물속에서 들려온 그녀의 목소리가 우리를 녹과 울퉁불퉁한 갈매기똥 위에 납작 엎드리게 했다. 그녀가 무슨 노래를 불렀는지는 더이상 기억나지 않는다. 모든 곡이 다 거기서 거기였으니까. 오페라곡도 불렀는데 우리가 영화 〈고향〉에서 들어 알던 것이었다. "아아나그대를잃었네"라고 노래했다. "바람이내게노래를들려주었네"라고 교성을 질렀다. "나는언젠가기적이일어나리라는걸알고

---

* 푸치니의 오페라.
** 독일 작곡가, 피아니스트 엥겔베르트 훔페르딩크. 동화 가곡 〈헨젤과 그레텔〉을 작곡했다.
*** 베토벤의 〈교향곡 5번 다단조〉 '운명'.
**** 스웨덴 출신 영화배우, 가수. 나치 독일 시기에 독일 최대 영화사 우파의 전속배우로 활약했다.

있네"라고 계시했다.* 그녀는 나지막이 몸통을 울려 4원소를 소환할 수 있었으며, 상상할 수 있는 가장 감미로운 시간들을 우리 앞으로 불러냈다. 빈터는 딸꾹질을 하면서 대놓고 울긴 했지만 다른 아이들도 속눈썹을 깜빡이며 찔끔거리기는 마찬가지였다.

거기다 갈매기들까지. 언제나 그랬지만 이유 없이, 정말 아무 이유 없이 소리를 질러대는 갈매기들이 배 아래 턴테이블 위에서 사라가 돌아가는 동안은 그야말로 완전히 실성한 듯했다. 죽은 테너가수들의 영혼에서 터져나올 법한, 유리를 깰 듯한 날카로운 새 소리가, 전쟁이 계속되는 동안 전방과 후방 모두에서 사랑받은 영화배우를 하늘에서 흉내냈다. 그러나 지하감옥에서 울려나오듯 깊은 회한이 담긴, 눈물을 자아내는 목소리를 그들이 흉내낼 수는 없었다.

레코드판이 닳아빠지고 축음기 상자에서 덜커덕거리는 소리만 들려올 때까지 말케는 우리에게 그 음악회를 수차례 열어주었다. 오늘까지 내게 이보다 더 큰 즐거움을 준 콘서트는 없었다. 로베르트 슈만 홀에서 열리는 콘서트는 거의 빠짐없이 참석하고 돈만 생기면 몬테베르디에서 버르토크까지 레코드판을 수집하는 나이건만. 우리는 질리지도 않고 가만히 갑판 위에 쪼그려 앉아 축음기를 들으며 이렇게 이름 붙였다. 복화술사. 말케에게 감탄하기는 했지만 더이상 우리 입에서 칭찬은 흘러나오지 않았다. 부풀어오르는 소음의 한가운데서 경탄은 뒤집혔다. 우리는 그가 혐오스러웠고 그를 외면했다. 육중한 화물선이 입항

---

* 각각 사라 레안데르가 영화 〈고향〉 〈하바네라〉 〈위대한 사랑〉에서 부른 노래.

하는 모습을 바라보며, 그가 안됐다는 마음이 들 때도 있었다. 우리는 말케가 무섭기도 했다. 그는 우리를 마음대로 다뤘다. 거리에서 말케와 함께 있는 모습을 보이는 게 나는 창피했다. 너와 나란히 걷다 활동사진 상영관 앞이나 헤레스앙거에서 호텐 존타크의 누이나 작은 포크리프케를 만나면 뿌듯했다. 너는 우리 화제의 중심이었다. 우리는 내기를 했다. "이젠 뭐할 것 같으냐? 내기할까, 벌써 목앓이*에 정신이 없을걸! 두고 봐. 그 자식은 언젠가 목을 매든가 큰일을 해내든가 대단한 걸 발명한다든가 할 거야."

그리고 실링은 호텐 존타크에게 말했다. "솔직히 말해봐, 네 여동생이 말케와 다닌다면 말이야, 극장이나 뭐 그런 데를, 그럼 너는 어쩔래? 솔직히 말해보라니까."

---

* '뭔가에 목을 매다' '심하게 탐내다'라는 뜻의 관용구.

VII

　해군 대위이며 높은 무공훈장을 단 잠수함장이 우리의 실업계 김나지움* 강당에 나타남으로써 폴란드의 옛 소해정 '리비트바' 안에서의 콘서트는 끝났다. 그러나 그가 오지 않았더라도 축음기는 기껏해야 나흘 정도나 더 시끄럽게 돌아갔을 것이다. 하지만 그가 와서, 우리의 작은 배를 한번 방문조차 하지 않고서 물속에서 흘러나오는 음악을 껐고, 말케에 관한 모든 이야기에 근본적인 것을 바꾸지는 않았더라도 새로운 방향을 제시했다.

　해군 대위는 1934년쯤에 졸업시험을 본 모양이었다. 해군에 자원입대하기 전에 신학과 독문학을 공부했다는 말도 있었다. 나는 그의 눈길

---

* 자연과학과 근대언어들을 중시한 김나지움. 수학, 공학 등을 중심으로 하는 실업학교지만 라틴어 등의 기본적인 교양과목도 가르쳤다.

은 불탔다고밖에는 달리 말할 수 없다. 머리카락은 로마인처럼 곱슬거렸고 숱이 많았다. 잠수함 선원 특유의 수염은 없었지만 눈썹이 차양처럼 앞으로 튀어나왔다. 이마는 철학자와 몽상가의 중간쯤 되는 느낌으로, 가로 주름은 없고, 미간에서 시작해 신을 찾아 위로 위로 뻗어올라가는 경사진 세로 주름이 두 줄 있었다. 동그스름하니 솟은 이마 정상에서 반짝 빛이 났다. 코는 아담하고 날카로웠다. 우리를 향해 열린 입은 곡선이 부드러운 이야기꾼 입이었다. 강당 안에 학생들과 아침햇살이 넘실거렸다. 우리는 창문벽감 안에 웅크려 앉았다. 구드룬 학교의 최상급생 학급 두 개를 이 말랑한 이야기꾼 입의 강연에 초대한 것은 누구의 요청이었을까? 여학생들은 맨 앞 두 줄에 앉아 있었고, 브래지어를 할 나이였지만 아무도 하고 있지 않았다. 수위가 강연 소식을 알렸을 때 말케는 처음에 함께 가지 않으려 했다. 나는 뭔가 얻을 게 있겠다는 예감에 그의 팔을 잡아당겼다. 함장이 그 이야기꾼 입을 열기도 전에 내 옆의 벽감 안에서 말케가 떨고 있었다. 그리고 우리 뒤편 유리창 너머로 교정의 밤나무가 조용히 서 있었다. 말케의 오금이 그의 두 손을 옥죄었으나 떨림은 막을 수 없었다. 구드룬 학교에서 온 여교사 두 명을 포함해 교사들은 수위가 정렬해둔 등받이가 높고 가죽 쿠션이 있는 참나무 의자에 반원을 그리며 둘러앉았다. 묄러 선생이 손뼉을 치자 실내는 차츰 조용해졌고 클로제 교장이 강단에 섰다. 최상급생 여학생들의 양갈래로 땋은 머리와 모차르트처럼 뒤로 넘겨 한 갈래로 땋은 머리 뒤에는 주머니칼을 든 7학년들이 앉아 있었다. 소녀들 여럿이 양갈래로 땋은 머리를 앞으로 넘겼다. 이제 7학년 소년에게 남은 것은 모차르트식 머리뿐이었다. 이번에는 강연에 앞서 교장선생님의 인사가 있었다. 클로제는 외지에 있는 모든 사람, 육지와 바다와 공중에서 싸우는 모든 사람에 대해 말했고, 자신과 랑게마르크*의 학생들에 대해 높낮이가 거의 없는 말투로 오랫동안 얘기하다가, 외젤섬에서 전사한 발터 플렉스를 인용했다. 성숙하되순수함을잃지말것.** 남자의 미덕. 곧이어 피히테인지 아른트인지도 인용했다. 전적으로그대와그대의 행동에달린.*** 해군 대위가 11학년일 때 썼다는 아른트인지 피히테인지에 관한 모범적인 작문도 기억해냈다. "우리 중 한 사람이, 우리 가운데서, 우리 김나지움의 정신 속에서 태어난 것이며, 그런 의미에서 우리는……"

클로제가 소개하는 동안 창문벽감 안의 우리와 11학년 여학생들 사이에 얼마나 쉴새없이 쪽지가 오갔는지 굳이 말로 해야 할까? 물론 7학년생들은 음란한 문구들을 그 사이에 끄적거려놓았다. 나도 뭐라고 썼더라 이제는 모를 쪽지를 베라 플뢰츠나 힐트헨 마툴에게 보냈지만, 답장 같은 것은 받지 못했다. 말케의 오금은 여전히 말케의 두 손을 옥죄고 있었다. 떨림은 멈춰 있었다. 단상의 해군 대위는 평소처럼 느긋하게 사탕을 빨고 있는 늙은 브루니스 선생과 우리의 라틴어 교사인 슈타흐니츠 박사 사이에 조금 비좁다 싶게 끼어 앉아 있었다. 소개가 한

---

* 1914년 독일군과 연합군이 치열한 전투를 벌인 지역. 독일은 이 전투에서 청년 연대가 독일 군가를 부르며 진군해 대승리를 거두었다고 포장했고, 이후 랑게마르크 전투는 조국의 신화로 와전된다.
** 발터 플렉스의 자전적 전쟁 시집 『두 세계 사이의 방랑자』. 1차대전 이후 독일에서 이상적인 청소년상을 제시하는 고백서가 되었다.
*** 알베르트 마타이의 「피히테가 독일 국민에게 고함」이라는 글의 일부. 제목 때문에 피히테가 쓴 글로 종종 오인된다.

귀로 흘러나가고, 우리의 쪽지가 돌아다니고, 7학년생들이 주머니칼로 장난을 치고, 사진 속 총통과 유화 속 콘라디 남작의 눈이 서로 마주치고, 아침햇살이 강당에 퍼져나가는 동안, 해군 대위는 끝이 살짝 올라간 이야기꾼 입을 자꾸 적시며 무뚝뚝한 표정으로 학생들을 바라보았다. 최상급반 여학생들을 애써 외면하면서. 나란히 모은 무릎 위에 정확히 각을 맞춰 올려진 함장 모자. 모자 밑의 장갑. 외출용 군장. 목에 걸린 그것은 순백색 셔츠 위에서 도드라졌다. 그가 갑자기 고개를 옆으로 돌려 강당 창문을 바라보자 그를 따라 훈장도 반쯤 창문을 향했다. 말케는 아마도 눈에 띄었다고 느꼈는지 움찔했지만, 그렇지 않았다. 우리가 틀어박혀 있는 벽감이 딸린 그 창문 밖으로 함장은 먼지가 이는 고요한 밤나무들을 봤다. 그가 무슨 생각을 할까, 말케는 무슨 생각을 할까, 클로제 선생은 말을 하며 무엇을, 브루니스 선생님은 사탕을 빨며 무엇을, 네 쪽지가 돌아다니는 동안 베라 플뢰츠는 무엇을, 힐트헨 마툴은 무엇을, 그는 그는 그는 무엇을 생각했을까. 말케 혹은 이야기꾼 입을 가진 그는, 그리고 나는 그 당시에 생각했던가 혹은 지금 생각하고 있다. 왜냐하면 알아둔다면 유익할 테니까. 주의깊게 들어야 하는 상황에서, 잠망경의 십자선과 출렁이는 수평선을 주시하는 것도 아닌데, 김나지움 학생 말케가 들켰다고 느낄 정도로 잠수함 함장이란 사람이 한눈을 팔 때 무슨 생각을 하는지 알아둔다면 말이다. 그러나 그는 김나지움 학생들의 머리 너머로 이중창 바깥 교정에 호젓이 서 있는 나무들의 마른 초록빛을 응시하며 선홍색 헛바닥으로 다시 저 이야기꾼 입 주위를 적셨다. 클로제가 박하 입김에 실어 마지막 문장을 강당 중앙 너머까지 보내려 했기 때문이다. "이제 고향에 있는 우리는 경청하려 합니다. 우리 민족의 아들인 제군들이 전선으로부터, 아니 여러 전선에서 우리에게 전해오는 이야기들을 말입니다."

이야기꾼 입은 오해였다. 해군 대위는 먼저, 여느 해군연감에나 적혀 있을 법한 개요를 너무나 싱겁게 읊조렸다. 잠수함의 임무. 1차대전 중의 독일 잠수함들에 대해. 베디겐, U9, 다르다넬스 원정에서 거둔 첫 승리, 총등록톤수 1천3백만 톤, 이후 처음 등장한 우리의 250톤 잠수함, 수중에서는 전동기로, 수상에서는 디젤엔진으로, 이름하여 프린, 그 다음 U47을 이끌고 프린 등장, 해군 대위 프린이 '로열 오크' 격침. 우리는 이미 다 안다고, 다 알아. '리펄스'*도, 슈하르트**가 '커레이저스'를 등등. 그러나 그는 고리타분한 이야기를 계속 했다. "……해군은 결속력이 높은 공동체. 고향으로부터 멀리 떠나와 심적 부담이 엄청난 것이다. 상상해보길 바란다. 대서양이나 북극해 한가운데에 정어리 통조림 속 같은 공간이 있다. 좁고 무덥다. 탑재된 어뢰 위에서 잠을 자야만 한다. 며칠 동안 아무 일도 일어나지 않던 텅 빈 수평선에 마침내 강력한 호위를 수반한 호송선단이 나타난다. 모든 것이 일사불란해야 한다. 불필요한 말은 한 마디도 없어야 한다. 그리고 우리가 처음 상대한 유조선, 1937년에 완공된 1만7천2백 톤의 '안데일'에 어뢰 두 발을 발사해 선복船腹을 격침시켰을 때, 믿어주실지 모르겠지만, 슈타흐니츠 박사님, 저는 선생님을 생각했습니다. 그리고 인터폰도 끄지 않고 큰 소리로 외우기 시작했다. 퀴, 콰이, 쿼드, 쿠이우스, 쿠이우스, 쿠이우

---

* 영국 순양함 '리펄스'는 1941년 독일군이 아닌 일본군에게 격침됐다.
** 독일 장교 오토 슈하르트는 1939년 영국 항공모함 '커레이저스'를 침몰시켰다.

스……* 우리 통신사관이 인터폰을 통해 큰 소리로 응답할 때까지 말이다. 잘하셨습니다, 대위님. 오늘 수업은 끝입니다! 라고. 적을 색출하기 위한 항행은 어뢰1 발사, 어뢰2 발사 같은 공격만 있는 게 아니다. 몇날 며칠이고 지루한 바다만 쳐다보고 있을 때가 있다. 좌우로, 앞뒤로 흔들리는 배, 그 위로 보이는 하늘, 현기증이 날 것 같은 하늘과 일몰도 있다……"

목에 우쭐한 것을 단 해군 대위는 총등록톤수 25만, 디스패치급 경순양함과 트라이벌급 구축함 한 척을 격파시켰음에도, 그의 업적을 상세하게 소개하는 대신 수려한 자연묘사로 매듭지었다. 그는 대담한 비유를 끌어내려 애쓰며 말했다. "……군함이 바다를 가를 때 함미에는 눈부시게 하얀 파도가 딸려온다. 값비싼 레이스 자락이 펄럭이듯 배는 물거품의 베일에 휩싸여, 마치 아름답게 차려입고 죽음의 결혼식을 맞는 신부와도 같다."

머리를 땋은 소녀들 사이에서만 킥킥거리는 웃음소리가 새나온 게 아니었다. 그러나 다음 비유가 신부를 다시 지웠다. "그런 잠수함은 혹이 달린 고래 같고, 잠수함 머리의 물결은 여러 번 꼬아놓은 경기병의 수염처럼 보인다."

거기다 대위는 기계와 관련된 무미건조한 표현들을 어두운 동화 속의 이야기처럼 발음하는 방법을 알고 있었다. 아무래도 그는 우리보다는 아이헨도르프 예찬론자인 그의 옛 독일어 교사 파파 브루니스의 귀에 대고 강연하는 것 같았다. 표현력이 풍부한 그의 작문들에 대해서

---

* 라틴어 관계대명사의 성, 수, 격에 따른 변화 형태 중 일부.

클로제가 여러 번 언급하지 않았던가. 그런 식으로 그는 '빌지 펌프'*니 '조타수'니 하는 것들을 비밀을 속삭이듯 말했다. '자이로컴퍼스'와 '자이로스코프'**라고 했을 때는 우리에게 새로운 것을 가르친다고 생각했던 것 같다. 벌써 수년 전부터 잡다한 해군용어들을 줄줄 꿰는 우리 앞에서 그는 동화에 나오는 아주머니처럼 굴며 야간 당직이라든가, 구형 방수벽, 흔들리는 십자로와 같은 누구나 이해할 수 있는 일반적인 표현을 속살거렸다. 마치 안데르센이나 그림 형제가 '수중 음파 탐지기'에 대해 말하듯.

그가 일몰을 묘사하기 시작하자 얼굴이 화끈거렸다. "대서양의 밤이 까마귀의 마법에 걸린 천처럼 우리 머리 위로 드리워지기 전에, 고향에 있었다면 볼 수 없었을 색깔들이 겹겹이 펼쳐진다. 오렌지색이 피어오른다. 풍성하면서도 자연에 반하는 색이다. 그다음에는 노대가의 그림에서처럼 형언할 수 없는 빛을 머금은, 가벼운 새털구름이 붉은 피처럼 흔들리는 바다 위로 펼쳐진다. 경이로운 빛의 향연!"

그는 목에 단단한 물건을 달고 색채의 오르간을 요란하게 울렸다. 연한 물빛 같은 파랑으로부터 차갑게 빛나는 레몬 같은 연노랑을 거쳐 갈색 기운이 도는 보랏빛까지. 그의 말을 듣다보면 하늘에 양귀비밭이 펼쳐지고, 그 사이로 은빛 구름들이 차차 빨갛게 물들어갔다. "새들과 천사들에게도 피가 있다면 이런 피를 흘릴 것이다!"라고 그는 말 그대로 그의 이야기꾼 입으로 얘기했다. 대담한 자연현상의 묘사와 목가적

---

* 배 바닥의 오수배출 펌프.
** 자이로컴퍼스는 자이로스코프를 이용해 자석 없이 움직이는 나침반이다. 자이로스코프는 빠르게 회전하는 팽이의 축을 이용해 방향을 고정시키는 장치이다.

인 구름으로부터 갑자기 선더랜드* 비행정을 잠수함으로 급강하시켰고, 비행정이 아무것도 감지하지 못하게 한 다음, 그 이야기꾼 입으로 비유를 생략하고서 강연의 후반부를 열었다. 짧고 건조하고 간략했다. "잠망경 옆에 착석. 공격 개시. 냉동선으로 추정됨. 함미부터 침몰. 침로 110으로 변경하고 바닷속으로. 구축함이 배의 방위 170에서 접근, 좌현 10, 침로 120으로 변경, 120도 유지. 스크류 소리 멀어졌다 다시 접근, 180도 통과, 폭뢰 여섯, 일곱, 여덟, 열하나, 불이 꺼졌다. 마침내 비상조명과 이어지는 본부의 이상 무 보고. 구축함은 정지했다. 마지막 방향 탐지 160, 좌현 10. 침로 45도……"

아쉽게도 이 정말이지 흥미진진한 막간극에 이어 곧 자연묘사가 뒤따랐다. '대서양의 겨울'이나 '지중해의 인광', 빗자루를 트리 대용으로 삼곤 한 '잠수함에서 보낸 크리스마스' 같은 풍경화들. 마지막에는 적을 색출하는 항행에서 성공적으로 귀환한 일을 신화로까지 승격시키더니 오디세이와 그에 얽힌 사연들을 원용해 시를 낭송했다. "갈매기떼가 나타나 항구 가까이에 다다랐음을 알려주었다."

클로제 교장선생님이 귀에 익은 "자, 그럼 공부합시다!"로 연설을 끝냈는지 아니면 〈우리는폭풍우를사랑한다〉**를 부르며 마무리했는지 모르겠다. 그보다는 낮지만 정중한 박수소리와 머리를 땋아 늘인 소녀들이 하나둘씩 산발적으로 일어나던 모습이 기억에 남아 있다. 내가 말케를 찾아 두리번거렸을 때 그는 사라지고 없었다. 그의 앞가르마가 오른

---

* 1933년 쇼트브라더스사가 영국 항공성의 의뢰를 받아 개발한 해양정찰기.
** 제1차세계대전 당시 행군가. 나치 독일 시기에는 전투 의욕을 불러일으키기 위해 여러 청년단체에서 즐겨 불렀다.

쪽 출구 앞에서 오르내리는 것만 발견했으나, 나는 강연을 듣는 동안 한쪽 다리가 마비된 탓에 창문벽감 안에서 왁스칠한 마룻바닥으로 곧바로 뛰어나올 수 없었다.

체육관 옆의 탈의실에서야 겨우 다시 말케를 따라잡았지만, 어떤 말로 얘기를 시작해야 할지 알 수 없었다. 옷을 갈아입는 동안 무성했던 소문이 곧 사실로 확인됐다. 우리에게 영예가 주어졌다. 해군 대위가 옛 체육교사 말렌브란트 선생에게, 오랫동안 단련은 못했지만 정든 학교 체육관에서 다시 함께 뛰어볼 기회를 달라고 부탁했던 것이다. 토요일 마지막 두 시간이 체육시간이었는데, 그는 먼저 우리에게, 그다음에는 두번째 시간부터 우리와 체육관을 함께 쓰는 최상급생들에게 실력을 보여주었다.

그는 키가 작은 편이었고, 몸은 털이 많고 다부졌다. 그는 말렌브란트로부터 전통적인 빨간색 체육복 바지와 빨간색 가슴 줄무늬 위에 검은색 C자가 새겨진 하얀 체육복 상의를 빌렸다. 옷을 갈아입는 동안 학생들이 포도송이처럼 그에게 매달렸다. 질문이 쏟아졌다. "……가까이서 봐도 돼요? 얼마나 걸렸어요? 그렇다면 혹시 지금부터면요? 지금 쾌속정을 타고 있는 우리 형 친구가 그러는데요……" 그는 참을성 있게 대답했다. 이따금 아무 이유 없이 웃었지만 우리도 따라 웃었다. 탈의실이 웃음소리로 가득했다. 그래서 나한테는 말케가 유독 눈에 띄었다. 그는 함께 웃지 않았고, 벗은 옷을 접고 거는 일에 집중했다.

말렌브란트의 호루라기 소리가 우리를 체육관의 철봉 밑으로 불러 모았다. 대위는 말렌브란트의 꼼꼼한 지시를 받아가며 체육 수업을 지도했다. 그 말인즉슨 우리는 특별히 애쓸 필요가 없었다는 뜻이다. 왜냐하면 그가 우리에게 뭔가를 보여주는 데 의미가 있었으므로. 양손으로 철봉을 잡고 원을 그리며 크게 돌다 두 다리를 벌려 착지하는 동작도 포함됐다. 호텐 존타크를 빼면 그걸 따라 할 수 있는 사람은 말케뿐이었지만, 아무도 보려 하지 않았다. 그는 무릎을 보기 흉하게 굽힌 채 뻣뻣하게 굳어서는 크게 돌기와 다리 벌리기를 해냈다. 대위가 우리와 함께 신경써서 구성한 마루운동을 시작했을 때도 말케의 울대뼈는 여전히 미친듯이 춤추고 있었다. 누워 있는 일곱 사람을 뛰어넘어 앞구르기로 마무리하는 전방회전을 한 다음 그는 매트 위에 비스듬히 착지했다. 발을 삐었는지 갑상연골을 꿈틀거리며 저만치 평균대에 걸터앉았다가, 두번째 시간에 최상급생들이 합류할 즈음 슬그머니 사라졌다. 최상급생 대항 농구시합이 시작되고 나서야 그는 우리 팀에 합류했고, 서너 골을 넣기도 했다. 그래도 우리가 졌다.

우리 학교의 신고딕식 체육관은 엄숙한 느낌을 풍겼다. 구제브스키 신부가 제아무리 많은 석고상과 희사받은 호화로운 성구들을 밝은 빛이 쏟아지는 체육관 정면의 창 앞에 가져다놓았다 해도, 노이쇼틀란트의 마리아 성당이 현대적으로 설계된 옛 체육관의 실용적인 느낌을 벗어날 수 없었던 것처럼. 모든 비밀을 넘어서는 명료함이 그곳을 지배한 반면, 우리는 비밀로 가득한 어스름 속에서 운동했다. 우리 체육관에는 윗부분이 아치형인 창문이 있었다. 창의 벽돌장식을 따라 장미 문양과 부레 문양의 판유리가 나뉘었다. 마리아 성당에서 올리는 성체성사와 성찬식이 밝은 조명 아래 신비로움을 잃고, 성체 대신 문손잡이라든가 옛날처럼 라켓이나 배턴 같은 운동기구를 나눠줘도 어색하지 않을 딱딱한 작업과정처럼 변하는 것과 반대로, 우리 체육관의 신비로운 빛 속에서, 체육시간 마지막 십 분 동안 집중해서 빠르게 끝내기로 한 농구 게임의 출전 선수를 정하는 제비뽑기는 마치 사제서품이나 견진 성사처럼 엄숙하고 감동적으로 보였다. 뽑힌 사람들이 희미한 어둠 속으로 물러나는 모습은 신성한 의식을 거행하는 듯 경건했다. 특히 밖이 환해지고 아침햇살 몇 줄기가 교정의 밤나무 이파리를 지나 아치형 창문을 통해 들어올 때 링이나 공중그네에서 체조를 하면, 옆으로 비치는 이 빛 덕분에 분위기가 고조되는 효과가 있었다. 애를 쓰면, 오늘까지도 복사의 가운처럼 빨간 우리 김나지움의 체육복 바지를 입은 땅딸막한 대위가 흔들리는 공중그네에서 가볍고 유연하게 체조를 하던 모습을 떠올릴 수 있다. 그는 맨발로 체조를 했는데 날렵하게 쭉 뻗은 두 발이 금빛으로 어른거리는 비스듬한 햇살 속에 나타나 갑자기 공중그네에 무릎을 건 채 매달렸고, 그의 두 손은 금빛 먼지가 아우성치는 긴 광선을 잡으려 했다. 우리 체육관은 그런 예스런 멋이 있었고, 아치형 창문을 통해 탈의실로도 빛이 들어왔다. 그래서 우리는 그 탈의실을 이렇게 불렀다. 제의실.*

말렌브란트가 호루라기를 불었다. 최상급생들과 10학년생들도 모두 농구를 마치고 정렬해 대위를 위해 〈아침이슬을맞으며우리는산으로간다팔레라〉를 부른 다음 해산해 탈의실로 갔다. 학생들은 다시 해군 대위 주변으로 몰려들었다. 최상급생들만이 너무 부담스럽게 굴지 않는 정도였다. 샤워실이 없어서 대위는 하나뿐인 세면대에서 손과 겨드랑이를 꼼꼼히 닦고 재빨리 속옷을 입고, 우리가 볼 겨를도 없이 빌려입

---

* 전례에 쓰이는 제구와 제의를 보관하거나 성직자가 제의를 보관하는 방.

은 체육복을 벗어던지는 동안에도 재차 학생들의 질문에 대답해야 했다. 큰 소리로 웃으며, 윗사람이니 참아준다는 태도긴 했지만 그래도 친절하게. 그러다가 질문과 질문 사이에 문득 입을 다물었다. 처음에는 남몰래 은근슬쩍 더듬거리던 손길이 나중에는 의자 밑까지 훑으며 대놓고 뭔가를 찾았다. "잠깐만 제군들, 곧 복귀하겠다." 그러고 나서 코발트색 바지에 흰 셔츠를 입고, 신발은 없이 양말만 신은 채 대위는 학생들과 의자 사이, 동물원 냄새를 뚫고 지나갔다. 작은 맹수의 우리. 깃을 세운 셔츠는 넥타이와 나로서는 입에 담지 못할 저 훈장을 맞을 채비를 한 채 풀어헤쳐져 있었다. 말렌브란트의 방문 앞에는 일주일 동안의 체육관 사용 일정이 붙어 있었다. 그는 노크를 하고 바로 방안으로 들어갔다.

말케가 아니라고 생각한 사람이 있었을까? 내가 즉각 외쳤는지는 잘 기억나지 않는다. 그랬어야 했겠지만, 여하튼 큰 소리로 외치지 않았던 것만은 확실하다. "말케는 어디 있는 거야?" 실링도 외치지 않았다. 호텐 존타크, 빈터, 쿠프카, 에슈, 누구도 외치지 않았다. 그보다 우리는 왜소한 부슈만 쪽으로 의견을 모았다. 따귀 열두 대를 맞는다 해도, 타고난 웃음을 멈출 줄 모를 녀석에게로.

부드러운 목욕가운을 걸친 말렌브란트가 옷을 입다 만 해군 대위와 우리 사이에 서서 "누군가? 나와!" 하고 고함을 칠 때 부슈만이 떠밀려 나갔다. 나도 부슈만을 외쳤고, 아무래도 그럴 수밖에 없다고 생각하는 지경에까지 이르렀다. 맞아, 부슈만밖에 없지, 부슈만이 아니면 누구겠어.

부슈만이 여러 겹으로 둘러싸여 대위와 최상급생 대표에게까지 심문을 받는 동안 뒤통수 어딘가가 간질거리기 시작했다. 그리고 그 간질거리는 느낌은 부슈만이 심문을 받으면서도 얼굴에서 웃음기를 걷어내지 못해 첫번째 따귀를 맞았을 때 더욱 확실해졌다. 내 눈과 귀가 부슈만의 확실한 자백을 기다리는 동안, 확신은 목덜미를 타고 올라왔다. 저런저런, 모 아무개의 짓은 아닐까.

실실 웃는 부슈만이 확실히 자백하기를 기다리던 내 초조함은 곧 사라졌다. 무엇보다, 이어지는 말렌브란트의 엄청난 따귀 세례가 그의 불안을 내비쳤다. 그 역시 사라진 물건에 대해 더이상 말하지 않았고, 대신 손찌검 사이에 고함을 쳤다. "그만 웃지 못해. 실실 웃지 말라고! 네 얼굴에서 그 웃음기를 사라지게 해주지!"

말이 나왔으니 하는 말이지만, 말렌브란트는 해내지 못했다. 부슈만이 아직 살아 있는지는 모르겠다. 하지만 하이니 부슈만은 의학을 공부하려고 했으니, 치과의사나 수의사 혹은 수련의가 된 부슈만이 있다면 실실 웃는 부슈만 박사가 되었을 것이다. 그 히죽거림은 그리 쉽게 사라지지 않고, 오래 이어지며, 전쟁과 화폐개혁을 이겨내고, 그 당시 해군 대위가 텅 빈 셔츠 깃으로 심문이 성공하길 기다리던 때에 이미 말렌브란트 선생의 따귀를 견뎌낸 것이다.

모든 사람의 눈이 부슈만에게 쏠려 있었음에도, 나는 슬쩍 말케를 돌아보았으나 따로 찾을 필요는 없었다. 목덜미에 전해지는 느낌만으로 그가 어디서 성모찬송을 머릿속으로 흥얼거리고 있는지 알 수 있었으므로. 말케는 이미 옷을 다 입고, 일체의 소란으로부터 벗어나 그리 멀지 않은 곳에서 셔츠의 맨 윗단추를 잠그고 있었다. 셔츠는 재단과 줄무늬를 보아 그의 아버지가 물려준 와이셔츠 중에서 끄집어내 왔을 것이다. 단추를 잠그며 그는 그의 트레이드마크를 단추 뒤에 가두려고 애썼다.

계속해서 목을 만지작거려서 저작근이 따라 움직이는 것을 제외하면, 말케는 침착한 표정을 짓고 있었다. 그는 단추로 울대뼈를 가릴 수 없다는 사실을 깨닫고는 아직 걸려 있던 재킷의 가슴 앞주머니에서 넥타이를 꺼냈다. 우리 반에서 넥타이를 매는 사람은 아무도 없었다. 11학년과 최상급생 중에 시건방진 몇몇만 우스운 나비넥타이를 매고 다닐 뿐이었다. 두 시간 전에 대위가 연단에 서서 자연에 도취된 연설을 하는 동안, 말케의 셔츠 깃은 열려 있었다. 그러나 그의 가슴 앞주머니에서는 이미 꼬깃꼬깃 뭉쳐진 넥타이가 거대한 기회를 기다리고 있었던 것이다.

말케의 넥타이 초연! 탈의실에 하나밖에 없는 위쪽에 때가 낀 거울 앞으로 그는 가까이 다가가지 않았다. 그보다는 일정한 거리를 두고 거울을 보는 시늉을 하며, 치켜세운 셔츠 깃을 따라 알록달록한 물방울 무늬의, 지금 생각하면 몰취미한 헝겊쪼가리를 빙 둘러맨 다음 셔츠 깃을 내렸다. 너무 큰 매듭을 다시 고쳐매고는 큰 소리는 아니지만 힘주어 말했다. 그의 말은 여전히 계속되는 심문 속, 해군 대위의 만류에도 불구하고 말렌브란트가 지칠 줄 모르고 부슈만의 웃는 얼굴에 딱딱 쳐대는 따귓소리 속에서 뚜렷이 들려왔다. "부슈만이 한 것이 아니라고 내기해도 좋아. 그런데 부슈만의 옷가지들을 살펴본 사람은 있나?"

말케는 이내 청중을 끌어들였다. 그는 여전히 거울을 보며 말했다. 그의 넥타이, 새로운 눈속임은 훨씬 나중에야 눈길을 끌었지만 그렇다고 특별히 주의를 끈 것도 아니었다. 말렌브란트가 직접 부슈만의 옷가지들을 뒤졌고 이내 웃는 얼굴에 매질을 할 또다른 이유를 찾아냈다. 그의 재킷 양쪽 주머니에서 개봉한 콘돔 봉투들을 여러 개 찾아냈기 때문이다. 부슈만은 상급생들을 상대로 장사를 하고 있었다. 그의 아버지는 약국을 운영했다. 말렌브란트는 그 외에는 아무것도 찾지 못했다. 해군 대위는 단념하고 장교용 넥타이를 매고는 깃을 접은 다음, 전에는 훈장이 달려 있었으나 이제는 텅 빈 자리를 톡톡 두드리며 말렌브란트에게 제안했다. 사건을 너무 심각하게 받아들이지 말자고. "대체하면 됩니다. 뭐 그리 대수로운 거라고요, 선생님. 애들 장난인걸요!"

그러나 말렌브란트는 체육관과 탈의실을 걸어 잠그고 수색했다. 최상급생 두 명이 그를 도와 우리 주머니며 체육관 구석구석까지 물건을 숨길 만한 곳은 모두 뒤졌다. 처음에는 재밌다는 듯 돕던 해군 대위도 차츰 인내심을 잃었고 탈의실에서 그를 제외하면 누구도 엄두내지 못할 일을 했다. 그가 줄담배를 피우며 담배꽁초를 리놀륨 바닥에 밟아 끄는 걸 본 말렌브란트가 말없이 타구*를 내밀었을 때는 누가 봐도 불편한 분위기가 흘렀다. 수년 동안 세면대 구석에서 먼지를 뒤집어쓰고 있던 그 타구 밑까지 도난당한 물건이 숨겨져 있는지 들춰본 후였다.

해군 대위는 학생처럼 얼굴을 붉혔고, 금방 불붙인 담배를 끝이 가볍게 올라간 이야기꾼 입에서 뗀 후부터는 담배를 피우는 대신 팔짱을 끼고 있었다. 그러고는 바쁘다는 듯 시간을 확인해보려 무뚝뚝한 권투선수 같은 동작으로 손목시계를 옷소매에서 꺼내 보임으로써 초조한 심경을 드러냈다.

---

* 제2차세계대전 무렵까지 바닥이 더러워지는 것을 방지하기 위해 얇은 함석으로 된 그릇을 비치해두곤 했다.

그는 문가에서 장갑을 낀 채로 작별을 고하며 수색방식이 마음에 들지 않았다는 것과 이 불미스러운 사건을 교장선생님께 위임하겠다는 의지를 시사했다. 자신의 휴가를 버릇없는 조무래기들 때문에 망치고 싶지는 않았으므로.

말렌브란트가 최상급생 중 한 명에게 열쇠를 던졌는데, 그 학생은 탈의실 문을 여는 동안 민망한 침묵이 돌게끔 하는 데 손색이 없을 만큼 서툴렀다.

VIII

이어지는 수색에 토요일 오후를 허비했지만, 아무 성과도 얻지 못했다. 그리고 여기서 언급할 만한 가치도 없는 약간의 단편적인 순간들만이 내 기억에 남아 있을 뿐이다. 나는 말케에게서, 앞에서 언급한 그의 넥타이에서 눈을 뗄 수 없었다. 그는 이따금 매듭을 밀어올렸지만 소용없었다. 못이라도 박아야 말케는 만족했을 것이다.

그리고 해군 대위는? 이것이 타당한 질문이라면, 그저 간단하게 대답할 수 있을 것이다. 그는 오후 수색에서 빠졌고, 확인할 길은 없겠지만 이런 추측은 가능한데, 약혼자와 함께 시내의 훈장가게들을 샅샅이 뒤지고 다녔을 것이다. 우리 반의 누군가가 다음날인 일요일에 '사계절' 카페에서 그를 보았다고 했다. 약혼자와 그녀의 부모가 그를 둘러싸고 있었을 뿐아니라, 그의 셔츠 깃에도 빠진 것이 없었다. 카페의 손님들은 어렴풋이 알아차렸을 것이다. 그들 가운데 앉아 전쟁에 접어든 지 삼 년째 되는 해 뻑뻑한 케이크를 포크로 예의바르게 천천히 먹으려 애쓰는 사내가 어떤 사람인지.

내 일요일 일정에 카페는 들어 있지 않았다. 나는 구제브스키 신부에게 아침미사 시중을 들기로 약속했다. 말케는 울긋불긋한 넥타이를 매고 일곱시가 조금 지나 성당으로 왔고 늘 참석하는 노파 다섯 명과 합세했으나, 옛 체육관의 공허함을 덮지는 못했다. 그는 언제나처럼 레프트윙에서 성찬식에 참가했다. 전날 저녁, 학교에서 수색이 끝나자마자 그는 마리아 성당을 찾아가 고해했을 것이다. 아니면 성심 성당에서 이런저런 이유로 빙케 주교의 귀에 속삭였거나.

구제브스키가 나를 불러세우더니, 러시아에서 복무중이거나 어쩌면 더이상은 복무중이 아닐 내 형의 안부를 물었다. 몇 주째 형에게서는 소식이 없었으니까. 내가 미사복과 장백의* 일체를 새로 다리고 풀을 먹여서, 그가 내게 동그란 산딸기 드롭스 두 팩을 준 건지도 모른다. 확실한 것은, 내가 제의실에서 나왔을 때 말케는 이미 가고 없었다. 그는 나보다 한 발 앞서 전차를 탔을 것이다. 나는 막스 할베 광장에서 9호선 연결차량을 탔다. 실링은 마그데부르크 거리에서, 전차가 이미 상당히 달리고 있을 때 뛰어올랐다. 우리는 전혀 다른 화제를 꺼냈다. 어쩌면 내가 그에게 구제브스키 신부에게서 얻은 산딸기 드롭스를 내밀었는지도 모른다. 자스페 농장과 자스페 공동묘지 사이에서 우리는 호텔 존타크를 추월했다. 그는 여성용 자전거에 올라타 있었고 조

---

* 사제가 미사 때 입는 길고 흰 옷.

그만 포크리프케가 말 탄 자세로 짐받이에 걸터앉아 있었다. 여전히 그 가냘픈 것의 다리는 매끈한 개구리 다리였지만 더는 모든 곳이 다 납작하지는 않았다. 순풍이 그녀의 머리 길이를 알려주었다.

우리가 자스페의 선로바꿈틀에서 역방향 전차를 기다려야 했으므로 호텐 존타크는 툴라와 함께 다시 우리를 앞서갔다. 두 사람은 브뢰젠역에서 우리를 기다렸다. 자전거는 해수욕장 관리실의 휴지통에 기대 세워져 있었다. 둘은 오누이 놀이라도 하듯 새끼손가락과 새끼손가락을 걸고 있었다. 툴라의 원피스는 파란색, 청색 착색제색이었고 여기저기 너무 짧고 너무 끼고 너무 파랬다. 호텐 존타크가 목욕가운 등을 돌돌 말아 들고 있었다. 우리는 말없이 서로 눈빛으로 이해했고, 무거운 침묵 속에서 이런 말을 읽어냈다. "뻔하지, 말케 아니면 누구겠어? 대단한 녀석."

툴라는 자세한 이야기를 듣고 싶어 뾰족한 손으로 밀거나 툭툭 치곤 했다. 그러나 우리 중 누구도 그 물건의 이름을 분명히 언급하지 않았다. '말케가아니면누구겠어'라든가 '뻔하지'라는 간결한 말만 이어질 뿐이었다. 새로운 용어를 생각해낸 것은 실링, 아니 나뿐이었다. 나는 호텐 존타크의 머리와 툴라의 작은 머리 사이의 틈에 대고 말했다. "위대한 말케. 그렇게 한 것은, 할 수 있는 사람은 오로지, 위대한 말케뿐이야."

그리고 이 명칭은 굳어졌다. 그전에 말케에게 붙이려고 시도했던 모든 별명은 짧은 시간 안에 사라지곤 했다. '수프용 닭'이 기억난다. 그가 옆에 없을 때면 우리는 그를 딸꾹이, 꿀꺽이라고도 불렀다. 그러나 내가 즉흥적으로 "그것은 위대한 말케가 한 짓이다!"라고 외친 후에야 비로소 지속성을 가진 별명이 생겼다. 그런 이유로 이따금 이 기록에서 요아힘 말케를 말할 때 '위대한 말케'라고 부르는 것이다.

매표소에서 우리는 툴라와 떨어졌다. 그녀는 여성욕장으로 갔고, 튀어나온 양쪽 어깨뼈로 원피스 천을 팽팽히 당기고 있었다. 남성욕장 앞의 베란다처럼 생긴 입구에서부터 펼쳐진 하얀 구름 몇 점이 유유히 흘러가며 그림자를 드리웠다. 수온 19도. 우리 셋은 찾을 것도 없이 두 번째 모래톱 너머에서 누군가가 배영으로 거칠게 흰 거품을 일으키며 소해정의 상갑판 선실로 헤엄쳐가는 모습을 보았다. 우리의 의견은 일치했다. 누구 한 사람만 그를 뒤쫓아야겠다고. 실링과 나는 호텐 존타크를 지목했다. 그러나 그는 툴라 포크리프케와 같이 가족욕장의 일광차단벽 뒤에 누워 개구리 다리 위에 바닷모래를 뿌리고 싶다고 했다. 실링은 아침을 너무 많이 먹었다고 했다. "달걀이랑 이것저것. 크람피츠에 계신 할머니가 닭을 키우셔서 일요일이면 가끔 한 꾸러미씩 가져오시거든."

나는 핑곗거리가 떠오르지 않았다. 아침은 이미 미사 전에 먹었다. 미사 전 금식 같은 규칙을 지키는 일도 드물었다. 그에게 '위대한 말케'라고 한 사람은 실링도 호텐 존타크도 아니었다. 내가 그를 뒤따라 헤엄쳐가겠다고 했고, 특별히 서두르지는 않았다.

툴라 포크리프케가 함께 헤엄쳐가겠다고 하는 바람에 여성욕장과 가족욕장 사이의 트랩에서 한바탕 소란이 일어날 뻔했다. 그녀는 팔다리를 장작개비 묶음처럼 모으고 난간에 앉아 있었다. 그때도 그랬지만 이미 몇 년 전 여름부터 이 쥐색의, 온통 거칠게 덧댄 어린이용 수영복은 그녀의 몸에 착 달라붙었다. 보일 듯 말 듯 솟은 가슴 언저리가 답답해 보이고, 넓적다리는 꽉 끼었다. 다리 사이로 엉긴 천은 거기 주름 모양대로 접혀 있었다. 그녀는 코를 찡그리고 발가락을 쭉 펴며 불평했다. 호텐 존타크가 그녀의 귀에 대고 속삭였고, 툴라가 어떤 선물에 혹해서 함께 헤엄치겠다는 마음을 접으려 할 때, 8, 9학년생 너댓 명이 난간을 넘어왔다. 이미 작은 배에서 자주 봤던, 수영을 잘하는 아이들이었다. 작은 배가 목적지라고 밝히지 않고 "우리는 완전히 다른 곳에 가려고요. 방파제든 어디든 일단 보고요"라고 말했지만, 사실은 작은 배로 가고 싶었던 것이다. 어디서 무슨 말을 엿들은 건지. 호텐 존타크가 나를 도와주었다. "저 녀석 따라 헤엄치는 사람은 불알이 뽑힐 줄 알아!"

나는 좁은 트랩에서 낮은 각도로 다이빙해 헤엄치기 시작했다. 자주 자세를 바꾸었으며 서두르지 않았다. 수영을 하는 동안 그리고 지금 글을 쓰는 동안에도, 나는 툴라 포크리프케를 생각하려 애썼고 또 애쓰고 있다. 왜냐하면 언제나 말케만 생각하고 싶지는 않았고, 지금도 그러니까. 그래서 나는 배영을 했고, 그래서 나는 지금도 배영을 했다고 쓴다. 그래야만 나는 쥐색 수영복을 입고 난간에 걸터앉은 앙상한 툴라 포크리프케의 모습을 볼 수 있었고, 지금도 볼 수 있다. 그녀는 더 작아지고, 더 미쳐가고, 더 고통스럽게 변해간다. 왜냐하면 그녀는 우리 모두의 살 속에 가시처럼 박혀 있으므로. 그러나 내가 두번째 모래톱을 지날 때쯤 그녀는 사라지고, 점도 가시도 더이상 존재하지 않았다. 나는 더이상 툴라에게서 헤엄쳐오는 게 아니라, 말케를 향해 헤엄쳐가고 있었고, 지금 나는 너를 향해 쓰고 있다. 나는 평영으로 헤엄치며 서두르지 않았다.

그리고 물이 띄워주고 있으니, 두 번의 스트로크* 사이에 기록한다. 그날은 긴 여름방학이 시작되기 전 마지막 일요일이었다. 그 당시 무슨 일이 있었나? 연합군이 크림반도를 손에 넣었고, 롬멜 장군은 북아프리카에서 다시 진격에 나섰다.** 부활절부터 우리는 10학년이었다. 에슈와 호텐 존타크는 둘 다 공군에 자원했으나, 해군에 갈까 말까 줄곧 망설이던 나와 마찬가지로 기갑척탄병***이 되었다. 일종의 보병 정예부대였다. 말케는 지원하지 않고 평소처럼 혼자 예외가 되어 말했다. "너희 돌았구나!" 우리보다 한 살 많은 그에게는 우리보다 앞서갈 절호의 기회들이 있었는데도. 그러나 기록하는 자는 앞서가서는 안 된다.

마지막 이백 미터를 나는 더욱 시간을 끌면서 호흡이 가빠지지 않도록 평영 자세를 유지하며 헤엄쳤다. 위대한 말케는 언제나처럼 나침함의 그늘에 앉아 있었다. 햇빛에 노출된 건 무릎뿐이었다. 벌써 물속에 한번 들어갔다 나온 게 분명했다. 어느 서곡의 쿨럭거리는 뒷부분이 실바람을 타고 잔잔한 파도와 함께 내게로 다가왔다. 그가 의도한 효과였다. 그는 작은 방으로 잠수해, 축음기의 크랭크를 돌리고, 레코드판을 올려놓고, 정확한 앞가르마를 탄 머리를 쑥 내밀며 물 밖으로 솟구쳤다. 그리고 갈매기들이 작은 배 위를 날며 윤회에 대한 믿음을 울음소

---

* 수영에서 팔로 물을 끌어당기는 동작.
** 1942년 독일-루마니아 연합군이 러시아 크림반도를 점령했고 비슷한 시기에 롬멜 장군이 이끄는 독일-이탈리아 부대가 북아프리카에서 영국 병력을 이집트 국경까지 격퇴시켰다.
*** 제2차세계대전중 독일에서 처음 생긴 명칭으로, 장갑을 두른 차량을 타고 다니면서 적의 차량이나 전차를 공격하던 보병을 말한다. 현재는 차량화 또는 기계화 보병이라 부른다.

리로 반주하는 동안 그늘 속에 웅크리고 앉아 자신의 음악을 들었다.

아니, 너무 늦기 전에 나는 다시 배영으로 자세를 바꿔 커다란 감자 자루 모양의 뭉게구름을 바라봐야겠다. 구름은 항상 푸치히만에서 우리의 작은 배를 지나 하염없이 남동쪽으로 흘러가면서 빛이 들고 나게 만들었고, 구름 폭만큼의 시원함을 주었다. 알반 신부님이 내 도움을 받아 우리 콜핑관*에서 열었던 〈우리 구 어린이들이 여름을 그리다〉 전시회에서 본 것을 제외하고는, 그토록 아름답고, 그토록 하얗고, 그렇게 감자 자루처럼 생긴 구름을 다시는 본 적이 없다. 다시 말하지만, 작은 배의 허물처럼 벗겨진 녹에 손이 닿기 전이다. 왜 나인가? 어째서 호텐 존타크나 실링이 아닌가? 8, 9학년생들을 작은 배로 보내거나 툴라를 호텐 존타크와 함께 보낼 수도 있는 것 아닌가. 툴라를 둘러싸고 모두가 함께 갈 수도 있었다. 무엇보다 그 말라깽이의 꽁무니를 쫓아다닌 8, 9학년생들과. 그중 하나는 툴라와 친척인 듯했다. 모두가 그를 툴라의 사촌이라고 불렀으니까. 그러나 나는 혼자 헤엄쳤고, 실링에게 누구도 나를 따라 헤엄쳐오지 못하도록 감시하게 했으며 서두르지 않았다.

성 말고 이름까지 밝힐 필요는 없겠지, 나 필렌츠는 과거 한때 복사였고, 셀 수 없이 많은 꿈이 있었지만, 지금은 콜핑관의 서기로, 미사의 마술에서 벗어나지 못하고, 그노시스파의 레옹 블루아와 하인리히 뵐, 프리드리히 헤어를 읽는다. 종종 저 친애하는 아우구스티누스의 고백에 감격하며, 지나치게 진한 홍차를 앞에 놓고 열린 마음으로, 여전히

---

* 국제콜핑협회는 아돌프 콜핑 신부가 창립한 가톨릭 가족 공동체로, 전 세계 회원들이 크리스천 정신에 입각해 사회에 이바지하도록 설립된 단체다.

믿음이 넘치지도 모자라지도 않는 프란체스코파의 일반 신부와 밤새 토론한다. 그리스도의 피와 삼위일체와 은혜로운 성사*에 대해, 말케와 말케의 마리아, 말케의 울대뼈와 말케의 이모, 말케의 앞가르마, 설탕물, 축음기, 흰 올빼미, 드라이버, 털술, 야광 단추, 고양이와 쥐, 메아 쿨파** 나의 죄에 대해 이야기한다. 그리고 위대한 말케가 작은 배에 앉아 있던 모습과 내가 서두르지 않고, 평영으로, 배영으로 그에게 헤엄쳐간 것에 대해 말한다. 왜냐하면 말케가 누군가와 우정을 맺을 수 있었다고 치면, 그와 우정을 나눴다고 할 수 있는 것은 나뿐이었을 테니까. 어쨌든 나는 애를 썼다. 애쓰기는 무슨! 나 혼자서 그와 그의 바뀌는 상징물들과 함께 다녔을 뿐이다. 말케가 만일 "이거랑 저거 해!"라고 지시했다면 나는 그뿐 아니라 더한 것도 했을 것이다. 그러나 말케는 아무것도 지시하지 않았고, 더 멀리 돌아가는 길인데도 함께 학교로 걸어가고 싶어 내가 오스터가로 그를 찾아가도 이렇다 할 말이나 표정 없이 그대로 두었다. 그가 털술을 유행시키기 시작했을 때, 그에 동참해 처음으로 목에 술을 달고 간 사람은 나였다. 집에서뿐이었지만, 한동안 드라이버를 신발끈에 매달고 다닌 적도 있었다. 8학년이 된 이후로 신앙과 믿음의 전제가 모두 사라져버렸지만, 내가 복사로 구제브스키 신부가 부르면 계속 응한 것도, 오직 성찬식 때 말케의 울대뼈를 지켜볼 수 있었기 때문이다. 그래서, 위대한 말케가 산호해에서는 항공모함의 전투***가

---

* 견진, 고백, 성세, 병자, 성체, 신품, 혼배의 일곱 가지 성사.
** 라틴어로 '내 탓이오'라는 뜻. 가톨릭에서 사죄나 고해의 기도를 할 때 가슴을 치며 읊는 문구다.
*** 산호해해전. 1942년 5월 남태평양 산호해에서 일본 해군과 미국-호주 연합해군 사이에 벌어진 전투다.

있던 1942년의 부활절 방학 이후에 처음으로 수염을 깎자, 이틀 후에 나도 똑같이 턱을 긁어냈다. 밀 턱수염조차 없었으면서. 그리고 잠수함 장의 강연 후에 말케가 내게 "필렌츠, 저 끈 달린 물건을 훔쳐!"라고 했다면 검은색과 흰색, 빨간색으로 된 그 물건을 옷걸이에서 떼어내 너를 위해 감췄을 것이다.

그러나 말케는 자신의 일은 스스로 했고, 함교의 그늘에 앉아 마지막으로 짜내는 고통스러운 수중음악에 귀기울이고 있었다. 카발레리아 루스티카나.* ―하늘에는 갈매기―바다는 잔잔하다, 잔물결이 일다, 숨가쁜 파도가 쳤다가―정박지에는 두 대의 정기선―획 사라지는 그림자―푸치히항 근처에 무리지어 있는 쾌속정들, 여섯 개의 뱃머리에 부딪치는 파도, 그 사이 어선―작은 배는 벌써 쿨럭거리고, 나는 천천히 평영으로 헤엄쳐가고, 보였다가 보이지 않다가―배기구의 잔해 사이로―다 합쳐서 대체 몇 척이었을까?―손이 녹에 닿기 전에, 너를, 본다, 십오 년 동안, 너를! 헤엄쳐, 녹을 잡고, 너를 본다. 위대한 말케는 꿈쩍 않고 그늘에 앉아 있다. 땅 밑의 레코드판은 같은 자리에 걸려, 언제나 같은 자리와 사랑에 빠져, 점점 느리게 돌아가고, 갈매기들은 스쳐날아가고, 그리고 너는 끈이 달린 그 물건을 목에 걸고 있다.

그것 말고는 아무것도 걸치지 않아 이상했다. 늘 그렇듯 햇빛에 화상을 입은 여윈 알몸을 드러내고 그늘에 웅크리고 있었다. 무릎만 하얗게 빛났다. 성기는 반쯤 일어나 있고 고환은 녹 위에 달라붙어 있었다. 두 손은 오금 사이에 붙들려 있다. 귀 뒤로 넘긴 머리가 가닥져 있지만,

* 이탈리아의 작곡자 피에트로 마스카니의 오페라.

잠수를 한 후인데도 앞가르마는 그대로였다. 얼굴은 이렇게 말하고 싶다. 구세주의 얼굴. 그리고 그 아래로 유일하게 걸치고 있던 것은, 쇄골로부터 한 뼘 아래에 움직임도 없이 걸려 있는 매우 큰 봉봉이었다.

내가 늘 추측한 대로, 그동안 예비모터들도 있긴 했지만, 말케의 모터이며 브레이크였던 그 울대뼈는 처음으로 정확한 균형추를 찾았다. 그것은 피부 아래 조용히 잠들어 한동안 펄떡거릴 필요가 없었다. 왜냐하면 그것을 온순하게 하고, 균형감을 부여하는 저 물건에는 유구한 역사가 있었으니까. 금과 철을 맞바꾸던 1813년에 이미 싱켈의 손에서 고전주의적인 감각을 담아 설계되어, 눈길을 끌었다. 1870년과 1871년 사이, 1914년과 1918년 사이에 약간의 수정이 가해졌고 이번에도 그랬다. 싱켈의 분신이 처음으로 가슴에서 목으로 옮겨져 좌우대칭을 신조로 삼고 있었지만, 몰타의 십자*에서 착안한 푸르 르 메리트 훈장**과는 아무 관련이 없었다.

"어이, 필렌츠! 정말 근사한 물건이지, 안 그래?"

"멋진데, 좀 만져보자."

"정직하게 건졌어, 그렇지?"

"난 네가 한 짓인 줄 금방 알았어."

"짓이라니! 어제 수여받은 건데. 무르만스크 항로 위 호송선단에서 증기선 다섯 척, 거기다 사우샘프턴급 순양함 한 척을……" 우리는 실

---

* 성요한 십자, 아말피 십자라고도 부른다. 몰타 기사단을 상징하는 십자로, V자 네 개가 하나로 결합한 형태다.
** 1740년에 프로이센왕국에서 제정한 훈장 중 하나. 기사 훈장과 마찬가지로 목에 거는 형태였다.

없는 소리를 주고받으면서 서로 기분좋은 것으로 보이려 하며, 영국 진군가를 1절부터 후렴까지 고함치듯 불러대며 새로운 가사를 지어냈다. 가사에 따르면 복부에 구멍이 뚫리는 것은 유조선이나 수송선이 아니라 구드룬 고등학교의 특정한 여학생들이나 여교사들이었다. 그리고 두 손으로 메가폰을 만들어서는 황당하고 과대망상에 가까운 침몰 건수를 포함한 뉴스 특보를 떠들며 주먹과 발뒤꿈치로 함교의 갑판을 두드려댔다. 작은 배는 우르릉거리고, 덜커덕거리고, 말라붙었던 똥은 튀어오르고, 갈매기떼가 다시 모여들고, 쾌속정이 항구로 들어오고, 우리 머리 위로 하얗고 예쁜 구름이 지나가고, 수평선에, 길게 퍼지는 연기, 왕복, 행복, 아지랑이, 수면 위로 튀어오르는 물고기도 없고, 날씨는 계속 화창했다. 그것이 뛰어올랐으나 목구멍 때문은 아니었다. 그가 온몸에서 생기를 뿜으며 처음으로 구세주의 표정을 지우고 약간 철없이 굴었기 때문이다. 아니, 그보다는 실성한 듯 그것을 목에서 떼어내 건들거리면서 끈의 양끝을 허리뼈 위에 걸치고서 다리와 양어깨와 고개를 뒤틀며 상당히 요상한 포즈를 취했다. 그는 특정한 누군가는 아니지만 어쨌든 소녀를 우스꽝스럽게 흉내내며, 커다란 강철 봉봉이 고환과 성기 앞에서 흔들리게 했다. 그러나 훈장은 그의 성기를 겨우 3분의 1 남짓 가릴 뿐이었다.

그리고 사이사이, 너의 서커스쇼가 점차 내 신경에 거슬리기 시작하면서 나는 그에게 물었다. 그 물건을 계속 가지고 있을 계획이냐고. 그걸 함교 갑판 밑 그의 어두운 방에, 흰 올빼미와 축음기 그리고 피우수트스키 원수 사이에 보관해두는 것이 낫지 않겠느냐고도 말했다.

위대한 말케는 다른 계획을 가지고 있었고 그대로 실행했다. 말케가 그 물건을 갑판 밑에 보관해두었더라면, 애초에 내가 말케와 절대 친하게 지내지 않았더라면, 아니 그보다 그 둘 다였더라면, 그 물건을 무전실에 감췄더라면, 그리고 내가 그냥 호기심에서 가볍게, 같은 반이기도 하니까 말케와 형식적으로 친하게 지내는 정도였다면, 그랬다면 나는 지금 이렇게 쓸 필요가 없을 테니까, 알반 신부에게 말할 필요도 없었을 테니까. "제 잘못이었을까요, 말케가 나중에……" 그러나 나는 쓴다, 그것은 사라져야 할 것이므로. 흰 종이 위에서 곡예를 부리는 일은 편안하기는 하지만 흰 구름, 산들바람, 반듯하게 입항하는 쾌속정과 그리스연극의 합창단 역할을 하는 갈매기 편대가 내게 무슨 도움이 된단 말인가. 문법으로 만들어내는 마법 따위가 무슨 소용인가. 모든 문장을 소문자로 구두점도 없이 쓴다 해도. 그럼에도 나는 말해야 할 것이다. 말케는 옛 폴란드 소해정 '리비트바'의 무전실에 그 물건을 숨기지 않았고, 피우수트스키 원수와 검은 마돈나 사이에도, 수명이 다해가는 축음기와 부패해가는 흰 올빼미 사이에도 걸어두지 않았고, 내가 갈매기를 세는 동안, 아주 잠깐만, 봉봉을 목에 걸고 물속으로 내려가 삼십 분가량 머물렀으며, 나는 확신하는데, 그의 성처녀 앞에서 훌륭한 훈장을 뽐낸 다음, 함수의 해치 밖으로 다시 나와, 수영복을 입고 훈장을 목에 건 채 나와 함께 고른 속도로 해수욕장으로 돌아와서는 그 쇠붙이를 손에 감춘 채 실링을, 호텐 존타크를, 툴라 포크리프케를, 8,9학년생들을 따돌리고 남자욕장의 탈의실로 가지고 들어갔다고.

나는 말수를 아껴가며 툴라와 그녀의 추종자들에게 이야기를 대충 둘러댄 다음 마찬가지로 탈의실로 사라져 급히 옷을 갈아입고 9번 전차 정류장에서 말케를 붙잡았다. 전차를 타고 가는 내내 나는 그를 설득하려고 애썼다. 주소를 알아낼 수 있을 테니, 그 훈장을 해군 대위에게 직접 가져다주면 어떻겠느냐고.

그는 내 말을 듣지 않았던 것 같다. 우리는 뒤쪽 승강구에 못박힌 듯서 있었다. 일요일 오전이 끝나갈 무렵이라 우리 주변에 사람들이 바글거렸다. 정류장과 정류장 사이에서 그는 내 셔츠와 자기 셔츠 사이로 손바닥을 펴 보였다. 그리고 우리 둘은 고개를 푹 수그린 채 아직 축축하고 구겨진 끈이 달린 엄숙하고 어두운 금속을 내려다보았다. 구트 자스페에 도착할 무렵 말케는 끈을 묶지는 않고 승강장의 유리를 거울삼아 훈장을 대충 넥타이 매듭 위에 대보았다. 전차가 멈추고 맞은편에서 오는 차를 기다리는 동안, 나는 그의 한쪽 귀 너머로, 허물어져가는 자스페 묘지를 지나, 굽은 해안의 소나무방풍림 저편 비행장 쪽으로 시선을 돌렸다. 운좋게도 동체가 큰 삼발기 Ju52가 시끌벅적하게 착륙하며 나를 도왔다.

그러나 일요일의 전차 안 승객들에게 어차피 위대한 말케의 전람회를 돌아볼 눈은 없었을 것이다. 그들은 어린아이들과 돌돌 말아 든 해수욕가운을 안고 좌석 저편까지 들리는 큰 소리로 해변에서 쌓인 피로와 맞서야만 했다. 낮아졌다가 높아졌다가 억눌리고 다시 잠에서 깨어나는 아이들의 울고 보채는 소리가 앞 승강구에서 뒷 승강구로 밀려왔다가 밀려갔다. 어떤 우유든 상하게 만들어버릴 냄새들과 함께.

종착역인 브룬스회프 거리에서 우리는 하차했다. 말케는 어깨너머로 말했다. 발데마어 클로제 교장선생님의 점심 휴식을 방해할 계획이라고. 혼자 갈 생각이니, 자기를 기다릴 필요는 없다고도.

누구나 알고 있듯, 클로제는 바움바흐알레에 살고 있었다. 타일이 붙어 있는 철로의 터널을 지날 때까지 나는 그를 배웅했고, 그다음부터는 말케 혼자 가도록 두었다. 그는 서두르지 않고, 선회하는 전투기처럼 지그재그로 걸으며 왼손 엄지와 검지로 끈의 양끝을 쥐고 훈장을 빙빙 돌려 프로펠러로, 바움바흐알레로 가는 추진력으로 삼았다.

빌어먹을 계획이고 빌어먹을 행동이었다! 네가 그것을 보리수나무 위로 던져버렸더라면. 활엽수 그늘이 드리워진 고급 주택가 지역에는 그 물건을 물고 가 남모르게 숨겨두거나, 은수저와 반지와 브로치가 있는 곳으로, 잡동사니 더미로 가져갈 까치들이 충분히 있었다.

말케는 월요일에 결석을 했다. 교실은 웅성거렸다. 브루니스 선생님이 독일어 수업을 했다. 그는 또다시 학생들에게 나눠줘야 할 세비온 정을 빨고 있었다. 아이헨도르프가 펼쳐져 있었다. 달콤하게 끈적대는 노인 특유의 우물거리는 소리가 교탁으로부터 들려왔다. 『방랑아 이야기』*의 몇 페이지, 물레방아, 조그만 반지, 악사, 나그네처럼 떠도는 두 명의 건장한 사나이가, 너는 그 무엇보다도 노루를 사랑하는가,** 한 자락의 노래가 모든 것 속에 잠든다,*** 포근한 바람이 파랗게 흘러온다.**** 말케에 대해서는 아무 말이 없다.

화요일이 되어서야 클로제 교장이 회색 서류철을 들고, 안절부절못

---

* 독일 작가 요제프 폰 아이헨도르프의 소설.

** 아이헨도르프의 시 「여명」의 한 구절.

*** 아이헨도르프의 시 「마법 지팡이」의 한 구절.

**** 아이헨도르프의 시 「상쾌한 여행」의 한 구절.

하며 손을 비벼대는 에르트만 선생 옆에 섰다. 그리고 우리 머리 위로 서늘한 입김을 내보내며 힘주어 말했다. 전대미문의 사건이 발생했다. 그것도 모두가 단결하지 않으면 안 될 이 운명적인 시기에 말이다. 클로제는 이름을 말하지 않았다. 당사자는 이 학교에서 이미 퇴학 조치했다. 그러나 별도 기관, 예를 들면 지역 지도부* 같은 데는 보고하지 않기로 결정했다. 학생 제군 모두 남자답게 침묵을 지켜주고, 이런 불상사를 씻어내려는 학교 당국의 뜻을 마음에 새겨주길 권고하는 바이다. 이것이 본교의 졸업생이며, 해군 대위이며, 잠수함장이자 훈장 수훈자인 선배의 바람이다 등등······

전쟁중에 김나지움에서 퇴학을 당하는 사람은 거의 없었고, 위대한 말케는 쫓겨났으나 호르스트 베셀 실업고등학교**로 전학 조치되었다. 그 학교에서도 그의 사건은 크게 알려지지 않았다.

---

* 히틀러 청소년단 내 최상부 조직에 해당하는 제국 청소년 지도부 산하의 조직.
** 〈호르스트 베셀의 노래〉는 국가사회주의독일노동당(NSDAP)의 당가로 사용되었으며 나치 독일의 비공식 국가이기도 했다.

IX

호르스트 베셀 실업고등학교는 전쟁 전에는 빌헬름 황태자 실업김 나지움이라는 이름으로 불렸으며 우리 학교와 비슷하게 퀴퀴한 먼지 냄새가 났다. 교사校舍는 내가 알기로는 1912년에 지어졌다. 겉만 봐서는 벽돌 상자 같은 우리 학교보다 친밀하게 느껴졌으며, 교외 남쪽 지역 예슈켄탈 숲 기슭에 자리했다. 그래서 가을에 개학하고 나서는 말케의 통학로와 내 통학로는 어디서도 겹치지 않았다.

그러나 긴 여름방학 동안에도 그는 행방불명이었다. 말케가 없는 여름이라니. 입영 전에 무선 기술 교육을 받을 수 있는 한 훈련소에 입소했다는 것이다. 브뢰젠에서도 글레트카우 해수욕장에서도 일광화상을 입은 그의 모습은 보이지 않았다. 마리아 성당에서 그를 찾아봐도 허사였으므로, 구제브스키 신부는 방학 동안 자신의 신뢰할 만한 복사 중

한 사람을 포기해야 했다. 복사 필렌츠는 스스로에게 말했다. 말케 없는 미사는 없다.

남은 우리는 그럼에도 가끔 무료하게 작은 배 위에 앉아 있었다. 호텐 존타크가 무전실 입구를 찾아보았으나 헛수고였다. 8, 9학년생들 사이에도 함교 안에 멋있고 특이하게 꾸며진 방이 있다는 소문이 언제나 새롭게 떠돌았다. 바보 같은 졸개들이 슈퇴르테베커라고 부르며 따르는, 미간이 좁은 건방진 자식 하나가 지칠 줄 모르고 잠수를 했다. 툴라 포크리프케의 사촌이라는 빌빌한 녀석은 한두 번 작은 배로 왔지만 잠수는 한 번도 하지 않았다. 머릿속에서던가 아니면 입 밖으로 소리를 냈던가, 나는 그와 툴라에 대해 얘기하려 했다. 그녀에게 마음이 있었으니까. 나뿐만 아니라 물론 그 사촌도, 뭐였더라? 툴라의 닳아빠진 면직물과 몸에 밴 목공장의 아교냄새에 사로잡혀 있었던 것이다. "그게 그쪽하고 무슨 상관인데요!" 사촌은 내게 말했다. 혹은 그렇게 말했을 수 있다.

툴라는 작은 배로 오지 않고 해수욕장에 머물렀다. 호텐 존타크와는 끝났다. 나는 그녀와 두 번 극장에 가긴 했지만, 그럼에도 운은 없었다. 그녀는 극장에는 누구하고든 갔다. 그녀는 그 슈퇴르테베커에게 반해 있었다. 불행히도 일방적으로. 슈퇴르테베커는 무엇보다 우리의 작은 배에 반해 말케의 방으로 가는 입구를 찾는 듯 보였으니 말이다. 긴 방학이 끝나갈 무렵 그의 잠수가 성공을 거뒀다는 소문이 들려왔다. 그러나 증거는 없었다. 그는 물을 먹고 부풀어오른 레코드판도 썩은 올빼미 깃털도 가지고 올라오지 않았다. 그럼에도 소문은 사라지지 않았다. 그리고 이 년 반 후에 슈퇴르테베커가 단장이라는 저 상당히 베일에 싸인 청소년 그룹의 존재가 발각되었을 때, 재판 도중 여러 번 우리의 작은 배와 함교 내부의 숨겨진 방에 대한 것들이 언급되었다고 했다. 그러나 나는 그때 이미 군에 입대한 후라 띄엄띄엄 전해들었을 뿐이다. 구제브스키 신부가 우편이 통할 때까지 꾸준히 근심어린 편지에다 우정어린 편지마저 써 보내준 덕분이었다. 1945년 1월, 러시아군이 이미 엘빙을 향해 진격하고 있을 때* 그가 보낸 마지막 편지에는 소위 먼지 떨이단이 빙케 주교가 봉직하는 성심 성당을 파렴치하게 습격했다고 적혀 있었다. 편지에는 슈퇴르테베커라는 소년의 이름이 그의 성姓과 함께 언급되었다. 그 그룹이 부적으로, 마스코트로 섬긴다는 세 살짜리 어린애**에 대한 이야기도 읽은 것 같다. 확신할 때도 있고, 의심이 들 때도 있다. 구제브스키가 마지막 혹은 마지막에서 두번째 편지에 그 작은 배도 언급했었는지. 일기장과 함께 빵봉지에 넣어두었던 편지 묶음은 콧부스 근방에서 잃어버렸다. 1942년의 여름방학이 시작하기 전에는 그 위대한 날을 축하할 수 있었으나, 여름방학 동안에 그 영광은 사라졌다. 지금도 여전히 그 여름은 싱겁게만 느껴진다. 말케가 없었으므로. 말케 없는 여름은 없다!

그가 없다고 해서 우리가 절망했던 것은 아니다. 특히 나는 그가 없는 것이, 그를 뒤쫓지 않아도 되는 것이 홀가분했다. 그런데 나는 어째서 개학하자마자 구제브스키 신부에게 가서 복사를 자청했던 것일까? 신부님은 테 없는 안경 너머로 자글자글 주름 잡힌 웃음을 지었으나,

---

* 1945년 1월 12일, 소련 군대가 단치히 동남쪽에 위치한 엘빙을 포함한 독일군 점령지로 밀고 들어왔다.
** 『양철북』의 오스카.

내가 그의 곁에서, 제의실에서 그의 사제복에 솔질을 하며 요아힘 말케에 대해 묻자, 안경 너머의 주름을 펴고 진지해졌다. 조용히 한쪽 손으로 안경테를 밀어올리며 그가 힘주어 말했다. "확실히, 예나 지금이나 그는 가장 열성적인 신자 중 한 사람이지. 일요일 미사에 빠지는 법이 없고, 여하튼 그 국방훈련소라는 데 있던 사 주 동안에도 말이야. 나는 자네가 오직 말케 때문에 다시 제단 앞에 서려 한다고 믿고 싶지는 않군. 솔직히 말해보게, 필렌츠 군!"

형 클라우스가 쿠반강 유역에서 하사관으로 전사했다는 소식이 전해진 지 이 주쯤 되었을 무렵이었다. 나는 그의 죽음을 다시 제단 앞에서 복사 노릇을 할 구실로 삼았다. 구제브스키 신부는 내 말을 믿는 듯도 했고, 혹은 나와 나의 재평가된 신앙심을 믿어보려 애쓰는 듯도 했다.

호텐 존타크나 빈터의 얼굴 생김새가 어땠는지는 하나하나 잘 기억나지 않는다. 구제브스키 신부는 사제복에 표가 날 만큼 비듬이 많이 떨어졌고, 억세고 숱 많은 검은 곱슬머리가 군데군데 희끗했다. 흠잡을 데 없을 만큼 단정한 삭발로 뒤통수는 파르스름했다. 몸에서는 자작나무 머릿기름과 팜 올리브 비누향이 뒤섞인 냄새가 났다. 이따금 오리엔트 담배를 섬세하게 세공된 호박 파이프에 끼워 피우기도 했다. 진보적인 성향으로 복사들, 그리고 처음으로 성체를 모신 아이들과도 제의실에서 탁구를 치곤 했다. 어깨에 걸치는 것이든 사제의 가운이든 흰 것들은 모두 톨크미트 부인에게 맡기거나, 그녀가 아플 때면 솜씨 좋은 복사를 시켜 빳빳하게 풀을 먹이도록 했다. 나도 몇 번인가 했다. 그는 수대든 영대*든, 옷장에 걸렸거나 선반에 개켜놓은 모든 미사 예복에 라벤더 주머니를 직접 올려놓았다. 내가 열세 살 때였던가. 그의 작고 털 없이 매끈한 손이 내 목덜미부터 셔츠 아래 체육복 바지의 허리춤까지 훑어내리다 멈춘 적이 있다. 바지 허리가 신축성 있는 고무줄이 아니라 천으로 된 끈을 꿰매 앞에서 묶고 있었기 때문이다. 무엇보다 구제브스키 신부가 친근감 있고 천진한 소년 같은 방식으로 내 호감을 얻고 있었으므로, 나는 그의 이런 시도에 큰 의미를 두지 않았다. 오늘날까지도 그에 대한 기억에는 비웃음과 알 수 없는 호의가 뒤섞여 있다. 그러므로 따지고 보면 돌발적으로 일어났던, 나의 가톨릭적 영혼을 더듬어 찾던 악의 없는 손길에 대해서는 더 말하지 않으련다. 대체로 그는 다른 숱한 신부들과 다를 바 없었으며, 독서를 그리 많이 하지 않는 교구의 노동자들을 위해 정선된 책을 갖춘 도서관을 운영했으며, 지나치게 열심이지는 않았다. 성모승천 신앙 같은 것에는 유보적인 입장을 취했다. 성체포^{**} 너머로 그리스도의 피에 대해 얘기할 때나 제의실에서 탁구 얘기를 할 때나 언제나 똑같은 향유냄새를 짙게 풍기며 유쾌하게 얘기했다. 그를 시시하게 느끼도록 한 것은, 그가 이미 1940년 초에 개명 신청을 했고 그후로 일 년이 채 못 되어 이름을 바꿨으며, 다른 사람들에게도 자신을 구제빙, 구제빙 신부라 부르게 했던 일이다. 그러나 포르멜라처럼 키, 케, 아로 끝나는 폴란드식 이름을 독일식으로 바꾸는 것은 당시에 흔한 일이었다. 레반도브스키는 랭그니슈로, 우리가 다니는 정육점 주인 올체브스키는 도축업 장인 올바인으로 개명했다.

---

* 수대는 미사 때 사제가 왼쪽 팔에 거는 짧은 띠, 영대는 성사를 집행할 때 사제가 목에 걸어 무릎까지 늘어뜨리는 천이다.
** 미사 때 성체와 성작(聖爵)을 올려놓기 위하여 제대 위에 펴놓은 네모꼴의 아마포.

위르겐 쿠프카의 부모는 동프로이센식으로 쿠프카트라고 이름을 바꾸려 했다. 무슨 이유인지는 모르겠으나 신청서는 반려되었다. 사울이 바울로 바뀐 것처럼* 구제브스키라는 사람은 구제빙이 되고 싶었나보다. 그러나 지금 이 종이 위에서 구제브스키 신부는 그대로 구제브스키다. 왜냐하면 너 요아힘 말케는 네 이름을 고치려 하지 않았으므로.

긴 여름방학이 지나고 내가 처음으로 새벽미사를 돕는 동안 그가 새로운 모습으로 다시 내 눈에 띄었다. 미사 전 기도를 마친 직후였다. 구제브스키는 제단 우측에 서서 입당성가에 열중해 있었다. 나는 마리아 제단 앞 둘째 줄에 앉아 있는 그를 발견했다. 사도서간 낭독과 층계송 사이에 비로소 나는 그의 모습을 자세히 살펴볼 시간을 얻었고, 그러고 나서 당일 복음이 낭송되는 동안에도 살펴볼 수 있었다. 앞가르마를 탄 후 예의 그 설탕물로 고정시킨 머리는 전과 다름없었으나, 그사이 성냥개비 하나만큼 자라 있었다. 설탕물을 입혀 딱딱한 두 개의 가파른 지붕이 양쪽 귀를 덮었다. 예수님인 척할 수도 있었을 것이다. 그는 팔꿈치를 굽히지 않고, 두 손을 허공으로 뻗어 이마 높이에서 마주잡았다. 지붕처럼 모은 두 손 아래로 목이 그대로 드러났다. 목은 벌거벗은 채 무방비 상태로 모든 것을 내보였다. 왜냐하면 실러풍으로 넓게 파인 셔츠 깃이 재킷 밖으로 나와 있었으므로. 넥타이 없이, 술 없이, 장식품 없이, 드라이버라든가 넘치는 병기창에서 나온 그 어떤 것도 없이. 탁 트인 들판에 있는 단 하나의 방패 휘장 속 동물은 그의 결후 대신 피부

---

* 사도 바울의 이름은 원래는 유대식 이름인 사울이었으나, 로마제국에서 본격적으로 선교를 시작하면서 로마식 이름인 바울을 썼다.

밑에 깃들어 사는, 언젠가 고양이의 눈길을 끌고, 고양이를 그의 목에 올려놓도록 나를 유혹했던 그 소란스러운 쥐였다. 울대뼈에서 턱으로 이어지는 부분에는 딱지 앉은 면도날 자국도 몇 개 있었다. 하마터면 나는 상투스* 종을 울리는 것을 깜빡할 뻔했다.

영성체대로 다가온 말케는 전보다는 점잔 빼는 게 덜한 것 같았다. 깍지 낀 손을 쇄골 밑까지 내렸고, 입에서는 사보이 양배추 한 냄비가 몸속에서 뭉근히 끓는 것 같은 냄새가 풍겼다. 그가 제병祭餅을 받은 직후 새롭고 대담한 행동이 눈길을 끌었다. 영성체대에서 두번째 줄에 있는 그의 자리로 돌아갈 때였다. 여느 사람들과 마찬가지로 이제껏 곧장 자리로 돌아가던 말케가 오늘은 길을 빙 돌아가다 도중에 멈추는 것이었다. 처음엔 어색한 걸음걸이로 마리아 제단의 한가운데로 걸어가더니, 리놀륨 바닥이 아니라 제단 바로 앞까지 깔려 있는 거친 양탄자를 깔개 삼아 두 무릎을 꿇었다. 사람 키보다 큰 석고상을 향해 깍지 낀 손을 눈높이 너머, 가르마보다 높이, 더 높이 쳐들었다. 아이를 안지 않은 채, 별 모양이 새겨진 프러시안블루의 외투를 어깨부터 복숭아뼈까지 늘어뜨리고 은도금이 된 초승달 위에 서 있는 처녀 중의 처녀는 긴 손가락을 평평한 가슴 위에 깍지 껴 모으고서, 튀어나올 듯한 유리눈으로 구 체육관의 천장을 바라보고 있었다. 말케가 무릎을 차례로 바닥에서 떼고 일어나 두 손을 다시 실러풍의 셔츠 깃 앞에 모았을 때는 무릎에 양탄자의 거친 무늬가 빨갛게 새겨져 있었다.

구제브스키 신부도 말케의 새로운 행동을 세세하게 눈여겨보았다.

---

* 성찬식 때 감사송에 대한 응답으로 부르는 노래. 복사가 종을 울리면서 노래가 끝난다.

내가 물어본 것도 아니다. 그가 먼저 답답한 듯, 무거운 짐을 내려놓거나 나누려는 듯, 미사가 끝나자마자 말케의 유별나게 극성스러운 신앙과 위험한 과시욕을 오래전부터 걱정해왔다고 말했다. 어떤 심한 고뇌가 그를 제단 앞으로 이끈다 한들, 말케의 마리아 신앙은 이교적인 우상숭배와 유사한 것이라고.

말케는 제의실 출구에서 나를 기다렸다. 나는 놀라 안으로 뒷걸음칠 뻔했으나 그가 이미 내 팔을 잡았고, 전에 없이 자연스럽게 웃으며 수다에 수다를 이어갔다. 말수가 적던 그가 날씨 얘기를 했다. 해가 긴 늦여름의 따스한 날씨니, 공기중에 떠도는 금빛 거미줄이니 그런 얘기들을 하다가 갑자기, 소리를 낮추지도 않고 수다 떨던 목소리 그대로 말하기 시작했다. "그리고 말이다, 자원했어. 나도 내가 이상해. 알잖아, 원래 난 그런 거 별론데. 군대, 전쟁놀이 그리고 군인다움을 엄청 강조하던 거 말이야. 무슨 병과인지 맞혀볼래? 전혀 모르겠지. 공군이 잘나가던 건 다 옛말이야. 가소롭지, 공수부대원! 좋아, 내가 말해주지. 난 잠수함을 탈 거다. 그래, 그러니까 드디어! 아직 기회가 있는 건 이 병과뿐이야. 그런 걸 타고 있으면 나 스스로도 유치하다고는 느끼겠지. 실용적이거나 뭐 재미난 일을 더 하고 싶긴 한데 말이다. 알잖아, 내가 광대가 되고 싶어했던 거. 어릴 땐 무슨 생각인들 못하겠냐. 하지만 난 지금도 꽤 괜찮은 직업이라고 생각해. 그거 말고는 뭐 그런대로 지내. 아아, 학교는 거기서 거기지. 옛날에 우리가 한 헛짓거리들을 생각해봐. 기억나냐? 여기 이거에 영 적응을 못했는데. 난 그걸 일종의 병이라고 생각했거든. 전혀 특별한 게 아니었는데 말이야. 더 많이 튀어나온 사람들도 몇 명 만나봤는데, 별로 신경쓰지 않더라. 그 고양이 사건이 시작이었지. 생각나지, 우리는 하인리히 엘러스 광장에 누워 있었잖아. 아마 슐락발 시합중이었지. 나는 잤거나 졸았던 것 같고, 그 회색 괴물이, 아니 까만색이었나. 그놈이 내 목으로 덤벼들었더랬지. 아니면 너희 중 누가, 아마 실링이었겠지, 그 녀석이라면 그럴 만하지, 고양이를 들어서…… 뭐, 다 지난 일이지만. 아니, 작은 배에는 더 안 갔어. 슈퇴르테베커? 얘긴 들었어. 그러라고 해, 그러라고. 작은 배를 내가 전세 낸 건 아니잖아, 안 그래? 너 우리집에 한번 놀러와라."

대림절* 셋째 주에, 말케가 나를 가을 내내 가장 부지런한 복사로 만든 후에야, 나는 그의 초대에 응했다. 구제브스키 신부가 다른 복사를 구하지 못하는 바람에 나는 대림절에 들어설 때까지 혼자 미사 시중을 들어야 했다. 원래는 대림절 첫 주에 진작 말케를 방문해 초를 가져다주고 싶었으나 배급이 지연되었다. 말케는 봉헌한 초를 대림절 둘째 주에야 마리아 제단에 세울 수 있었다. 그가 내게 "네가 좀 구해줄 수 있을까? 구제브스키는 한 자루도 내놓으려고 하질 않아"라고 물었을 때 나는 말했다. "한번 보자." 그리고 나는 전쟁중에는 귀했던, 감자싹처럼 푸른 긴 초를 그에게 구해주었다. 형이 전사했기 때문에 우리 가족은 통제품목을 청구할 권리가 있었다. 그리고 나는 배급품보급소로 걸어가서 형의 사망증명서를 보이고 배급표를 얻은 다음 전차를 타고 올리바의 전문점으로 갔지만 초가 남아 있지 않았다. 다시 두 번을 더 방문해 대림절 둘째 주에야 너에게 가져다줄 수 있었다. 그리고 대림절 둘

---

* 그리스도의 탄생을 기념하는, 크리스마스 전의 사 주간.

122

째 주 일요일에 내가 상상하고 희망했던 대로 네가 그 초를 들고 마리아 제단 앞에 무릎을 꿇는 모습을 볼 수 있었다. 구제브스키와 내가 대림절 기간에 보라색 가운을 걸치고 있었던 반면, 너의 목은 실러풍의 하얀색 셔츠 깃으로부터 쑥 삐져나와 옛날 옛적 사고로 죽은 증기기관사의 옷을 뒤집어 수선한 외투로도 가릴 수 없었다. 무엇보다 이것도 새로운 면이었는데, 너는 커다란 안전핀을 앞에 꽂은 목도리 같은 것도 매지 않았다.

그리고 말케는 대림절 둘째 주에도, 내가 오후에 방문하기로 한 셋째 주에도, 오래도록 거친 양탄자 위에 꼿꼿이 무릎을 꿇고 있었다. 유리처럼 깜빡이지 않던, 혹은 내가 제단에서 뭔가 해야 할 일이 생길 때만 곧바로 깜빡였는지도 모를 그의 눈은 봉헌된 초 너머 성모의 배에 쏠려 있었다. 깍지 낀 두 손의 엄지손가락은 이마에 직접 닿지는 않았고, 이마와 그 안의 갖은 생각들 앞에 가파른 지붕을 세웠다.

그리고 나는 생각했다. 오늘은 가리라, 오늘 가서 그의 모습을 보리라. 가서 자세히 살펴보리라. 그렇게 해야겠다. 뭔가가 뒤에 숨겨진 게 분명하다. 게다가 그가 나를 초대했지 않은가.

오스터가는 그렇게 짧은데도, 거칠게 초벽질한 가옥 정면에 달려 있는 텅 빈 격자 울타리와 인도에 간격을 맞춰 심어두었는데, 그 수목들이 나를 피로하고 낙담하게 만들었다. 일 년 새 보리수들을 둘러싼 말뚝들은 제거했지만 지지대는 여전히 필요했다. 내가 사는 베스터가도 틀로 찍어낸 듯 똑같았는데도. 아니면 베스터가도 그와 똑같은 냄새가 나고, 똑같이 숨쉬고, 소인국의 앞뜰도 사시사철 똑같이 반복되었기 때문일까. 나는 요즘도, 흔한 일은 아니지만 콜핑관에서 나와 비행장과 북쪽 공동묘지 사이, 슈토쿰이나 로하우젠의 지인과 친구들을 방문하느라 주택가를 지나야 할 때면, 이 번호에서 저 번호로, 보리수나무에서 보리수나무로 반복되며, 비슷하게 권태롭고 의기소침해지면서, 여전히 말케의 어머니와 이모에게로, 너에게로, 위대한 말케에게로 가고 있다.* 다리를 조금만 들어올려도 넘어갈 수 있는 야트막한 정원문에 초인종이 붙어 있다. 얼지 않도록 윗부분을 커다란 얼굴처럼 덮어씌위놓은 장미 묘목이 있어 나는 눈은 쌓이지 않았지만 겨울 느낌이 전해지는 앞뜰을 지나간다. 아무것도 심지 않은 화단에는 밟혀 망가지거나 온전한 발트해의 조개껍질들이 장식으로 깔려 있었다. 웅크린 토끼만한, 도자기로 만든 청개구리가 깨진 대리석 위에 놓여 있었고 대리석 가장자리에는 파엎은 정원의 진흙이 부스러기나 굳은 딱지처럼 여기저기 묻어 있다. 좁은 길로 몇 걸음만 가면 정원 쪽문에서 황갈색 아치형 현관문으로 이어지는 세 단짜리 계단이 있고, 그 길 맞은편 화단에는 청개구리와 마주보는 곳에 어른 키만한 막대기가 수직으로 세워져 있는데, 그 위에 알프스의 오두막을 흉내낸 새집이 매달려 있었다. 내가 이 집 화단에서 저 집 화단으로 일고여덟 걸음을 걷는 동안 참새는 계속 모이를 쪼아먹고 있었다. 주택단지는 산뜻한 모래 냄새와 더불어 계절마다 어울리는 향기를 풍긴다고 생각할 테지만, 오스터가에서, 베스터가에서, 베렌길에서, 아니 랑푸르 어디든, 서프로이센과 아니 그보다 온 독일에서 전쟁이 벌어지는 그 기간 동안 양파 냄새, 마가린에 볶

---

* 독일 작가 한스 카로사의 시 「오래된 샘」의 마지막 구절에서 차용. "떠도는 많은 이들이 희미한 별빛 속으로 간다. 그리고 어떤 이들은 아직 당신에게로 가고 있다."

는 양파 냄새가 났다고 하는 편이 맞을 것이다. 꼭 마가린에 볶은 양파가 아니더라도, 한꺼번에 끓이는 양파, 막 썬 양파 냄새가 났다. 양파는 귀했고 구하기가 어려웠는데도. 라디오 방송에서 양파 품귀 현상에 대해 뭔가 말한 제국원수 괴링*과 연결지어, 사람들은 부족한 양파에 대한 재담을 만들어내 랑푸르와 서프로이센, 독일 전역에 퍼뜨렸다. 그래서 나는 내 타자기의 표면에 양파액을 슬쩍 문질러 타자기와 나 자신에게도 그 양파 냄새를 조금이나마 알려주고자 한다. 그 시절 온 독일, 서프로이센, 랑푸르, 오스터가와 베스터가를 오염시키며, 압도적인 시체냄새가 널리 퍼지는 것을 막았던 그 냄새를.

벽돌로 된 계단 세 단을 한달음에 올라가 문손잡이를 쥐려 손을 내미는 순간 안에서 문이 열렸다. 실러풍의 깃이 달린 셔츠를 입은 말케가 펠트 천으로 된 실내화를 신고 문을 열었다. 이제 막 앞가르마를 타고 나온 것 같았다. 딱딱하게 굳고 빗질 자국이 선명하게 나 있는, 밝지도 어둡지도 않은 색깔의 머리카락이 가르마를 중심으로 단정히 빗어 넘겨져 있었다. 그러나 한 시간 후에 내가 떠날 때는 이미 흘러내려, 그가 말을 할 때마다 빨갛게 달아오른 커다란 귀 위에서 가늘게 떨렸다.
우리는 집 뒤켠으로 가 거실에 앉았다. 유리로 된 돌출형 베란다를 통해 빛이 들어왔다. 전시의 조리법에 따라 만든 케이크가 있었다. 라

---

* 독일의 군인이자 정치인 헤르만 빌헬름 괴링. 국가사회주의독일노동당의 초기 당원으로, 초기 나치 돌격대의 지휘관을 지냈으며, 게슈타포를 창설했다. 1935년 이후에는 나치 공군의 총사령관(제국원수)으로 공군을 창설하고 육성했다. 종전 이후에 뉘른베르크 재판에서 사형을 선고받았지만, 집행 전날 감방에서 자살했다.

이베쿠헨*에서 장미수 향이 나는 것으로 보아 마르지판** 맛을 내보려
했던 것 같았다. 이어 나온 병에 담긴 자두절임은 평범한 맛이었는데,
말케네 정원에서 가을 동안에 수확한 자두였다. 내가 앉은 자리에서 베
란다의 왼쪽 유리 밖으로 잎이 떨어지고 줄기를 하얗게 칠한 나무가
보였다. 나는 베란다를 등지고 앉은 말케를 마주보며, 테이블의 좁은
면에 앉았다. 내 왼쪽에는 말케의 이모가 앉아 있었고, 옆으로 햇빛을
받아 흰 머리가 은빛으로 반짝였다. 오른쪽에는 오른편에서 들어오는
햇빛을 받으며 말케의 어머니가 앉아 있었고, 뻣뻣할 만큼 빗질을 한
탓에 머리가 조금 덜 반짝였다. 방은 더울 정도로 난방이 잘되어 있었
는데도, 그의 귀 언저리와 거기 난 솜털 그리고 흐트러져 떨리는 머리
카락 끝도 차가운 겨울 빛에 윤곽이 살아났다. 실러풍 깃에서 넓게 떨
어지는 윗부분은 흰색보다 더 하얗게 빛났고 밑으로 내려가며 잿빛이
되었다. 말케의 목은 그늘 속에 납작하니 가라앉아 있었다.

시골에서 나고 자라 뼈대가 굵은 두 여인은 손 둘 곳을 몰라 허둥대
면서도 많이 떠들었다. 두 사람의 말이 겹치는 일은 없었으나, 언제나
요아힘 말케가 있는 쪽을 쳐다보며 말했다. 나에게 우리 어머니의 안부
를 물을 때조차도. 둘은 통역사 노릇을 하는 그를 통해 나에게 애도의
말을 전했다. "형님인 클라우스도 세상을 떴다지요. 우리야 그냥 얼굴
만 아는 정도였지만, 아이고, 그렇게 늠름한 청년이."

말케는 조용하지만 단호하게 대화를 이끌었다. 너무 개인적인 질문
은 미리 차단했다. 우리 어머니는 아버지가 그리스에서 군사우편을 보

---

* 감자를 으깨고 달걀, 우유 등을 섞은 다음 팬케이크처럼 부쳐낸 요리.
** 갈아 으깬 아몬드를 설탕으로 버무린 과자.

내오는 동안, 대개 소집되어 온 고위 군인들과 은밀한 만남을 갖고 있었다. "신경쓰지 마세요, 이모. 모든 게 엉망이 된 거나 다름없는 이런 시절에 누가 재판관 역할을 하겠어요. 엄마, 그건 엄마하고는 아무 상관도 없는 일이에요. 아버지가 아직 살아 계셨다면 창피해하셨을 거예요. 그런 식으로 말 못하게 하셨을 거라고요."

두 여인은 그의 말을, 혹은 고인이 된 증기기관사의 말을 순순히 따랐다. 어머니든 이모든 도를 넘는다 싶으면 그는 바로, 티나지 않게 죽은 아버지를 소환해 조용히 시켰다. 전선 상황에 대한 얘기들도 말케는 조용히, 그러나 불쾌하게 하는 법 없이 옳은 지리적 궤도로 수정해줄 줄 알았다. 두 사람은 러시아의 전장을 북아프리카의 전장으로 착각하고, 아조프해를 엘 알라메인이라고 말했다. "아니요, 이모, 이 해전은 과달카날*이었어요. 카렐리야**가 아니고요."

그럼에도 이모님이 던진 말을 계기로 우리는 과달카날과 관련 있는, 침몰했을지도 모르는 일본과 미국의 모든 항공모함에 대해 추측하느라 시간 가는 줄 몰랐다. 말케는 항공모함 '레인저'와 같은 급이고 1939년에야 비로소 진수된 항공모함 '호넷'과 '와스프'는 이미 취항해서 그 해전에 참가했을 것으로 보았다. 왜냐하면 그사이 '새러토가'나 '렉싱턴' 중 하나 혹은 그 둘 전부 함대 명부에서 말소되었으므로. 일본 항공모함 중 가장 컸던 '아카기'와 결정적으로 속력이 너무 느렸던 '가

---

* 솔로몬제도의 섬. 제2차세계대전 당시 일본군의 전진기지가 위치했던 곳이다. 1942년 5월 연합군이 이곳을 확보했고, 일본군은 수차례 공격했으나 결국 과달카날 수복을 포기한다. 과달카날전투를 기점으로 일본군은 수세로 돌아선다.
** 러시아와 핀란드 사이에 있는 공화국. 제2차세계대전 당시 두 나라 사이의 분쟁 지역이었다.

가'에 대해서는 불분명한 점이 더 많았다. 말케는 대담한 견해를 지지하며 말했다. 앞으로는 항공모함끼리의 전투만 있을 것이며, 전함을 건조해봤자 소용없을 것이라고. 미래에 언젠가 또 전쟁이 일어나게 된다면, 고속 군함들과 항공모함들의 싸움이 될 것이라고 했다. 그리고 그는 세부사항들을 열거했다. 두 여인은 감탄했고, 그가 이탈리아 경순양함들의 이름을 술술 읊어 내려가자 말케의 이모는 마디가 굵은 손으로 메아리가 울리도록 크게 박수를 쳤다. 어린 소녀처럼 감동했던 그녀는 박수 소리가 잦아들고 방이 다시 조용해지자 무안한 듯 머리를 매만졌다.

호르스트 베셀 실업고등학교에 대해서는 아무 얘기도 하지 않았다. 말케가 자리에서 일어날 때 웃으며, 그의 표현대로라면 먼 옛날 일이 된 목에 대한 얘기를 한 기억도 어렴풋이 남아 있다. 고양이에 관한 일화가 다시 펼쳐졌고, 어머니도 이모도 함께 웃었다. 이번에 그의 목에 괴물을 올려놓은 것은 위르겐 쿠프카였다. 그 일화를 생각해낸 건 대체 누구였을까. 그인가 나인가, 아니면 지금 이 글을 쓰고 있는 누군가인가?

여하튼 이건 확실한데, 그의 어머니는 내가 작별인사를 할 때 라이베쿠헨 두 조각을 포장지에 싸주었다. 위층과 그의 다락방으로 이어지는 계단 옆 복도에서 말케는 구둣솔 주머니 옆에 걸려 있는 사진에 대해 설명했다. 옛 폴란드 철도의, 탄수차가 달리고 PKP라는 표지가 두 군데 또렷이 붙은 상당히 현대적인 외양의 증기기관차가 가로면이 긴 액자를 가득 메우고 있었다. 기관차 앞에는 팔짱을 낀 두 남자가 서 있었다. 체구는 작지만 당당했다. 위대한 말케가 말했다. "우리 아버지와

화부 라부다인데, 1934년에 디르샤우 근처에서 사고로 돌아가시기 직
전이야. 아버지가 최악의 사태를 방지한 공으로 사후에 훈장을 수여받
으셨어."

X

형이 바이올린 한 대를 남겨서 새해를 맞아 나는 바이올린 수업을 받으려고 했지만, 우리는 공군지원병*이 되었다. 알반 신부가 지치지도 않고 내게 바이올린 수업을 받으라고 권하고 있지만, 지금은 이미 너무 늦은 게 아닌가 싶다. 그런 식으로, 고양이와 쥐에 대해 얘기해보라고 권한 것도 그였다. "그냥 앉아봐요, 필렌츠. 그리고 써내려가세요. 당신의 첫번째 시 습작이나 단편소설에서는 카프카적인 느낌이 났는데, 스스로의 문체를 만들어가야죠. 바이올린을 손에 쥐든가, 자유롭게 써보세요. 신께서 재능을 괜히 주신 게 아닙니다."

그러니까, 우리는 브뢰젠 글레트카우의 포병대훈련소이기도 한 해

---

* 제2차세계대전 당시 전쟁중의 지역 방위를 위해 고사포대나 포병대의 결원은 인근에 거주하는 학생들로 대체되었다.

안포병대에 입대했다. 막사는 모래언덕과 바람에 휩쓸리는 갯보리와 자갈이 깔린 산책로 뒤편에 있었다. 막사에서는 타르와 양말과 거머리말로 속을 채운 매트리스 냄새가 났다. 공군지원병으로 군복을 입고 지내는 김나지움 학생의 일상에 대해서라면 얼마든지 얘기할 수 있을 것이다. 오전에는 늙다리 선생들에게 평소와 다름없는 수업을 받고 오후에는 포병의 조작 구령과 탄도학의 비밀을 익혀야 했다. 그러나 내 이야기도, 호텐 존타크의 순진하고 쾌활한 이야기도, 실링의 진부하고 빤한 이야기들도 풀어놓지 않겠다. 그보다 여기서는 오로지 네 얘기만을 해야 할 텐데, 요아힘 말케는 공군지원병이 된 적이 없다.

브뢰젠 글레트카우에서 우리와 마찬가지로 교육을 받던 호르스트 베셀 실업고등학교의 학생들이 고양이와 쥐로 시작되는 긴 이야기를 나누지 않고도 틈틈이 우리에게 새로운 소식들을 전해주었다. "그 친구는 크리스마스가 지나고 얼마 안 돼서 제국노동봉사단*에 소집됐어. 전시 특별 졸업시험을 받기로 하고. 그게 아니라도 그 친구에게 시험이야 뭐 문제도 아니지만. 우리보다 꽤 나이가 많았으니까. 그 친구 부대는 투헬 황야에 있다던데. 걔네들이 이탄을 캐던가? 그 위는 살벌하다던데. 파르티잔이나 그런 걸로."

2월에 나는 올리바의 공군병원으로 에슈를 찾아갔다. 쇄골 한쪽이 부러져 꼼짝 못하고 누워 있던 그는 담배를 피우고 싶어했다. 담배 몇 개비를 주자 내게 끈적한 리큐어를 권했다. 오래 머물지는 않았다. 글레트카우행 전차 정거장으로 가는 길에 나는 먼길로 돌아 성의 정원을

---

* 나치 독일이 명목상 실업자 대책으로 창설한 조직. 17세에서 25세까지의 청년이 육 개월간 각종 노동 봉사활동에 참여했으며, 군대와 동일한 제식 훈련도 받았다.

거쳐왔다. 그리운 속삭임의 동굴*이 아직 있는지 보고 싶었다. 동굴은 아직 사라지지 않았고 회복중인 산악병들이 간호사들과 시험해보고 있었다. 그들은 다공성 바위의 양쪽에 서서 속삭였고, 킬킬대다가 속삭이고 다시 킬킬대며 웃었다. 나는 속삭일 상대가 없어 머릿속으로 이런 저런 생각을 하며, 위쪽은 마른 가지가 첩첩이 자라 있고 새도 없는, 가시투성이의 터널 같은 오솔길을 빠져나왔다. 성의 연못과 속삭임의 동굴에서 초포트의 국도로 쭉 뻗은 길은 겁이 날 정도로 좁아졌다. 간호사 두 명이 다리를 절다가 웃다가 절다가 하는 소위를 부축하며 지나가고, 노파 두 사람 곁에 그리 붙지 않으려 하는, 소리 없는 장난감 북을 꼭 껴안고 걷는 세 살가량의 사내아이가 지나갔다. 2월의 잿빛 터널 맞은편에서 마침내 뭔가가 다가오나 싶더니 이내 커졌다. 나는 말케와 마주쳤다.

이 만남은 우리 둘 모두를 당황하게 했다. 무엇보다 샛길도 없이 하늘을 향해 가지가 뻗어올라가는 성 정원의 가로숫길에서 갑작스레 마주치자, 엄숙하다못해 위축되는 기분까지 느껴졌다. 운명이, 혹은 그게 아니라면 어느 프랑스 건축가의 로코코 판타지가 우리를 한 지점에서 만나도록 이끈 것이다. 나는 오늘까지도 르 노트르**의 정신을 이어받아 샛길 없이 설계된 성의 정원을 피한다.

물론, 우리는 곧 이야기를 시작했다. 그러나 나는 그의 모자에서 시선을 뗄 수 없었다. 노동봉사단의 그 모자는 말케가 아니라 다른 누가

---

* 올리바의 성 정원 안에 있는 두 개의 동굴. 마주보고 있는 동굴에 들어가 작게 속삭이면 맞은편 동굴에서는 큰 소리로 들린다.
** 프랑스의 조경사, 앙드레 르 노트르. 베르사유궁전의 정원 등을 설계했다.

썼더라도 꼴사나웠을 것이다. 챙 위로 균형감 없이 불룩 솟은 그 모자
는 마른 똥색으로 염색돼 있었고, 위쪽은 중절모처럼 가운데가 움푹 패
였지만 튀어나온 부분이 서로 닿을 만큼 가운데가 푹 주저앉아 깊은
고랑을 만들었고, 그래서 '자루 달린 궁둥이'란 별명이 붙었다. 말케의
머리에 씌워진 모자는 유난히 더 민망했다. 그는 노동봉사 기간 때문에
포기한 앞가르마 대신 가운데가 푹 주저앉은 모자를 쓰고 다녔다. 우리
는 위아래와 양옆이 가시덤불로 둘러싸인 곳에서 마주섰다. 꼬마 아이
도 할머니들로부터 떨어져 이번에는 어린이용 양철북을 큰 소리로 두
드리며 나타나 우리 주변에서 마법 같은 반원을 그리다가 마침내 좁아
지는 가로수길 저편으로 사라졌다.

투헬 황야 지역의 게릴라 전투, 노동봉사단의 식량배급 상황, 근처에
여성봉사단이 주둔하고 있는지 여부에 대한 내 질문에 말케가, 짧고 성
의 없는 대답을 들려준 다음, 우리는 서둘러 작별했다. 나는 그가 올리
바에는 무슨 볼일로 왔는지, 구제브스키 신부는 찾아가봤는지도 물었
다. 그리고 노동봉사단의 식량배급은 괜찮은 편이지만, 젊은 여성봉사
단원은 그림자도 볼 수 없다는 사실을 알게 되었다. 파르티잔전투에 대
한 풍문들은 과장된 면은 있지만, 전혀 근거 없는 소문은 아니었다. 말
케는 중대장의 명령으로 무슨 부품을 가지러 올리바에 파견되어, 이틀
간 공무수행중이었다. "구제브스키하고는 오늘, 새벽미사가 끝난 직후
에, 잠깐 얘기 나눴어." 그러고는 불쾌하다는 듯 손을 내저으며 말했다.
"그 사람은 백날 그대로야, 무슨 일이 있든!" 각자 걸음을 떼기 시작하
면서, 우리 사이의 간격은 벌어졌다.

아니, 나는 그를 돌아보지 않았다. 믿기지 않는다고? 그러나 "말케는

나를 돌아보지 않았다"라고 했다면 의심하지 않으리라. 나는 여러 번 뒤돌아볼 수밖에 없었다. 누구 하나, 그 시끄러운 장난감을 가지고 있던 꼬마 아이조차 다가와 도와주지 않았으므로.

그리고 나는, 따져보니 일 년 넘게 너를 보지 않았다. 그러나 너를 보지 않았다고 해서 너와 네가 애써 보존하던 교의로서의 좌우대칭 가르마를 잊을 수 있었다는 말은 아니며, 여전히 아니다. 무엇보다 흔적이 남아 있었다. 잿빛이든, 검정이든, 얼룩무늬든 고양이만 보면 내 눈앞에는 쥐가 스쳐지나갔다. 그러나 나는 계속 머뭇거리며 결정을 내리지 못했다. 작은 쥐를 보호해야 할지, 고양이들을 부추겨 사냥하도록 해야 할지.

여름까지 우리는 해안포병대에서 기숙하며 쉬지 않고 핸드볼 시합을 했고, 면회날인 일요일에는 수단이 좋은 녀석들은 좋은 대로, 덜한 녀석들은 그 나름대로 언제나 같은 소녀들, 혹은 그 소녀들의 자매들과 모래언덕의 해안 엉겅퀴 속에서 뒹굴고는 했다. 짝이 없는 건 나뿐이었다. 그리고 내 약점인 망설임도 그렇고 이를 자조하는 버릇까지 지금도 여전하다. 뭐가 더 있었더라? 박하사탕 배급, 성병 예방교육, 오전에는 「헤르만과 도로테아」*, 오후에는 98K 소총, 군사우편, 네 가지 과일로 만든 잼, 노래 자랑. 그리고 근무 외의 시간에는 우리의 작은 배로 헤엄쳐갔다. 그곳에서 우리의 뒤를 잇는 8, 9학년생 무리를 주기적으로 만나는 바람에 화가 났고, 다시 헤엄쳐 돌아오는 길에는 세 해 여름 동안 우리를 갈매기똥이 덕지덕지 눌어붙은 난파선에 붙들어둔 것이 무

---

* 요한 볼프강 폰 괴테의 서사시. 당시 김나지움 학생들이 배우던 주요 작품 중 하나다.

엇이었는지 의아해졌다. 나중에 우리는 펠룽켄 8.8 포병중대로, 그리고 치강켄베르크 포병중대로 전속되었다. 서너 번 경보가 울렸고, 우리 부대는 4발 전폭기 격추에 참여했다. 몇 주 동안 각 중대본부에서는 우연히 명중한 포탄이 어느 부대에서 나왔는지를 두고 서로 다퉜다. 그 사이사이 박하사탕, 헤르만과 도로테아, 거수경례.

나보다 앞서, 전시지원병인 호텐 존타크와 에슈가 노동봉사대로 갔다. 나는 언제나처럼 머뭇거리면서 병과들 사이에서 오락가락하다 신고기간을 놓쳐 1944년 2월에 우리 반 학생 절반 정도와 함께 수업용 막사에서 거의 평상시와 다름없는 일반 졸업시험을 치렀고, 즉각 노동봉사대로 소집되어 공군지원병 복무를 끝냈다. 나는 이 주가량 시간이 있어, 졸업시험 외에도 뭔가를 결말짓고 싶은 마음으로, 열여섯이거나 그보다 조금 더 나이를 먹었고 거의 누구라도 상대해주던 툴라 포크리프케든 다른 누구든 착륙할 만한 곳을 찾으려 했다. 그러나 성공하지 못했고, 호텐 존타크의 누이와도 이뤄지지 않았다. 이 상황에서 나를 위로해준 건 폭격으로 큰 피해를 입고 슐레지엔으로 옮겨간 내 사촌누이 중의 하나가 보낸 편지였다. 나는 작별인사를 하러 구제브스키 신부를 방문했다. 그에게 전선에서 휴가를 받아 나올 때는 복사로서 일을 맡겠다고 약속했고, 쇼트판*의 새로운 미사전서하고 가톨릭계 소집병을 위해 특별 제작된 자그마한 금속 십자가상을 얻었다. 그리고 돌아오는 길에, 오스터가와 베렌길의 모퉁이에서 말케의 이모를 만났다. 그녀는 거리에서 도수 높은 안경을 쓰고 있어 도망칠 수가 없었다.

---

* 베네딕트 수도회의 수도사 안젤름 쇼트의 이름을 딴 로마 가톨릭교회의 미사 경본.

미처 인사를 나눌 새도 없이, 그녀는 시골 사투리가 짙은 억양으로 빠르게 말하기 시작했다. 행인이 가까이 다가오자, 그녀는 내 어깨를 붙들더니 한쪽 귀를 그녀의 입 쪽으로 잡아 끌었다. 축축하고 후끈한 문장들이었다. 처음에는 장보기 같은 그냥 그런 이야기들이었다. "배급표만 내면 후딱 사던 것도 영 구할 수가 없구먼." 그렇게 나는 또다시 양파의 재고가 남지 않았다는 것과 그러나 마체라트네로 가면 흑설탕과 보릿가루는 살 수 있다는 것, 올바인 정육점에 기름에 절인 고기 통조림이 들어온다는 것을 알게 되었다. "모조리 돼지라우." 그리고 드디어, 내가 먼저 이야기를 꺼낸 것은 아니지만, 중요한 주제에 이르렀다. "그애는 전보다 잘 지내는 모양이우. 잘 지낸다고 편지에 적어 보내지는 않어두. 허긴 엄살 피우는 애가 아니지, 꼭 제 애비처럼. 왜 내 제부 말이우. 참, 전차부대로 옮겼다더구먼. 게가 보병보다는 안전하지 않겠소, 비가 오거나 해도."

그녀의 속삭임은 살금살금 귓속으로 기어들어왔고, 나는 말케의 새로운 기벽과, 초등학생 같은 솜씨로 군사우편 하단에 끄적거린 그림들에 대해서도 알게 되었다.

"아니 학교서 붓질할 적 말고는 애들 때도 안 그리던 그림을 그려 보내잖우. 내 정신 봐라, 접때 온 편지가 이 주머니에 있는데, 벌써 많이 구겨졌다니까. 필렌츠 학생, 그애가 어떻게 지내나 궁금타는 사람들이 워낙 많아야 말이지."

그리고 말케의 이모는 말케가 전방에서 보내온 편지를 보여주었다. "자, 읽어보구려." 그러나 나는 읽지 않았다. 장갑을 끼지 않은 손가락 사이에 편지지를 들고만 있었다. 건조한 바람이 마치 구두굽으로 심장을 때리고 문을 부수고 쳐들어오려는 듯 막스 할베 광장으로부터 소용돌이치며 불어오는 것을 막을 수 없었다. 일곱 명의 형제가 내 안에서 저마다 목소리를 높였지만, 함께 글을 써내려가는 이는 없었다.* 눈발이 날리자, 회갈색의 질 나쁜 종이였는데도 편지지는 더 선명해졌다. 지금 나는 말할 수 있다, 바로 이해했다고. 그러나 들여다보거나 이해하려고 한 건 아니고, 그저 응시했을 뿐이라고. 왜냐하면 편지지가 내 눈 가까이에서 부스럭거리는 소리를 내기도 전에 알 수 있었으니까. 말케가 또 시작했구나. 깔끔한 쥐털린 서체** 아래 서투른 선으로 그린 그림이었다. 똑바로 그리려 애쓴 흔적이 역력했으나 밑에 댈 것이 없어서 그럼에도 비뚤어진 선으로, 길쭉한 원을 여덟, 열둘, 열셋, 열네 개 그렸다. 그 콩팥 모양의 타원 위에는 사마귀 물집처럼 생긴 포탑이 그려져 있고, 사마귀마다 엄지손톱 길이의 주포장치가 왼쪽 편지지 귀퉁이로 차체보다 길게 튀어나와 있었다. 스케치가 그토록 서툴렀음에도 나는 전차들이 모두 러시아 T43***임을 단박에 알아보았다. 그 전차들은 모두 어딘가에, 대개 포탑과 차체 사이에, 명중했음을 증명하려는 듯 사마귀 물집을 제거했다는 조그만 표지로 X자가 그려져 있었다. 작성자가 그의 그림을 봐도 의미를 이해하지 못할 사람을 염두에 두느라, 연필로 스케치한 T43에 전차보다도 크게 보란듯이 파란색으로 X자를 겹쳐 그렸는데, 그 수가 전부 열네 개, 그 정도였던 것 같다.

---

* 그림형제의 동화 『일곱 마리 까마귀』 혹은 핀란드 작가 알렉시스 키비의 『일곱 형제』를 연상시키는 부분이다.

** 창시자인 루트비히 쥐털린의 이름을 딴, 독일어의 둥근 필기체 서체.

*** 제2차세계대전 당시 중전차와 중형전차를 통합하는 주력전차를 목표로 개발된 소련의 중형전차.

나는 좀 아는 척하고 싶은 마음도 있어, 말케의 이모에게 아마 요아힘이 명중시킨 전차를 그린 것 같다고 설명했다. 말케의 이모는 놀라는 기색이 아니었다. 이미 여러 사람이 그렇게 말했다면서. 그렇지만 어째서 숫자가 늘었다 줄었다 하는지 이해가 가질 않는다고도 했다. 언제는 여덟이었다가 지지난번 편지에는 또 스물일곱 개였다고.

"편지가 순서대로 오는 게 아닌 게지. 아무튼 필렌츠 학생, 우리 요아힘이 뭐라고 써놨는지는 좀 들여다봐. 학생 얘기도 적었는데 말이야. 그 양초 얘기를 하면서. 우리도 몇 자루 구했다우." 나는 그저 곁눈으로 편지를 쓱 훑어보고 말았다. 편지 수신인으로 그의 어머니와 이모 두 사람 다 적혀 있었다. 말케는 두 사람의 크고 작은 질병들을 염려하면서, 정맥류와 허리 통증은 괜찮은지, 정원은 어떤 상태인지 알려달라고 했다. "자두나무에는 다시 열매가 많이 열렸는지요? 제 선인장은 잘 있습니까?" 군복무에 관한 짧은 문장에서 그는 근무는 힘들지만 책임감을 느낀다고 말했다. "물론 아군도 타격을 받았습니다. 하지만 성모께서 저를 계속 지켜주실 겁니다." 마지막으로 어머니와 이모가 들어주셨으면 하는 부탁이 하나 있다면서, 마리아 제단에 놓을 수 있게 구제브스키 신부에게 초를 한 개, 아니 가능하면 두 개 헌납해달라고 했다. "아마 필렌츠가 구해줄 수 있을 겁니다. 그 친구네 집은 배급표를 받으니까요." 덧붙여 성聖가계도를 잘 알던 말케는 성모의 종질인 성 유다 타대오*에게 기도를 올리고 사고로 돌아가신 아버지를 위해 미사를 올려달라고 당부했다. "아버지는 성유도 바르지 못하고 우리 곁을 떠나셨

---

* 예수의 열두 제자 가운데 한 사람. 다만 가톨릭에서는 성 유다 타대오를 성모마리아의 약혼자였던 요셉의 아들이자 「유다서」의 저자인 유다와 동일인물로 보고 있다.

으니까요." 편지 말미에 다시 사소한 것들, 약간 진부한 풍경 묘사들이 이어졌다. "이곳이 얼마나 비참한지, 어른도 아이들도 얼마나 궁핍하게 사는지 두 분은 아마 상상 못하실 겁니다. 전기도 수도도 없습니다. 이 따금 이게 다 무슨 소용이 있는지 묻게 됩니다. 하지만 어쩔 수 없는 거 겠죠. 날씨가 좋은 날 기분 내키실 때 전차를 타고 브뢰젠으로 나가보 세요. 옷은 따뜻하게 입으시고요. 항구 입구에서 왼쪽 그리 멀지 않은 곳에, 가라앉은 배의 상체가 보이는지 한번 봐주십시오. 전에 거기 난 파선이 있었어요. 육안으로 알 수 있을 겁니다. 이모는 안경도 있으시 니. 알고 싶습니다, 거기 아직……"

나는 말케의 이모에게 말했다. "거기까지 가실 필요 없어요. 작은 배 는 여전히 같은 자리에 있으니까요. 그리고 답장을 쓰실 때, 요아힘에 게 안부 전해주세요. 걱정 말라고요. 여기는 아무것도 바뀌지 않는다고 요. 작은 배를 그렇게 쉽게 훔쳐갈 수도 없을 거고요."

그리고 시하우 조선소에서 그 배를 훔친다 해도, 인양해서 해체하거 나 새로이 수리한다 하더라도 그런 일이 네게 도움이 되었을까? 너는 군사우편에 유치하게 러시아의 전차를 끄적거려 넣고 파란 펜으로 지 우는 짓을 그만두었을까? 그리고 누가 마리아를 갈아 부수었을까? 누 가 우리의 정든 김나지움에 마술을 걸어 새 모이로 변하게 할 수 있었 을까? 그리고 고양이와 쥐는? 멈출 수 있는 이야기란 있긴 할까?

XI

.

말케가 서툴게 끄적거린 그 시절의 증명서를 눈앞에 떠올리며, 나는
그후 사나흘 동안 집안에 틀어박혀야 했다. 우리 엄마는 토트 조직*의
토목감독과 관계를 맺고 있었다. 아니면 위병을 앓고 있던 슈티베 중
위에게도, 그가 졸졸 따라 다니도록 염분을 제거한 음식을 만들어줬던
가? 여하튼 둘 중 하나가 우리 아버지의 실내화를 신고서, 그것이 그
의 상징인 줄도 모르고 우리집을 제집처럼 누비고 다녔다. 어머니는 잡
지에 나오는 것처럼 집을 아늑하게 꾸며놓고는 상복을 갖춰 입고서 이
방에서 저 방으로 바삐 옮겨다녔다. 그러니까 몸에 꼭 맞는 상복을 거
리에서뿐 아니라, 부엌과 거실에서도 입고 다닌 것이다. 전사한 형을

---

* 나치 독일의 건축기술자, 정치인인 프리츠 토트가 창립한 외국인 강제노동 징발 조직.

위해 식기 선반 위에 제단 비슷한 것을 차려놓고 처음에는 군모를 쓰지 않고 하사관 차림으로 찍은, 확대해서 흐릿해진 여권 사진을, 다음에는 〈전초〉와 〈새 소식〉지에 실린 부고 두 장을 넣어둔 검은색 액자를 가져다 놓았고, 세번째로는 검은 리본으로 묶은 군사우편 다발을, 네번째로는 철십자 2급 훈장과 크림 전투 기념배지까지 서진으로 눌러 액자의 왼쪽 옆에 밀어놓았다. 그리고 다섯번째로는 그 오른쪽에 형의 바이올린과 활을 그가 쓴 악보 위에 올려놓아 편지 다발과 균형을 맞췄다. 형은 바이올린 소나타를 작곡하려 여러 번 시도했었다.

요즘은 기억에도 거의 없던 형이 가끔 그리워질 때가 있으나, 그 당시 나는 오히려 제단을 질투했다. 그런 검은색 액자틀 안에 확대된 내 사진이 들어 있는 상상을 했고, 소외감을 느꼈다. 우리집 거실에 혼자 있을 때면 절로 형의 제단에 눈길을 보내며 종종 손톱을 깨물곤 했다.

분명히 언젠가는 어느 날 오전, 중위가 긴 소파에 앉아 자기 배를 내려다보고 어머니는 부엌에서 소금기 없는 귀리죽을 끓이고 있을 때, 나도 모르게 주먹으로 사진을 부수고, 어쩌면 바이올린조차 부숴버렸을 것이다. 그렇지만 노동봉사대 소집일이 와서 지금까지 그리고 앞으로도 수년간 연출할 수 있었을 이 장면을 앗아갔다. 쿠반강의 죽음과 어머니의 식기 선반과 망설임의 대가인 나는 만반의 준비가 돼 있었는데. 가죽처럼 보이는 마분지 트렁크를 들고 나는 출발했다. 베렌트를 지나 코니츠로 갔고 석 달 동안 오셰와 레츠 사이의 투헬 황야를 알 기회를 가졌다. 이동하는 길에는 늘 바람과 모래가 날렸다. 곤충 애호가가 반길 만한 봄이었다. 노간주나무 열매가 뒹굴었다. 여하튼 초목 그리고 전투 목표들. 왼쪽으로부터 네번째 키 작은 소나무, 그 뒤로 사격연습용 종이병사가 두 개 있었다. 자작나무 너머로 보이는 고운 구름과 갈 곳 모르고 너울거리는 나비들. 늪지대에서 어슴프레 빛나는 둥그런 연 못에서는 수류탄으로 붕어와 이끼가 달라붙은 잉어를 낚아올릴 수 있었다. 자연 속에 그냥 널린 똥. 극장은 투헬에 있었다.

그럼에도, 그리고 자작나무와 구름과 붕어에도 불구하고 노동봉사 대의 방호림으로 둘러싸인 정방형 막사와 깃대, 참호와 수업용 막사 옆에 위치한 변소를 군사훈련용 축소 지형처럼 스케치하는 이유는 오직 나보다 일 년 앞서, 빈터와 위르겐 쿠프카와 반제머보다 빨리, 같은 막사에서 위대한 말케가 작업복과 병사의 장화를 신고 말 그대로 그의 이름을 남겼기 때문이다. 금작화 사이에 판자를 둘러막아 만든, 천장이 뻥 뚫려 무고소나무의 속삭임이 들려오는 변소에서 이름 없이 두 음절로 된 성만 발견되었다. 대들보와 마주보는 매끈한 송판에 그의 이름이 새겨져 있었다. 아니 그보다는 패여 있었다. 그리고 그 밑에는 완벽한 라틴어로, 굴림 없는 글씨체로 룬문자*에 가깝게 그가 좋아하는 부속가의 첫 부분이 새겨져 있었다. 스타바트 마테르 돌로로사……프란체스코 수도회의 수도승 야코포네 다 토디**라면 환호했을까. 그러나 나는 노동봉사를 하면서도 말케를 놓지 못했다. 내가 볼일을 보고, 내 밑은 물론 뒤로도 구더기로 뒤덮인 동급생들의 배설물이 쌓여가도, 너는 내 눈앞에 휴식을 주지 않았다. 애써 파놓은 부속가의 구절은 요란하게 그

* 게르만족의 가장 오래된 문자. 나치 독일이 게르만 전통을 추구하는 과정에서 다시 인기를 끌었다.
** 13세기에 활동한 이탈리아의 시인. 부유한 변호사의 생활을 접고 프란체스코 수도회의 수도사가 되어 종교의 세속화를 비판했다. 〈스타바트 마테르 돌로로사〉의 저자로 알려져 있다.

리고 숨가쁘게 반복해서 말케와 성모마리아를 가리켰다. 그에 대항해 휘파람으로 어떤 노래를 흥얼거려보아도 소용없었다.

그러나 나는 말케가 비웃으려 든 건 아니었다고 확신한다. 말케는 조롱 같은 것은 할 줄 몰랐다. 가끔 시도하기는 했다. 그러나 그가 실행했거나 손을 댔거나 말한 모든 일은 진지하고 뜻깊고 기념비적인 것이 되었다. 오세와 레츠 사이에 있는 투헬 노르트라는 제국노동봉사단 변소의 송판에 새겨진 설형문자도 그랬다. 화장실 관련 우스개들, 하숙집 여주인식의 음담패설, 조잡하거나 고쳐쓴 생리학. 말케의 텍스트는 다른 모든 것들, 위트가 있든 저급하든 외설적인 문구마저 압도했다. 위에서 아래로 새겨진 문구들은 변소 위에 드리워진 나무 울타리를 덮고 판자벽이 떠들어대도록 만들었다.

말케가 그렇게 정확하고 가장 비밀스런 장소에 인용한 탓에, 나는 하마터면 신앙이 깊어질 뻔도 했다. 그랬더라면, 지금 나는 꺼림칙한 기분을 느끼지 않고도 그럭저럭 괜찮은 월급을 받으면서 콜핑관의 사회사업에 종사할 수 있고, 나사렛에서 초기 공산주의를 그리고 우크라이나의 콜호스에서 때늦은 그리스도교의 정신을 찾으려 하지 않아도 됐을 텐데. 알반 신부와 밤마다 대화를 이어가며 기도가 신성모독을 어느 정도까지 덮을 수 있는가 논의하는 일에서 벗어나, 마침내 믿는 것이, 그게 뭐든 믿음을 갖는 것이 가능했을 텐데. 육체의 부활 같은 것까지도. 그러나 나는 취사장에서 쓸 장작을 패고 난 도끼로 말케가 좋아하는 부속가를 판자에서 깎아냈고…… 너의 이름마저 제거했다.

이 섬뜩할 만큼 교훈적이고 초월적인, 팔아치울 수 없는 흔적에 대한 오래된 이야기들을, 새로 패여 나뭇결이 드러난 판자는 이전에 적혀 있던 글자들보다 더 많은 것을 이야기했다. 네가 남긴 말들 또한 떨어진 작은 나무 파편들과 더불어 더 멀리 퍼졌음이 분명하다. 취사장과 초소와 군복 창고 사이에서는 특히 일요일이면, 심심해서 파리 숫자를 세기 시작할 때쯤 걸죽한 이야기들이 돌았다. 세부사항은 조금씩 달라질지라도 언제나 말케라는 이름의 노동봉사대원에 관한 장황한 이야기들이었다. 일 년여 전에 투헬 노르트의 봉사대에 복무하던 그는 엄청난 짓을 저질렀음이 분명했다. 두 명의 트럭 운전사와 취사반장과 내무반장이 전출에서 매번 제외되어 그 시기부터 근무하고 있었는데, 큰 줄기는 그리 다르지 않은 이런 얘기를 했다. "그 친구 그렇게 생겼지. 처음 왔을 때, 머리가 여기까지. 그러니, 우선 이발사를 불러야 했지 뭐야. 하지만 도움이 안 됐어. 귀는 거품기로 써도 되겠더라니까. 울대뼈는 세상에, 그런 울대뼈라니! 그리고 또 언제더라, 여기서, 예를 들면 이런 건데, 어쨌든 무엇보다 기막혔던 건 내가 이를 소탕할 작정으로 신병들을 싹 투헬로 내보냈을 때야. 내가 내무반장이었잖아. 다들 샤워기 아래 섰는데, 내 눈이 의심스러워 어디 다시 보자 했지. 부러워하지 말자고 곱씹었다니까. 그 녀석 물건은 장대야. 우리끼리니까 하는 말인데, 제대로 서면 그만큼은 충분히 되고도 남아. 여하튼 그 연장으로 중대장 부인하고 붙어먹은 거야. 어느 모로 보나 제법 탄탄한 사십 대 여자였지. 그 멍청한 중대장은 나중에 프랑스로 전속되었는데 미치광이였어. 어쨌든 토끼장을 만들라고 노동봉사대 장교 관사촌 왼쪽에서 두번째에 있는 자기 집으로 보냈단 말이지. 그 말케는, 이름이 그래, 처음에는 거부했거든. 시건방지게 군 건 아니고, 아주 차분하고 이성적으로 복무규정을 인용해가면서 말이야. 그런데도 대장이 직접 나서서 꽁무니에 불이 붙게 혼쭐을 내는 거야. 이틀 동안 똥통 안에서 돌려버리더라고. 내가 멀찌감치 떨어져서 정원용 호스로 물을 뿌려줬어. 다른 애들이 샤워실로 안 들여보내줬거든. 그렇게 되니 마침내 포기하고는 상자를 만들 판자와 도구를 들고 가더라고. 토끼 때문이라고! 그 여편네한테 아주 끝내주게 해줬나보지. 일주일 넘게 정원 일을 하라고 그놈을 지명했고, 말케는 아침마다 딸려가서 점호시간이면 돌아왔어. 토끼장이 끝날 기미가 안 보이니까 대장도 눈치를 깐 거지. 두 사람을 현장에서 덮쳤는지는 모르겠어. 여편네가 한창 하고 있었는지 식탁 위에 있었는지 아빠 엄마처럼 한 이불 안에 있었는지는 몰라도, 하기야 본인도 말케의 거물을 보았다면 말문이 막혔겠지. 아무튼 부대로 돌아와서는 묵묵부답이더라고. 당연한 거 아니겠어. 그러고는 말케를 올리바와 옥스회프트로 출장을 보냈지, 부속품을 가져오라면서. 불알까지 합쳐 그놈을 대대에서 내쫓으려고 한 거야. 중대장 부인이 아주 그 뭐 때문에 홀딱 반했는지, 지금도 사무실에서 전해들은 소문으로는 서로 편지를 주고받는다나. 그냥 그것뿐이 아니고 이면에 뭔가 더 있었던 건가. 사람 일이란 모르는 거니까. 그게 다가 아니었어. 나도 그 자리에 있었는데, 그 말케가 그로스 비슬라프 근처에서 혼자 힘으로 지하에 있던 파르티잔 탄약고를 찾아냈다니까. 또 대단한 얘기지. 여기 어디서나 볼 수 있는 그런 평범한 연못이었는데 말이야. 반쯤은 훈련이고 반쯤은 야외작업 삼아 나가서 삼십 분쯤 늪 옆에서 쉬고 있었는데 말케가 뭘 자꾸 유심히 쳐다보더니 말하는 거야. 잠깐, 저기가 좀 이상합니다. 그때 이름이 뭐라든가, 아무튼 그 소위가 히죽거렸고, 우리도 마찬가지였는데 그래도 그냥 내버려뒀지. 말케가 옷을 벗어던지고 늪으로 들어가서 일을 시작한 거야. 잘 들어봐. 물속으로 네 번 들어갔다 오더니 그 갈색 소스 한가운데서, 수면에서 오십 센티미터도 안 되는 그곳에서 수압 기동장치가 달린 최신식 지하탄약고의 입구를 찾아낸 거야. 탄약이 트럭 네 대를 꽉 채웠고, 전원 집합한 앞에서 대장이 그 친구를 표창해야 했지. 심지어는, 마누라와 그렇고 그랬는데도 작은 훈장을 하사받도록 추천하기까지 했어. 훈장은 나중에 중대로 보내졌고. 그 친구는 전차부대로 전역하고 싶어했지, 받아주기만 한다면."

처음에 나는 한 발 물러나 있었다. 말케 이야기가 나오면 빈터와 위르겐 쿠프카와 반제머도 말을 아꼈다. 이따금 배식을 받거나 야외훈련을 나가 장교 관사지역을 지날 때면 왼쪽에서 두번째 집에 여전히 토끼장이 세워지지 않은 것을 보고 우리 넷은 스치듯 시선을 마주치곤 했다. 고양이 한 마리가 부동자세로, 조용히 움직이는 푸른 초원에 웅크리고 있을 때도 우리는 의미심장한 눈길을 주고받았고, 그렇게 비밀 동맹을 결성했다. 내게는 빈터도 쿠프카도, 반제머는 더더욱 관심 밖이었음에도.

제대를 사 주도 채 남겨두지 않고, 우리는 계속해서 파르티잔 소탕 작전에 투입됐지만 정작 마주치지는 못했고 그로 인한 손실도 없었다. 그러니까, 우리가 제복을 벗을 짬도 없던 그 무렵 소문이 퍼지기 시작했다. 말케에게 군복을 입히고 이 소탕을 지시했던 그 내무반장이 사무실에서 들은 얘기였다. "첫째, 말케가 옛날 대장 부인에게 보낸 편지가 뒤늦게 입수됐대. 그 여자에게 프랑스로 보낸 것 말이야. 둘째, 상부에서 지시가 내려왔대. 이제 처리하려나봐. 셋째, 내가 뭐랬어, 말케가 일낼 거라고 했지. 하지만 이렇게 빨리! 전 같으면 장교가 될 때까지 목 앓이할 시간이 충분했을 텐데 말이야, 요즘은 계급불문하고 다들 몸이 달아 있지. 아마 제일 젊지 않을까. 그를 생각해보면, 그런 귀를⋯⋯"

그때 내 입에서 몇 마디가 굴러나오기 시작했다. 빈터도 뒤를 이었다. 위르겐 쿠프카와 반제머 역시 알고 있는 것을 떠벌리지 않을 수 없었다.

"아, 저기요, 그 말케, 저희랑 오래전부터 아는 사이에요."

"같이 학교 다녔어요."

"열네 살이 되기도 전부터 항상 심한 목앓이를 심하게 했거든요."

"아, 해군 대위 사건도 있었잖아. 체육시간에 옷걸이에서 대위의 끈 달린 그 물건을 훔쳤던 거 말이야? 그게 어떻게 된 거냐면⋯⋯"

"아니지, 축음기부터 시작해야지."

"통조림은, 그건 또 어떻고? 그러니까 처음부터 얘기하자면 그 친구는 항상 드라이버를 걸고 다녔는데⋯⋯"

"잠깐! 처음부터 얘기할 거면, 하인리히 엘러스 광장에서 한 슐락발 경기부터 시작해야지. 그러니까 이랬는데요. 저희는 납작하게 누워 있고 말케는 졸고 있었거든요. 그때 회색 고양이 한 마리가 말케의 목을 향해 잔디밭을 살금살금 가로질러 와서는, 그 친구 목을 바라보더니, 저기 펄쩍펄쩍 뛰는 저걸 쥐라고 생각하고 뛰어오르는데⋯⋯"

"무슨 말이야, 필렌츠가 고양이를 잡아 올려놨잖아?"

이틀 후 우리는 공식적으로 소문을 확인하게 되었다. 아침점호 때 전달되었다. 투헬 노르트 대대의 예전 대원이 처음에는 단순한 조준수로, 그리고 나서는 하사관과 전차대장으로 쉼없이 출격하여 전략적으로 중요한 지점에서 이러저러하게 많은 러시아의 전차를 격파했으며, 그뿐 아니라 어쩌고저쩌고.

우리는 이미 군복을 반납할 준비를 하고 있었고, 새 군복을 받는 중에, 어머니가 〈전초〉에서 오려 보낸 신문쪼가리가 도착했다. 거기에는 다음과 같은 기사가 인쇄되어 있었다. 우리 도시의 아들이 처음에는 단순한 조준수로서, 다음에는 전차대장으로서 쉼없이 출격해서 등등.

XII

　빙퇴석, 모래, 어슴푸레 빛나는 늪지대, 잔가지를 뻗은 관목들, 스쳐가는 소나무숲, 연못들 수류탄 붕어들, 자작나무 너머 구름들, 금작화 뒤의 게릴라군, 노간주나무 노간주나무, 이 지역 출신인 정든 뢴스*, 그리고 투헬의 영화관을 뒤로하고, 나는 가죽 느낌이 나는 마분지 트렁크와 철 지난 헤더꽃 한 묶음을 들고 돌아왔다. 그러나 꽃은 오는 도중에 카르트하우스를 지나며 선로 사이에 던져버렸다. 그리고 시골역을 지나칠 때마다, 그러고 나서는 중앙역, 매표구 앞, 엎치락뒤치락하는 휴가병들 틈, 배치소와 랑푸르로 향하는 전차 안에서 나는 어처구니없게도 홀린 듯 요아힘 말케를 찾고 있었다. 너무 작아진 사복, 학생복을 입

---

* 독일 시인, 저널리스트인 헤르만 뢴스.

은 내 모습이 우습고 또 속내를 들킬 것만 같아, 나는 집으로 가지 않고 우리 김나지움 근처에 있는 스포츠경기장 정류장에서 내렸다. 집으로 가봐야 뭐가 있겠는가?

마분지 트렁크는 수위에게 맡겼으나 그에게 묻지는 않았다. 어디로 가야 할지 분명히 알았다. 커다란 화강암 돌계단을 세 계단씩 성큼성큼 뛰어올라갔다. 내가 강당에서 그를 발견하리라고 기대한 것은 아니었다. 강당 문은 양쪽 다 열려 있었고, 누구를 위해서인지 청소하는 아주머니들이 의자를 뒤집어놓고 비눗물로 닦고 있었다. 나는 왼쪽으로 돌았다. 굵직한 화강암 기둥이 뜨거운 이마를 식히기에 적당했다. 두 번의 세계대전 전사자들을 기리는 대리석 현판에는 아직도 상당히 많은 여백이 남아 있었다. 벽감 안의 레싱. 교실문 사이의 복도들이 텅 비어 있는 것으로 보아 모든 학급이 수업중이었다. 딱 한 번 7학년생 하나가 둘둘 만 지도를 들고 가느다란 다리로 팔각형의 모든 꼭짓점을 다 파고든 냄새를 가로질러 지나갔다. 7학년 a반—7학년 b반—제도실—10학년 a반—박제한 포유동물들이 들어 있는 유리장에 이때는 뭐가 들어 있었지? 당연히 고양이다. 그러면 쥐는 어디서 숨죽인 채 기다리고 있었을까? 회의실을 지나쳤다. 그리고 복도에서 아멘 소리가 들려왔을 때, 복도 맨 끝의 유리창을 등지고, 교무실과 교장실 사이에 위대한 말케가 서 있었다. 쥐는 없었다. 그는 목에 특별한 것을 걸고 있었던 것이다. 쇠붙이, 자석, 양파의 적, 전기도금한 네잎클로버, 싱켈의 분신, 봉봉, 기구, 그 물건 물건 물건, 내가 입 밖에 낼 수 없는 것.

그리고 쥐는? 6월의 겨울잠을 자고 있었다. 두꺼운 이불 밑에서 수면을 취했다. 말케가 살이 쪘기 때문이다. 누군가가, 운명이라든가 작가가 제거하거나 없애버린 것이 아니었다. 라신이 자기 문장紋章에서 쥐를 빼고 백조만 살려둔 것처럼.* 문장의 동물은 여전히 생쥐였으며, 말케가 침을 삼킬 때면 꿈속에서도 활발히 움직였다. 왜냐하면 그토록 훌륭한 장식을 달았다 해도 이따금 말케는 침을 삼켜야 했으니까.

그는 어떻게 보였나? 전투 활동이 너를 약간, 압지 두 장 정도만큼 살찌웠다는 것은 이미 말했다. 너는 창턱에 반쯤 기대어, 하얗게 칠한 창틀에 걸터앉아 있었다. 전차부대에 근무하는 모든 이들이 그렇듯 너도 검정색과 회녹색이 섞여 도둑떼나 입을 법한 바둑판무늬의 군복을 입고 있었다. 헐렁한 회색바지가 반짝반짝 윤나게 닦은 검은색 전투화의 목 부분을 가렸다. 너의 겨드랑이를 옥죄어서 팔이 컵손잡이처럼 튀어나오게 하긴 했지만 검은색 전차부대 상의는 그런대로 네게 어울려, 체중이 몇 킬로그램 불었음에도 너를 날렵해 보이게 했다. 재킷에 훈장은 없었다. 너는 십자 두 개와 또 뭔가를 가지고 있었지만, 부상병에게 수여하는 훈장은 달지 않았다. 너는 마리아의 가호로 탄환을 맞지 않았다. 새로이 눈길을 사로잡을 것에서 관심을 돌릴 부속품을 가슴에 달고 싶지 않은 심정을 이해했다. 끊어질 듯한, 대충 닦은 허리띠 밑으로는 겨우 한 뼘 정도의 천이 밖으로 드러나 있었다. 전차부대의 상의는 너무 짧아서 원숭이 재킷으로 불렸다. 그 허리띠가 엉덩이 부근에 걸린 권총의 도움으로 너의 경직된 자세를 무너뜨리려고 할 때, 너의 회색 전투모가 보였다. 예나 지금이나 흔히 그렇듯 오른쪽으로 기울여 쓰지 않고 머리 위에 똑바로 얹혀, 직각으로 짓눌린 주름과 더불어 광대가

---

* 권터 그라스의 시 「라신이 문장을 바꾸다」에 나오는 내용.

되고 싶다던 학생 그리고 잠수하던 시절의 앞가르마를 떠올리게 하는 모자. 너는 너의 만성적인 목앓이를 한 조각 쇠붙이로 치료하기 전에도 후에도 구세주의 머리는 하지 않았다. 성냥개비처럼 짧은 저 유치한 뻗친 머리, 당시 신병들 사이 유행했고, 오늘날에는 파이프담배를 피우는 지식인들에게 현대적인 금욕의 외관을 부여하는 머리를 누군가가 혹은 너 스스로 잘라냈다. 그럼에도 구세주의 표정은 그대로였다. 못박힌 듯 전투모에 수직으로 올라탄 늠름한 독수리는 너의 이마 위로 성령의 비둘기처럼 날개를 폈다. 햇빛에 약한 너의 얇은 피부. 살집이 많은 코의 여드름. 붉은 실핏줄이 비치는 눈꺼풀을 너는 내리뜨고 있었다. 그리고 내가 네 앞에서 숨을 몰아쉬며 유리 속의 박제한 고양이를 등지고 섰을 때, 너는 놀라지 않았다.

우선 농담을 건네본다. "안녕하십니까, 말케 하사관님!" 농담은 실패다. "여기서 클로제 선생님을 기다리는 중이다. 어느 반에 수학 수업이 있으시군."

"그래, 선생님이 좋아하시겠네."

"강연 때문에 얘기를 좀 나눌 거다."

"벌써 강당에 가봤어?"

"강연은 충분히 검토했다. 단어 하나하나."

"청소하는 아주머니들은 봤고? 비누로 의자를 닦고 있더라."

"클로제 선생님하고 좀 살펴본 다음 연단의 좌석 배치를 상의해야지."

"선생님이 좋아하시겠네."

"강연은 8학년 이상을 대상으로 하겠다고 부탁드릴 생각이고."

"네가 여기서 기다리는 걸 클로제 선생님도 알고 계셔?"

"교무실 헤르싱 양이 소식을 전했지."

"야, 선생님이 좋아하겠다."

"아주 짧게, 요점만 담아 강연을 할 거다."

"그래, 야, 얘기 좀 해봐, 어떻게 그렇게 금세 이것을 손에 넣은 거야?"

"필렌츠, 좀 참고 기다려봐. 강연에서 훈장수여와 관련된 거의 모든 문제점들을 짚고 넘어갈 거야."

"진짜, 클로제 선생님이 기뻐하시겠다."

"선생님에게 인사말도 나를 소개할 필요도 없다고 말해둘 셈이다."

"그럼 말렌브란트 선생님이 맡는 건?"

"수위가 강연을 알리고 다니니, 그걸로 충분하지."

"그럼 선생님은⋯⋯"

벨소리가 한 층에서 다음 층으로 튀어오르고 김나지움의 모든 교실에서 수업이 끝났다. 그제서야 말케는 두 눈을 크게 떴다. 성긴 속눈썹이 짧게 곤두서 있었다. 좀더 느긋하게 있으려 애썼지만 그는 금방이라도 튀어나갈 듯했다. 나는 어쩐지 등뒤가 불안해서, 몸을 반쯤 유리상자 쪽으로 돌렸다. 회색 고양이가 아니라 검은 고양이에 가까웠다. 하얀 발로 우리 앞으로 점점 다가와 흰 턱받이를 보였다. 박제된 고양이는 살아 있는 고양이보다 더 진짜처럼 소리 죽여 걸을 줄 안다. 고양이 앞에 세워진 종이팻말에 단정한 손글씨가 적혀 있었다. 집고양이. 종소리가 난 후에 너무 조용해졌으므로, 쥐가 깨어나고 고양이는 점점 더 의미를 부여받았기에, 나는 창을 향해 뭔가 농담 섞인 얘기를, 그리고 또다시 뭔가 농담 섞인 얘기를, 그리고 뭔가 그의 어머니와 이모에 대한 얘기를 했다. 그에게 용기를 주려고. 그의 아버지와 아버지의 기관차, 디르샤우에서의 죽음, 사후에 용맹을 치하하며 수여된 훈장에 대해서도. "야, 너희 아버지가 살아 계셨다면 분명 기뻐하셨겠다."

그러나 내가 그의 아버지 얘기를 꺼내거나 쥐에게 고양이 이야기를 하기 전에 발데마어 클로제 교장의 맑고 높은 목소리가 우리 사이에 끼어들었다. 클로제는 축하한다는 말을 하지 않았다. 하사관이니 그 물건의 수훈자니, 말케 군 정말 기쁘군요 같은 말조차 없이, 무심하게 내가 노동봉사를 한 일 년과 투헬 황야의 아름다운 풍경을 강조했다. 린스가 자란 곳에 큰 관심을 보인 후, 지나가는 말처럼 질서정연한 단어들을 말케의 전투모 너머로 행진시켰다. "이것 보게, 말케, 군이 해냈군. 호르스트 베셀 실업고등학교에는 벌써 가본 건가? 존경하는 교장 벤트 박사님이 기뻐하실 걸세. 옛 동급생들에게 강연할 기회를 놓치지는 않겠지? 우리 전력에 대한 믿음을 강화시킬 수 있을 텐데. 잠깐 내 방으로 가세나."

그리고 위대한 말케는 컵손잡이처럼 팔을 굽히고 클로제를 따라 교장실로 들어갔다. 문가에서 짧은 머리를 덮고 있던 전투모를 절도 있게 벗었다. 튀어나온 뒤통수. 군복을 입은 학생이 진지한 얘기를 나누러 들어가는 길이었다. 이제 잠에서 완전히 깨어나 몸이 근질근질한 쥐가 대화를 마친 후, 비록 박제되어 있지만 여전히 살금살금 기어다니는 저 고양이에게 무슨 말을 할까. 나는 결과가 궁금했으나 기다리지는 않았다.

진흙탕 속의 보잘것없는 승리지만, 나는 또 한번 유리한 고지에 섰다. 두고 보자! 그는 양보할 수도 없고 그럴 생각도 없을 것이다. 내가 그를 돕겠다. 클로제와 얘기해볼 수도 있다. 마음을 움직일 말들을 찾을 것이다. 그들이 파파 브루니스를 슈투트호프로 데려간 것이 애석하다. 그러면 친숙한 아이헨도르프를 주머니에 꽂고, 말케를 도울 수 있었을텐데.

그러나 아무도 말케를 도울 수 없었다. 내가 클로제와 얘기를 했더라면. 사실 나는 그와 이야기했고, 반 시간여 동안 박하향이 나는 말들이 얼굴에 불어오게 했으며, 기가 꺾여 물러났다. "아마도, 그리고 도의적으로 봤을 때 교장선생님의 말씀이 옳은 것 같습니다. 하지만 고려해주실 수는 없을까요. 제 말은, 이런 특별한 경우를요. 한편으로 선생님 말씀을 충분히 이해합니다만. 학교의 규칙이란 건 깨뜨려서는 안 되는 거겠지요. 있었던 일을 없던 걸로 할 수는 없겠지만, 달리 보면, 그는 아버지도 일찍 여의었고……"

나는 구제브스키 신부와 얘기했다. 툴라 포크리프케에게도, 슈퇴르테베커와 그의 패거리에게 말을 좀 해달라고 했다. 과거 소년부관장에게도 갔다. 그는 크레타섬*에서 나무의족을 하고 돌아와 빈터 광장의 청소년단 지역본부에서 사무를 보고 있었다. 그는 내 제안에 맞장구치며 교사들을 욕했다. "물론 해야지. 말케를 이곳으로 보내봐. 어렴풋이 기억나는데. 뭔 일이 있지 않았던가? 근데 다 지난 일을 가지고. 될수록 많이 불러모아볼게. 소녀동맹과 여성단원들까지 동원해봐야지. 건너편 중앙우체국 쪽에 홀을 하나 마련해서, 의자는 350개……"

---

* 1941년 독일 낙하산병과 산악병이 크레타섬을 점령했다.

구제브스키 신부는 할머니들과 열두 명의 가톨릭 노동자들을 제의실에 불러모을 생각이었다. 성당 안에 사교모임을 위한 공간이 없었으므로.

"그 친구가 말이지, 성당이라는 특성에 맞게 시작할 때는 뭔가 성게오르기우스*에 관한 것을 언급하고 마지막에는 큰 곤경과 위험 속에서 경험한 기도의 힘과 도움에 대해 말하면 어떻겠나?" 구제브스키는 이렇게 제안하며 강연에 대해 큰 기대를 보였다.

슈퇴르테베커와 툴라 포크리프케를 위시한 미성년자들이 말케에게 제공하려던 지하실에 대한 얘기도 여기 짧게 덧붙이겠다. 나도 알고만 있던, 성심 성당에서 복사를 했던 렌반트라는 소년을 툴라가 내게 소개했고, 그는 여러 가지 비밀스러운 암시를 하며 말케를 수행하는 데 조건을 붙였다. 총은 맡아둬야겠다고. "물론 이동할 때는 눈을 가릴 겁니다. 비밀 유지와 그런 것들 때문에 선서를 대신할 간단한 서류에 서명을 해줘야 하는데, 뭐 형식적인 것일 뿐이고요. 당연히 합당한 사례를 하겠습니다. 현금이나 군용시계로요. 우리도 공짜로 하진 않거든요."

그러나 말케는 이도 저도 원하지 않았고, 사례비를 바라지도 않았다. 나는 그를 쿡 찔렀다. "대체 원하는 게 뭐냐? 맘에 드는 게 아무것도 없냐고. 투헬 노르트로 가든가. 거기 새 기수가 시작되나보던데. 내무반장하고 취사병도 너 있을 때부터 알던 사람들이니, 네가 나타나서 강연을 한다면 분명히 기뻐할 거야."

말케는 모든 제안을 조용히 듣고 이따금 웃으며 동의하듯 고개를 끄

---

* 초기 기독교의 순교자이자 14성인 가운데 한 사람이다. 회화에서는 일반적으로 백마를 타고 칼이나 창으로 용을 찌르는 기사의 모습으로 그려진다.

덕였다. 하지만 계획된 행사들의 준비 과정에 대해 실무적인 질문을 던진 다음, 계획을 진행하는 데 문제가 없게 되면 매번 불퉁하게 단박에 거절해버렸다. 심지어 대관구 지도부의 초대까지도. 그에게는 처음부터 단 하나의 목표뿐이었다. 우리 학교의 강당. 신고딕식의 아치형 창문을 통해 들어오는, 먼지가 떠도는 빛줄기 속에 서 있고 싶어했다. 삼백 명의 김나지움 학생들이 크고 작게 뀌어대는 방귀냄새를 향해 연설을 하고 싶어했다. 옛 선생들의 숱 빠진 머리들이 그를 둘러싸고 모이는 모습을 보고 싶었던 것이다. 강당 뒤편에 걸려 있는 설립자 콘라디 남작의 유화, 두터운 니스칠 아래 창백한 불사의 남작 그림을 마주보며 서고 싶었던 것이다. 양쪽으로 열리는 낡은 갈색 문 한쪽으로 강당에 들어와 간결하고 핵심만 명확한 연설을 마친 후 다른 문으로 나가고 싶었던 것이다. 그러나 클로제는 자잘한 체크무늬가 들어간 니커보커스를 입고 양쪽 문을 동시에 가로막았다. "군인이라면 이해해야지, 말케 군. 아니, 그 청소하는 아주머니들은 군을 위해서나 군의 연설을 위해서가 아니라 특별한 이유 없이 긴 의자들을 비누로 닦은 거네. 잘 짜인 계획이네만, 실현은 안 되겠군. 들어보게, 많은 사람들이 살아가는 동안 값비싼 양탄자를 좋아하지만 죽을 때는 칠하지 않은 마룻바닥에서 죽지. 단념하는 걸 배우게, 말케 군!"

그리고 클로제는 조금 양보해 회의를 소집했다. 회의는 호르스트 베셀 실업고등학교 교장과 의견의 일치를 보고 이렇게 결론이 났다. "학교의 규정에 따라……"

클로제는 교육위원회에 보고해 결정사항을 확인받았다. 이 학교의 학생이었던 그에게는 전력이 있고, 그렇다 해도 이런 엄중한 시국에 비추어, 무엇보다 시일이 경과한 바이기에, 그 사건에 과도한 의미를 부여하는 것은 아니나, 그럼에도 전례가 없으니, 두 학교 교직원들은 합의하여······

그리고 클로제는 따로 개인적인 편지를 한 통 썼다. 말케는 클로제가 자기 가슴이 바라는 대로 할 수 없다고 쓴 글을 읽었다. 유감스럽지만 제반 조건이 허락하지 않고, 연륜 있는 교사로서 직업상의 부담을 느끼고 있다. 아버지처럼 마음속의 얘기를 편히 입 밖에 내기에는 시기와 상황이 좋지 않다. 학교와 그를 대표하는 오랜 전통의 콘라드 정신을 되새기며 남자답게 협조하기를 바란다. 말케가 속히 학교에서의 씁쓸한 추억들을 잊었으면 한다. 곧 호르스트 베셀 실업고등학교에서 개최될 강연을 경청하고 싶지만, 그보다는 영웅답게 연설보다 훌륭한 침묵을 택하기 바란다는 내용이었다.

위대한 말케는 터널처럼 보이는 올리바성의 정원 가로숫길로 산책을 갔다. 가시 많은 나무가 하늘을 덮을 듯 자라고 샛길도 없는 미로 같은 오솔길로. 낮에는 잠을 자고, 이모와 말판놀이*를 하거나 일없이 늘어져 권태롭게 휴가가 끝나기를 기다리는 것처럼 보였다. 그러나 나와 함께 랑푸르의 밤을 몰래 누비고 다녔다. 나는 그의 뒤를 따랐고, 가끔 나란히 걷기도 했지만 앞선 적은 없었다. 우리가 아무 목적 없이 헤매고 다닌 건 아니었다. 등화관제 규칙이 잘 지켜져 조용하고, 우아한 나이팅게일도 살고, 클로제 교장도 살던 바움바흐알레를 우리는 샅샅이 뒤지고 다녔다. 피곤해진 나는 군복을 입은 그의 등뒤에서 말했다. "바

---

* 서양식 오목.

보같은 짓 하지 마. 안 되는 거 너도 알잖아. 그렇게 중요한 일이야? 휴가도 며칠 안 남았는데. 휴가는 대체 얼마나 남은 거야? 제발, 어리석은 짓은 안 하는 게……"

그러나 그 쫑긋 선 귀로 그는 내가 단조롭게 읊어대던 장황한 충고와는 다른 멜로디를 듣고 있었다. 우리는 새벽 두시까지 바움바흐알레에서 그곳의 두 마리 나이팅게일을 괴롭혔다. 우리는 그를 두 번 봤지만 동행이 있어 그냥 보내야 했다. 그러나 나흘 밤을 잠복한 끝에, 밤 열한시쯤 마르고 키가 큰 클로제 교장이 니커보커스를 입고 포근한 공기에 모자나 외투 없이 슈바르츠 거리에서 바움바흐알레로 홀로 걸어오는 모습을 포착했다. 위대한 말케는 왼손을 내밀어 클로제 교장의 사복 넥타이째 와이셔츠 깃을 움켜쥐었다. 그는 아주 잘 만들어진 철제 울타리로 교장을 밀어붙였다. 그 뒤에는 짙은 어둠속에서 나이팅게일보다 더 크게 울 수 있는 장미꽃이 흐드러지게 향기를 퍼뜨리고 있다. 그리고 말케는 클로제의 편지에 쓰인 충고를 받아들여, 연설보다나은 영웅적인 침묵을 선택해 말없이, 왼쪽 오른쪽, 손등과 손바닥으로 교장의 면도한 얼굴을 때렸다. 두 사람 모두 경직된 자세를 유지했다. 때리는 소리만이 생생하게 울려퍼졌다. 클로제 역시 그의 작은 입을 다물고 장미향과 박하향 숨을 섞으려 하지 않았으므로.

그 일은 어느 목요일에 일어났고 일 분도 채 걸리지 않았다. 우리는 클로제를 철제울타리 앞에 세워두고 돌아섰다. 말케가 먼저 돌아서서, 모든 것을 까맣게 덮고 있던 붉은 단풍나무 아래 자갈 깔린 보도를 장화를 신고 걸어갔다. 나는 말케를 위해, 그리고 나를 위해 사과 비슷한 말을 하려 했다. 그러나 얻어맞은 자가 손을 내저었다. 이미 두들겨맞은 표정은 아니었다. 그는 꼿꼿이 선 채로, 장식용으로 심은 꽃과 드물게 들리는 새소리의 부축을 받으며 공동체, 학교, 콘라드 재단, 콘라드의 정신, 우리 학교 콘라디눔을 어두운 실루엣으로 구현하고 있었다.

거기서부터, 그 순간부터 인적 없는 교외의 거리를 달렸고, 클로제 교장에 대해서는 한 마디도 꺼내지 않았다. 말케는 담담하게 힘을 주어가며 혼잣말을 했다. 그가, 그리고 부분적으로는 나 역시 그 나이에 열중했을 문제들에 대해. 예를 들면 이런 것들이다. 죽은 후의 삶이란 존재하는가? 너는 윤회를 믿는가? 말케는 말이 많아졌다. "난 요즘 키르케고르의 책을 상당히 많이 읽고 있어. 나중에 너도 언젠가 도스토옙스키를 읽어봐야 해. 러시아에 갈 거면 더더군다나. 꽤 여러 가지를 이해하게 될걸. 정신 세계라든가 그런 것들."

우리는 슈트리스바흐 개천을 건너는 다리들에 여러 번 멈춰 섰다. 거머리가 우글대는 개천. 난간에 기대어 시궁쥐를 기다리다보니 기분이 나아졌다. 하나둘 다리를 지나쳐갈 때마다 무의미한 대화와 전함과 장갑의 두께, 장비, 속력에 대한 학생 시절의 잡다한 지식들은 종교 그리고 소위 궁극적인 질문들로 바뀌어갔다. 노이쇼틀란트의 작은 다리 위에서 우리는 먼저 별이 총총한 6월 하늘을 한참 바라보았다. 그리고 각자 말없이 냇물을 바라보았다. 악치엔 연못에서 흘러나온 잔잔한 물이 발밑에서 통조림 깡통에 부딪히는 소리가 들려왔다. 악치엔 맥주양조장에서 날아오는 생효모 냄새를 맡으며 말케가 크지 않은 소리로 말했다. "물론 난 신을 믿지 않아. 민중을 어리석게 만드는 흔한 속임수지. 내가 믿는 것은 오직, 성모마리아뿐이야. 그러니까 난 결혼하지 않을 거다."

그것은 다리 위에서 말하기에는 너무도 짧고 혼란스러운 얘기였다. 그 말은 내 마음에 남았다. 냇가나 운하에 조그만 다리가 놓여 있고, 아래로 졸졸 물 흐르는 소리가 들리고, 단정치 못한 사람들이 다리에서 냇가나 운하로 던진 물건들이 부딪치는 소리가 들려올 때면, 언제나 말케가 장화를 신고 헐렁한 바지에 전차병의 원숭이 재킷 차림으로 내 옆에 서 있다. 난간 위로 몸을 굽혀 목에 건 그 커다란 물건을 수직으로 드리우며 그는 광대로서 진지하게, 거역할 수 없는 믿음으로 고양이와 쥐에게 승리한 모습을 하고 있다. "물론 신을 믿지 않아. 민중을 어리석게 하는 속임수. 오로지 마리아뿐이야. 결혼하지 않겠어."

그는 그후로도 많은 말을 했고, 그 말들은 슈트리스바흐 개천으로 떨어졌다. 아마도 우리는 열 번인가 막스 할베 광장을 돌았고, 열두 번씩 헤레스앙거를 오르내렸을 것이다. 그리고 어떤 결정도 내리지 못한 채 5호선 종착역에 서 있었다. 허기를 느끼며 남자 차장과 파마를 한 여자 차장이 파란 유리로 빛을 차단한 연결차량 안에서 버터 바른 빵을 먹고 보온병에 담긴 음료를 마시는 모습을 지켜보았다.

……그리고 툴라 포크리프케가 모자를 비스듬히 쓰고 앉아 있던 전차가 왔다, 혹은 올 수도 있었을 것이다. 툴라는 벌써 몇 주째 전시인력으로 동원되어 차장으로 일하고 있었다. 그녀가 5호선에 근무했더라면 우리는 그녀에게 말을 걸었을 것이다. 그리고 나는 분명 그녀와 만날 약속을 했을 것이다. 그러나 흐리고 파란 유리 너머로 작은 옆모습만 보였을 뿐, 그게 그녀인지는 확실치 않았다.

나는 말했다. "쟤랑 한번 해보지그래."

말케가 괴로운 듯 말했다. "결혼하지 않겠다고 한 말 들었잖아."

나. "해보면 생각이 바뀔지도 모르고."

그. "그럼 그다음에는 누가 내 생각을 다시 바꿔주는데?"

나는 농담을 시도했다. "누구긴, 성모마리아지."

그는 멈칫했다. "만일 성모께서 맘이 상하시면?"

나는 중재에 나섰다. "네가 원한다면, 내일 오전에 구제브스키 신부님의 미사에 복사로 설게."

그는 놀랄 만큼 빨리 "약속했다!"라고 외치고는, 툴라 포크리프케를 떠올리는 여자 차장의 옆모습이 여전히 앉아 있는 연결차량으로 갔다. 그가 차에 올라서기 전에 내가 외쳤다. "대체 휴가는 얼마나 남은 건데?"

그리고 위대한 말케는 연결차량의 문밖으로 외쳤다. "내 열차는 네 시간 반 전에 출발했어. 별 탈 없었다면 지금쯤 모들린에 거의 도착했을 거야."

XIII

"미세레아투르 베스트리 옴니포텐스 데우스, 에트, 디미시스 페카티스 베스트리스……"

 구제브스키 신부의 뾰족한 입에서 말씀은 비눗방울처럼 떠올라 무지개처럼 영롱하게 빛나며 비밀스러운 지푸라기 끝에서 망설이듯 잠시 머물다, 마침내 떠올라 창문, 제단, 성모를 비추고 너 나 모든 것 전부를 비추었다. 그리고 축복의 말씀이 또다른 비눗방울이 되어 떠오르면 아픔 없이 터졌다. "인둘겐티암, 압솔루티오넴 에트 레미시오넴 페카토룸 베스트로룸……" 그러나 신자 일고여덟 명의 아멘 소리가 입김을 타고 떠오른 비눗방울을 찌르자 곧 구제브스키가 성체를 들어올렸고, 입 모양을 바로잡으며 바람 속에 위태로이 떨고 있는 큰 비눗방울을 선홍색의 혀끝으로 날려보낸다. 비눗방울은 한동안 허공에 떠 있다가 마리아 제단 앞의 두번째 줄 의자 근처에 떨어져 사라졌다. "에케 아그누스 데이."*

말케는 제일 먼저, "저는 주님을 제 집에 모실 만한 자격이 없습니다"**가 세 번 반복되기 전에 영성체대 앞에 무릎을 꿇었다. 구제브스키가 나를 앞세우고 제단을 내려와 제단 앞 난간에 닿기도 전에, 말케는 고개를 뒤로 젖혀 핼쑥하고 푸석푸석한 얼굴로 성당의 시멘트 천장을 마주 보았다. 입술이 떨어지고 혀가 밖으로 나왔다. 신부가 그에게 줄 성체를 든 채 머리 위로 재빨리 작은 십자가를 그은 순간, 그의 얼굴에서 땀이 솟았다. 투명한 땀방울이 모공에서 굴러떨어졌고, 면도를 하지 않아 삐죽삐죽 솟은 수염에 닿아 갈라졌다. 눈이 삶은 계란처럼 튀어나왔다. 전차병 상의의 검은색이 그의 얼굴을 더 창백해 보이게 했는지도 모른다. 혀가 부었는데도 그는 침을 삼키지 않았다. 그토록 많은 러시아의 탱크를 아이처럼 서툴게 끄적거리고 X표로 지운 대가로 획득한 저 쇳조각은 셔츠의 맨 윗단추 앞에서 십자가를 긋고 있었으며 주변에는 무심했다. 구제브스키 신부가 요아힘 말케의 혓바닥 위에 성체를 올려놓고 그 얇게 구운 과자를 먹게 하자 너는 비로소 침을 삼켰다. 쇳조각이 따라 움직였다.

우리 셋이 또다시 그리고 언제까지나 성체성사를 계속하자. 너는 무릎을 꿇고 나는 건조한 피부 뒤에 서 있다. 너의 땀방울은 모공을 열어젖힌다. 하얗게 백태가 긴 혀에 구제브스키 신부가 성체를 올려놓는다.

---

* 참회 예식에서 고백 기도 뒤로 이어지는 기도문. "전능하신 하느님, 저희에게 자비를 베푸시어 죄를 용서하시고 영원한 생명으로 이끌어주소서. 하느님의 어린양……"
** 『마태오의 복음서』 8장 8절.

우리 셋이 같은 말에 운을 맞추는 동안 어떤 기제가 네 혀를 움직인다. 입술은 다시 붙는다. 계속 침을 삼키는 네 목에서 그 커다란 물건이 따라 움직이는 동안, 나는 위대한 말케가 용기를 얻어 마리아 성당을 떠나리라는 것을 안다. 그의 땀도 마를 것이다. 그러고 나서도 그의 얼굴이 여전히 젖어 번들거린다면 그것은 비 때문이리라. 성당 앞에는 비가 부슬부슬 내렸다.

건조한 제의실에서 구제브스키가 말했다. "그 친구 문 앞에 서 있을 거야. 안으로 불러들이는 게 맞겠지만……"

내가 말했다. "신부님, 그냥 두세요. 제가 챙길게요."

구제브스키는 옷장 속 라벤더 주머니들을 두 손으로 만지작거리며 말했다. "설마 어리석은 행동을 하려는 건 아니겠지?"

나는 사제복을 입은 그를 세워뒀고, 옷 벗는 것을 도와주지 않았다. "신부님은 상관하지 않으시는 편이 좋겠어요." 그러나 말케가 군복을 입은 채 비에 젖어 내 앞에 서 있을 때 그에게 이렇게 말했다. "이런 바보, 여기서 대체 뭘 하겠다는 거야? 호흐슈트리스*의 전방배치소로 가도록 해. 휴가가 길어진 이유를 적당히 둘러대라고. 제발 나를 끌어들이지 말고."

그 말을 마치고 나는 갔어야 했는데 그대로 머무르는 바람에 몸이 젖었다. 비는 사람을 가깝게 한다. 좋은 말로 하려 애썼다. "그쪽도 무작정 물어뜯지는 않겠지. 이모나 어머니에게 무슨 일이 있었다고 둘러댈 수도 있잖아."

---

* 단치히 랑푸르에 있던 병영 부지.

내가 한 문장을 마치고 쉴 때마다 말케는 고개를 끄덕였고, 이따금 아래턱을 벌리고 실없이 웃다가 말을 쏟아냈다. "어제 조그만 포크리프케와 끝내줬어. 생각도 못했는데 말이야. 겉보기와는 완전히 다르더라. 그러니까 솔직히 말하자면, 그애 때문에 난 안 가고 싶어. 내 임무는 완수한 셈이잖아, 안 그래? 그로스보슈폴에 나를 교관으로 보내달라고 신청할 거야. 이번에는 다른 놈들 차례야. 무서워서가 아니라, 한마디로 말하자면 충분해. 이해돼?"

나는 속지 않았고 그에게 못을 박았다. "그러니까 포크리프케 때문이란 말이지. 하지만 그애는 없었어. 걔는 올리바행 2호선에서 근무한다고, 5호선이 아니라. 여기 사람이면 누구나 알아. 넌 두려운 거야. 충분히 이해할 수 있어!"

그는 그녀와의 일을 확실하다고 고집했다. "툴라 얘기, 믿어도 돼. 심지어 그애 집에서 그랬어. 엘젠 거리에 있는. 걔네 어머니가 모른 척하더라고. 하지만 맞아, 난 더이상은 싫어. 어쩌면 겁이 나는지도 모르지. 아까 미사 전에는, 그랬어. 지금은 좀 나아졌어."

"너는 신이라든가 그런 걸 안 믿는다고 생각했는데."

"그건 이 일과 하등의 상관이 없어."

"그렇담 좋아, 그건 그렇다 치고, 이젠 어쩌려고?"

"어쩌면 슈퇴르테베커와 그 패거리들에게 갈 수도 있지, 너 걔네들 알잖아."

"아니, 말도 안 돼. 그 패거리들하고 나는 이제 아무 상관 없어. 대판 깨졌다고. 그거라면 포크리프케에게 묻는 게 낫겠지. 네가 정말 그애 집에서……"

"생각 좀 해봐. 오스터가에 나는 더이상 갈 수 없어. 그들이 아직 나타나지 않았대도 곧 오겠지. 있잖아, 너희 집 지하실에 며칠만 괜찮을까?"

그러나 나는 거듭 이 일에 말려들고 싶지 않았다. "어디 다른 곳에 숨어. 시골에 너희 친척 있잖아, 아니면 포크리프케네 목공소의 목재 창고에 숨든가, 걔네 숙부의…… 아니면 작은 배에."

그 말은 잠시 허공에 머물렀다. 말케가 "이런 몹쓸 날씨에?" 하고 덧붙이기는 했지만. 그러나 결정은 이미 난 거나 다름없었다. 내가 역시 궂은 날씨를 이유로 끈질기게 이런저런 이유를 대며 그와 함께 작은 배로 가기를 거부했지만, 결국은 그와 동행하는 쪽으로 윤곽이 잡히기 시작했다. 비는 사람을 가깝게 한다.

한 시간 좀 넘게 우리는 노이쇼틀란트에서 셸뮐로 걸어갔다 다시 돌아오고 포자도브스키 거리를 재차 올랐다. 우리는 언제나 석탄 도둑이 그려진 에너지 절약 포스터와 푼돈 아껴 쓰기 포스터들로 도배된 광고탑 두 개를 바람막이 삼아 팔짱을 끼고 섰다가 다시 걷기 시작했다. 시립 산부인과의 정문 앞에서 우리는 낯익은 무대를 바라보았다. 철둑과 육중한 밤나무 뒤편에 굳건히 서 있는 김나지움의 박공지붕과 투구 모양의 탑이 보였다. 그러나 그는 그곳이 아닌 다른 것을 보고 있었다. 우리는 삼십 분 정도 시끄러운 양철 지붕 아래서 초등학생 서너 명과 더불어 라이히스콜로니 정류장의 대기실에 서 있었다. 녀석들이 권투를 한답시고 긴 의자에서 서로 몸을 밀쳤다. 말케가 등을 돌려봤자 소용이 없었다. 두 녀석이 공책을 펼쳐들고 다가와 심한 단치히 사투리를 섞어가며 말할 때 내가 끼어들었다. "너희 학교는 안 가냐?"

"아홉시에 시작이걸랑요, 우리가 갈 때 얘기지만요."

"이리 줘봐, 빨리."

말케는 공책 두 권의 마지막 페이지 왼쪽 상단에 이름과 계급을 적어주었다. 그러나 녀석들은 만족하지 않고, 정확히 전차 몇 대를 박살냈는지도 써달라고 했다. 말케는 순순히 써주었다. 우편환에 기입하듯 처음에는 숫자를 그리고 알파벳 문자를 그렸으며, 다른 공책 두 권에는 내 만년필로 자작시를 써넣었다. 내가 만년필을 돌려받으려고 할 때 한 소년이 물었다. "어디서 해치웠어요, 벨고로드 근방이에요, 지토미르예요?"

말케가 고개를 끄덕여서 조용히 시켰으면 좋았을걸. 그러나 그는 잠긴 목소리로 소곤거렸다. "아니, 대개 코벨―브로디―브레자니로 연결되는 지역이지. 4월이었다. 우리가 적의 첫 탱크부대를 부차츠 부근에서 끌어낸 것은."

나는 다시 만년필 뚜껑을 빼야 했다. 아이들은 다 적어달라고 했고, 휘파람을 불어 대기실에 있던 다른 두 명까지 빗속에서 불러들였다. 한 소년이 등을 책받침으로 제공하고서 내내 꼼짝 않고 서 있었다. 그도 등을 펴고 일어나 자기 공책을 내밀고 싶었으나 그럴 수 없었다. 한 사람은 그러고 있어야 했으니까. 그리고 말케는 점점 더 떨리는 글씨로 코벨을 쓰고 브로디―브레자니, 체르카시와 부차츠를 써내려갔다. 모공에서 다시 땀방울이 솟아났다. 땟국물이 흐르는 얼굴들로부터 질문이 술술 흘러나왔다. "크리보이로크에도 가봤어요?" 아이들은 일제히 입을 벌렸다. 입마다 이빨 빠진 자리들이 있었다. 친할아버지를 닮은 눈. 외가를 쏙 빼닮은 귀. 콧구멍은 누구에게나 있었다. "이제 어디로 가요?"

"멍충아, 어디로 가는지 말하면 되겠냐?"

"내기하자. 공격할거죠?."

"전쟁이 끝나도 공격에는 대비해야지."

"물어보자니까, 저 아저씨도 총통 각하를 본 적 있는지."

"아저씨, 만났어요?"

"넌 이 아저씨 하사관인 거 안 보이냐?"

"사진 없어요?

"우리 그거 모으거든요."

"휴가는 언제까지예요?"

"얼마나 남았어요?"

"내일도 여기 있어요?"

"휴가는 언제 끝나요?"

말케는 아이들의 포위망을 뚫고 나왔다. 책가방들에 발이 걸려 넘어질 뻔했고, 내 만년필은 대합실에 남겨졌다. 우리는 사선으로 내리는 비를 맞으며 달렸고, 나란히 웅덩이를 뛰어넘었다. 비는 사람을 가깝게 한다. 경기장 뒤에 이르러서야 소년들은 추격을 멈췄다. 그러고도 오랫동안 소리를 질렀는데, 학교에는 안 가도 되는 모양이었다. 오늘날까지도 여전히 그들은 내게 만년필을 돌려주려고 한다.

노이쇼틀란트 뒤편의 텃밭 사이에서 우리는 비로소 숨을 돌렸다. 내뱃속에 분노가 들어서고, 분노는 자식을 낳았다. 나는 재촉하듯 집게손가락으로 그 저주스러운 봉봉을 톡톡 두드렸다. 말케는 허둥지둥 그것을 목에서 끌렀다. 그 물건 역시 수년 전 드라이버처럼 신발끈에 묶여 있었다. 말케는 그것을 내게 주려 했으나 나는 거절했다. "됐어, 아주 고마워 죽겠네."

그러나 그는 그 쇠붙이를 젖은 풀숲에 던져버리지 않고, 바지뒷주머니에 집어넣었다.

여기서 어떻게 벗어날까? 간이울타리 바로 뒤에 설익은 구스베리 열매가 자라 있었다. 말케가 두 손으로 열매를 따기 시작했다. 나는 핑곗거리를 찾고 있었다. 그는 열매를 먹고 껍질을 뱉었다. "여기서 반시간만 기다려봐. 식량을 좀 가져가야지. 안 그러면 작은 배에서 오래 못 버텨."

말케가, "꼭 다시 와야 돼!"라고 말했다면 나는 그대로 도망쳐서 돌아가지 않았을 것이다. 내가 가려고 할 때 그는 고개도 거의 까딱하지 않았고, 울타리 사이 덤불에서 열 손가락으로 열매를 잡아 뜯어 입 한가득 열매를 물고는 가지 못하게 나를 붙들었다. 비는 사람을 가깝게 한다.

문을 연 것은 말케의 이모였다. 그의 어머니가 집에 없어서 다행이었다. 우리집에 가서 먹을 것을 가져와도 되었을 것이다. 그러나 생각했다. 가족은 뭐하러 있는데? 이모가 궁금하기도 했다. 예상과 달리 그녀는 앞치마를 걸치고 서서 한 마디도 묻지 않았다. 열린 문틈 사이로 뭔가 입안이 텁텁해지는 듯한 냄새가 났다. 말케의 집에서는 루바브*를 졸이고 있었다.

_____

* 마디풀과의 여러해살이 풀. 잎자루로 젤리나 잼을 만드는데, 떫은 맛이 난다.

"요아힘을 위해 조촐한 환송파티를 하려고요. 마실 것은 충분히 있지만, 혹시 배가 고파지면……"

그녀는 말없이 일 킬로그램짜리 기름에 절인 고기 통조림 두 개를 부엌에서 꺼내오고, 깡통따개도 같이 가져왔다. 그러나 말케가 배의 취사실에서 개구리 뒷다리 통조림을 찾았을 때 작은 배에서 가지고 올라온 것은 아니었다.

말케의 집 찬장은 늘 꽉 차 있었다. 시골에 친척이 있어 손만 뻗으면 됐다. 그녀가 그런 것들을 꺼내며 고민하는 동안, 나는 불안하게 서서 복도에 걸린 말케의 아버지와 화부 라부다의 가로로 긴 사진을 바라보았다. 기관차에서는 연기가 나지 않았다.

이모가 뜨개 장바구니와 통조림을 쌀 신문지를 가지고 돌아와 말했다. "기름에 절인 고기를 먹을 때는 좀 데워야 하는데. 안 그러면 너무 기름져서 속이 부대낀다우."

내가 집을 나오며 누가 와서 요아힘에 대해 캐묻지는 않았는지 물었다면, 아니라는 대답이 돌아왔을 것이다. 그러나 나는 묻지 않았고, 문가에서 이렇게 말했다. "요아힘이 안부 전해드리라고 했어요." 말케는 심지어 어머니에게조차 어떤 안부도 전하지 않았지만.

내가 여전히 비가 내리는 텃밭 사이로 돌아가 군복 차림인 그의 앞에 서서, 울타리 막대에 뜨개 장바구니를 걸쳐두고 끈 자국이 난 손가락을 문지르고 있을 때, 그도 궁금해하지 않았다. 여전히 설익은 구스베리 열매를 먹어치우고 있어서, 나도 그의 이모처럼 그의 몸을 걱정하지 않을 수 없었다. "너 그러다 탈 나겠어!" 그러나 말케는 내가 "가자!"라고 한 이후에도 물이 떨어지는 열매를 세 줌 가득 따서 재빨리 주머니에 잔뜩 채워넣고는, 우리가 노이쇼틀란트와 볼프스길과 베렌길의 주택들을 한 바퀴 둘러가는 내내 딱딱한 구스베리 껍질을 발 앞에 툭 툭 뱉어냈다. 우리가 전차 연결차량의 뒤편 승강장에 서서 왼편의 비 내리는 비행장을 바라보고 있을 때도 그는 여전히 그 열매를 먹어치 웠다.

그는 구스베리 열매로 내 신경을 곤두서게 했다. 비도 그치기 시작 했다. 잿빛 구름은 우윳빛이 되어갔고, 이제 그만 차에서 내려 그를 구 스베리와 함께 남겨두고는 가버리고 싶었다. 그러나 나는 이렇게만 말 했다. "너희 집으로 벌써 두 번이나 너를 찾는 사람들이 왔었대. 사복 차림의 사람들 말이야."

"그래?" 말케는 판자가 깔린 승강장 바닥 위로 계속해서 껍질을 뱉었 다. "우리 어머니는? 아시는 것 같아?"

"너희 어머니는 안 계셨어. 이모만 계시고."

"장 보러 가셨겠지."

"그런 것 같진 않던데."

"아니면 실케 집에 다림질을 도우러 가셨거나."

"거기도 안 계셨어, 유감스럽게도."

"구스베리 열매 좀 먹을래?"

"호흐슈트리스로 연행되어 가셨어. 원래 너한테는 말 안 할 생각이 었는데."

브뢰젠에 닿기 조금 전에야 구스베리 열매는 바닥났다. 그러나 우리 가 빗자국이 난 해변을 빠르게 걸어갈 때도 그는 여전히 젖은 양쪽 주 머니를 뒤적거렸다. 그리고 위대한 말케의 귀에 바다가 해안에서 철썩

이는 소리가 들려왔다. 발트해가 눈앞에 나타나고, 저멀리 작은 배도 보이고, 정박지에 있는 몇 척의 군함이 드리운 그늘까지 보고서야, 그는 말했다. 수평선이 그의 눈동자에 가는 선을 그었다. "수영 못 하겠어." 나는 이미 신발과 바지를 벗은 후였다.

"이제 와서 그게 무슨 소리야."

"정말 못 해, 배가 아파. 빌어먹을 구스베리."

나는 욕을 하며 재킷 주머니를 더듬어 일 마르크를 찾아냈다. 잔돈도 약간 있었다. 그것을 가지고 브뢰젠으로 가서 크레프트 노인에게 두 시간 동안 보트를 빌려달라고 했다. 여기 쓰는 것처럼 그리 쉽지는 않은 일이었다. 크레프트 노인이 캐묻지 않고 내가 배를 띄우는 것을 도와주기는 했지만. 내가 해안에 보트를 다시 올렸을 때, 말케는 모래에 누워 전차부대의 군복을 입은 채 뒹굴고 있었다. 나는 발로 차서 그를 일으켰다. 그는 몸을 부들부들 떨며 땀을 흘렸고, 두 주먹으로 명치를 눌렀다. 그럼에도 난 오늘까지도 그의 갑작스러운 복통이 의심스럽다. 설익은 구스베리를 빈속에 먹었다고 해도.

"모래언덕으로 가. 자, 어서!" 그는 허리를 굽히고 질질 끄는 발자국을 남기며 갯보리 뒤로 사라졌다. 그의 전투모를 볼 수도 있었겠지만, 입항하거나 출항하는 배도 없었는데, 나는 방파제 쪽만 바라보았다. 그는 여전히 허리를 굽힌 채 돌아와, 내가 배 띄우는 것을 도왔다. 나는 그를 선미에 앉히고, 통조림 두 개가 든 뜨개 장바구니를 그의 무릎에 놓은 후 신문지에 싸인 깡통따개를 발치로 밀었다. 첫번째, 그리고 두번째 모래톱을 지나 물빛이 어두워지자 내가 말했다. "이제 네가 좀 저어봐."

위대한 말케는 고개 한번 젓지 않았다. 등을 구부리고 앉아, 신문지로 싸인 깡통따개를 밟고 마주보는 내 어깨 너머 저편을 응시했다.

나는 그때 이후 지금까지도 노 젓는 배에 오르지 않지만, 우리는 여전히 마주보며 앉아 있다. 그리고 그의 손가락이 꼼지락거린다. 목은 비어 있다. 모자는 바로 썼다. 군복의 주름에서 바닷모래 알갱이가 떨어진다. 비도 오지 않는데 이마에서 물방울이 떨어진다. 모든 근육은 경직되어 있다. 눈은 숟가락으로 떠낼 수 있는 계란 반숙처럼 불룩 튀어나왔다. 코는 누구와 바꿨나? 두 무릎은 사시나무처럼 떨린다. 바다에는 고양이가 없는데, 쥐는 도망치고 있다.

춥지는 않았다. 구름이 열리고 해가 그 틈으로 비칠 때, 소나기가 후두둑 고요한 수면 위를 떠돌며 보트를 덮쳤다. "몇 번 저어봐, 몸도 데워질 거야." 선미로부터 이빨이 딱딱 부딪치는 소리가 대답 대신 들려왔다. 그리고 주기적인 신음 사이로 툭툭 끊기는 말들이 쏟아져나왔다. "……대체 뭐하러 그 고생을 한 건지. 누구든 말해주었더라면. 그런 쓸데없는 것 때문에. 진짜 멋진 강연을 할 수 있었을 텐데. 지향성 조준기를 설명하고 나서 유탄발사기에 대해, 마이바흐 엔진이랑 다른 것들 얘기도. 장전 담당이라서 항상 밖에 나가 노리쇠를 다시 당겨줘야 했어. 포화 속에서도. 내 얘기만 할 생각은 아니었어. 아버지와 라부다 얘기도 하고 싶었는데. 디르샤우 근처에서 일어난 철도 사고에 대해서도 아주 간략히. 아버지가 어떻게 목숨을 걸었는지. 그리고 내가 조준기 앞에서 항상 아버지를 생각했던 것도. 예를 갖춰서 제대로 보내드리지도 못했어. 그때 양초 고마웠다. 오, 언제나 순결한 분이시여, 신성한 광채 속의 마리아시여. 나를 위해 기도를 올려 은혜를 베푸셨으니. 사랑이

넘치는 분이시여. 자비로운 성모시여. 그렇지. 처음 출격했던 쿠르스크 북방의 전투에서 곧 증명됐거든. 오렐 부근에서 반격을 당해 곤경에 처했을 때였지. 8월 보르스클라 유역에서도 성모마리아가 나타났어. 모두 크게 비웃으며 나를 군종신부에게 데려갔지. 그리고 전선은 교착 상태가 됐고. 유감스럽게도 난 중앙전선으로 전속되었지. 안 그랬다면 하르코프 인근이 그처럼 빨리 폭격당하지는 않았을 텐데. 당장, 코로스텐 근처에서 마리아가 다시 나타났다고. 59사단과 맞섰을 때. 그녀는 어린 아이를 안고 있지 않았고, 항상 그 사진을 들고 있었어. 아십니까, 교장 선생님, 그 사진은 우리집 복도에 걸려 있습니다. 구둣솔 주머니 옆에 말입니다. 그 사진을 그녀는 가슴 아래쪽으로 들고 있었습니다. 사진 속의 기관차가 또렷이 보였지요. 우리 아버지와 화부 라부다 사이를 겨냥하고 쏩니다. 4백. 직접 사격. 필렌츠, 너도 봤지, 난 언제나 포탑砲塔과 본체 사이의 틈을 겨냥하거든. 통풍 한번 시원하게 시켜줬지. 아니, 그녀가 말을 건네진 않았습니다, 교장선생님. 하지만 솔직히 말하자면, 그녀와 저는 말이 필요 없습니다. 증거요? 사진을 들고 있었다니까요. 선생님도 수학 수업 시간에 평행선이 무한원점에서 교차된다는 가정을 인정하시지 않습니까. 어떤 초월적인 것을요. 코지에틴 동쪽의 후방 부대에서도 마찬가지였어요. 12월 27일에 그녀는 왼쪽에서 숲 쪽으로 행군 속도 시속 35킬로미터를 유지하며 이동합니다. 저는 오직 그것만 겨냥하면 되는 거였어요. 그것만을, 그것만을. 왼쪽으로 두 번 저어 봐, 필렌츠. 작은 배에서 멀어지고 있어."

말케는 처음에는 그저 딱딱거리며 부딪치기만 하더니 그사이 마음 대로 다룰 수 있게 된 이 사이로 자신이 머릿속에 그렸던 강연을 들려주면서도, 그사이 우리 보트의 진로를 주시하며 그 말투로 내가 땀이 날 만큼 속력을 내도록 시켰다. 내 이마에는 땀이 맺혔으나 그의 모공은 물기 없이 닫혀 있었다. 나는 노를 저으면서, 그가 점점 커지는 함교 너머로 언제나 날아다니는 갈매기떼 외에 무엇을 더 보고 있는지 한순간도 확신할 수 없었다.

우리가 배에 닿기 전에, 그는 느긋이 선미에 앉아 신문지에 말았던 깡통따개를 꺼내 만지작거렸고, 더이상 배가 아프다는 말은 하지 않았다. 내가 보트를 묶는 동안 그는 작은 배 위에 서서 나를 마주보면서 두 손으로 목에 뭔가를 걸고 있었다. 바지 뒷주머니에 있던 큰 봉봉이 다시 목을 덮었다. 햇살을 맞으며 양손을 비비고 손발을 흔들었다. 말케는 마치 자기 것인 양 갑판 위를 성큼성큼 걸으며 연도連禱의 첫 구절을 중얼거리더니, 갈매기들에게 손을 번쩍 들어 흔들었다. 몇 해 동안 집을 떠났다가 돌아와, 자기 자신이 선물이라는 양 재회를 축하하며 "애들아, 너희는 조금도 안 변했구나!"라고 말하는 삼촌처럼 굴었다.

나는 그 장단에 맞춰주기가 힘들었다. "빨리 해, 빨리! 크레프트 영감이 내게 보트를 한 시간 반만 빌려준 거란 말이야. 처음엔 한 시간만 주려고 했어."

말케는 곧 사무적인 말투를 되찾았다. "그렇담, 좋아. 나그네는 붙잡는 법이 아니지. 그런데, 저기 저 유조선 옆에 군함 말이야, 저건 상당히 흘수*가 높겠는걸. 내기할까, 스웨덴 배라는 데 걸지. 네가 확인할 수 있게 저기로 노 저어 가자, 알겠지, 오늘 안으로. 해가 지면 곧장. 아홉

---

* 배가 물위에 떠 있을 때 물에 잠겨 있는 부분의 깊이.

시쯤 여기 오는 것으로 하자. 이 정도 요구는 할 수 있겠지? 아닌가?"

물론 이렇게 시야가 흐린 날은 정박지에 있는 배의 국적은 가려낼 수 없었다. 말케는 수다를 떨며 어렵게 옷을 벗기 시작했다. 그는 지나가는 말처럼 지껄였다. 툴라 포크리프케에 대해서도 약간. "닳고 닳은 계집애야, 말해두지만." 그리고 구제브스키 신부에 대한 소문도. "그 작자가 직물, 제단포까지도 암거래했다더군. 그걸 살 배급권을 거래했을 가능성이 더 크지만. 감사원 직원이 다녀갔어." 그리고 자기 이모에 대한 이상한 이야기도 했다. "그래도 한 가지는 인정해줘야 해. 아버지와 언제나 잘 통했어. 시골에서 보낸 어린 시절에도 말이야." 어김없이 증기기관차에 대한 옛 이야기가 이어지고. "그리고 말야, 그전에 다시 오스터가에 들러서 그 사진을 좀 가져다줘. 액자는 있든 없든 상관없어. 아니, 그냥 거기 두자. 짐만 되지."

그는 우리 김나지움의 전통을 상징하는 것 중 하나인 빨간 체육복바지를 입고 서 있었다. 군복은 조심스레 규정대로 조그맣게 접어 나침함 뒤의 단골 자리에 올려두었다. 잠자리에 들려는 사람처럼 전투화는 세워져 있었다. 나는 이렇게 덧붙였다. "통조림도 다 챙겼어? 깡통따개 잊지 마." 그는 왼쪽에서 오른쪽으로 훈장의 위치를 바꾸고, 학생시절처럼 거리낌없이 오래된 지식을 떠벌렸다. "아르헨티나의 전함 모레노의 톤수는 얼마냐? 속력은? 흘수선 장갑의 두께는? 건조 연도는? 언제 개조했지? 비토리오 베네토호는 15.2센티미터 포를 몇 문 싣고 있지?"

나는 느릿느릿 대답했으나, 아직도 그런 쓸데없는 것을 기억하고 있다는 것이 기뻤다. "통조림 두 개를 한꺼번에 가지고 내려갈래?"

"봐서."

"깡통따개 잊지 마, 저기 있어."

"너 아주 어머니처럼 날 챙기는구나."

"내가 너라면 이제 슬슬 물밑으로 내려가겠어."

"그럼, 그래야지. 무전실이 완전히 엉망이 되었을 거야."

"거기서 겨울잠은 자지 마라."

"중요한 건, 라이터가 제대로 작동되어야 한다는 거야. 연료는 밑에 충분히 있으니."

"거기 그거, 나라면 안 버릴 거다. 나중에 어디든 가서 경매에 붙일 수도 있을지 누가 알아."

말케는 그 물건을 한쪽 손에서 다른 손으로 획 넘겼다. 함교에서 조금씩 발을 떼며 해치를 찾을 때도 그는 두 손으로 무게를 재듯 그것을 가지고 놀았다. 오른팔에 통조림 두 개가 든 뜨개 장바구니를 걸치고서. 그의 무릎 높이에서 물이 찰랑거렸다. 해가 잠시 다시 뚫고 나와 그의 불안의 도관과 척추 왼편에 그림자를 드리웠다.

"열한시 반쯤 되었겠다, 아님 더 되었거나."

"생각한 것만큼 차갑지는 않은데."

"비 온 후에는 늘 그렇잖아."

"음, 수온 17도, 기온 19도."

수로 위 항구 부표 앞쪽으로 준설선 한 척이 떠 있었다. 작업중 같았으나 바람이 마주 불어 소리는 상상 속에만 머물렀다. 말케의 쥐도 상상 속에 있다. 왜냐하면 그가 발로 더듬어 해치 테두리를 찾아낸 듯했을 때도 계속 내게 등을 돌리고 있었으므로.

계속해서 스스로 지어낸 질문을 내 귀에 쑤셔넣고 있다. 밑으로 내려가기 전에 그가 무슨 말을 더 했던가? 어렴풋이 기억에 남아 있는 것은 왼쪽 어깨 너머로 함교를 얼핏 돌아보던 눈빛뿐이다. 그는 잠깐 쭈그려 앉아서 팔을 아래로 움직이다가 다시 일어나 몸을 적신 후, 깃발처럼 붉은 김나지움 체육복바지를 짙게 물들이며, 통조림이 든 바구니를 들기 쉽게 조그맣게 뭉쳐 오른쪽으로 쥐고 있었다. 그렇지만 봉봉은? 목에는 걸려 있지 않았다. 내가 눈치채지 못하게 버렸나? 어느 물고기가 그걸 내게 가져다줄까?* 어깨 너머로 또 무슨 말을 했던가? 높이 나는 갈매기들을 향해? 해안과 정박지에 떠 있는 군함들을 향해? 설치류를 저주했나? 네가 "그럼, 오늘 저녁에 보자!"라고 말했던 것 같지는 않다. 두 개의 통조림을 추로 삼아, 머리가 먼저 물속으로 사라졌다. 둥근 어깨와 골반이 목덜미를 뒤따랐다. 하얀 발 하나가 허공으로 솟구쳤다. 해치 위의 물은 평소의 잔물결로 돌아갔다.

그때 난 깡통따개에서 발을 뗐다. 나와 깡통따개가 남았다. 내가 바로 보트로 가서 닻줄을 끄르고 갔더라면. "그래, 그 녀석이라면 이게 없어도 잘해낼 거야." 그러나 나는 머물러 초를 셌다. 부표 앞 준설기의, 캐터필러 트랙터 위로 오르락내리락거리는 버킷의 규칙적인 움직임에 초 세는 일을 맡기고 나도 숫자를 세었다. 삼십이 삼십삼, 녹이 슬어가는, 삼십육 삼십칠, 진흙을 감아올리는, 사십일 사십이, 기름이 떨어져가는, 사십육 사십칠, 사십팔 초 동안 준설기는 올라가고, 비우고, 다시 물로 들어가며 버킷으로 할 수 있는 일을 했다. 준설선은 노이파르바서 항구로 이어지는 수로를 깊게 파며 내가 시간 재는 일을 도왔다. 말케

* 실러의 시 「폴리 크라테스의 반지」를 연상시키는 구절. 버린 물건이나 잃어버린 물건을 물고기가 가져다준다는 설화를 차용한 작품이다.

는 목적지에 도착했을 것이다. 통조림을 가지고, 깡통따개는 없이, 단맛과 쓴맛을 동시에 지닌 그 봉봉을 걸쳤거나 걸치지 않은 채로. 그리고 차오른 물위로 조금 올라온, 폴란드 소해정 '리비트바'의 무전실에 입실했을 것이다.

탕탕 두드려 신호를 보내기로 약속한 것은 아니었으나, 그럼에도 너는 두드려줄 수 있었을 것이다. 또다시 나는 준설선이 나를 위해 삼십 초를 세도록 했다. 뭐라고 해야 하나, 일반적인 사람 기준으로 보건대 분명 그는…… 갈매기들이 날뛰었다. 그들은 작은 배와 하늘 사이에 옷본을 펼쳤다. 갈매기들이 정확한 이유도 없이 갑자기 떠났을 때, 사라진 갈매기들이 나를 혼란스럽게 했다. 그리고 나는 먼저 내 구두굽으로, 그러고 나서는 말케의 전투화로 갑판을 두드리기 시작했다. 쌓인 녹이 떨어지고 석회질의 갈매기똥은 잘게 부서져 두드릴 때마다 함께 춤을 추었다. 필렌츠는 깡통따개를 쥔 채 주먹으로 갑판을 망치처럼 쳐대며 외쳤다. "올라와, 다시 물위로, 젠장! 깡통따개를 위에 두고 갔단 말이야, 깡통따개를……" 거칠게 시작해 리듬감을 찾아가던 두드림 소리와 외침 소리가 끝나고 정적이 이어졌다. 유감스럽게도 모스 부호를 알지 못해서 쾅쾅 두드렸다. 둘셋 둘셋. 목이 쉬도록. "깡-통-따개! 깡-통-따개!"

그 금요일 이후 나는 고요함이 무엇인지 알게 되었다. 정적은 갈매기가 떠난 후에 찾아온다. 바람이 쇳소리를 차단하는, 작업중인 준설선보다 더한 고요함을 만들어내는 것은 없다. 그러나 가장 큰 고요를 만들어낸 것은 너 요아힘 말케였다. 내가 내는 소음에도 답할 줄 모르던.

그러니까, 나는 노를 저어 돌아왔다. 그러나 노를 저어 돌아오기 전에 나는 깡통따개를 준설선 쪽으로 던졌다. 맞히지는 못했지만.

그러니까, 나는 깡통따개를 던져버리고 노를 저어 돌아왔고, 크레프트 노인에게 보트를 반납하고 삼십 페니히를 더 지불해야 했다. 그리고 말했다. "아마 저녁 무렵에 다시 와서 보트를 또 빌릴지도 모르겠어요."

그러니까, 나는 던져버리고, 노를 저어 돌아왔고, 반납하고, 추가로 계산하고, 다시 빌리려 했고, 전차를 타고 갔다. 흔히 말하듯 집으로.

그러니까, 그 모든 것 후에 나는 집으로 곧장 가지 않고, 오스터가의 초인종을 누르고, 아무것도 묻지 않고, 증기기관차 사진을 액자째로 달라고 했다. 나는 그에게 그리고 어부 크레프트에게 말했으니까. "아마 저녁 무렵에 다시 올 것⋯⋯"

그러니까, 내가 가로로 긴 액자를 들고 집에 도착했을 때, 어머니는 막 점심을 차리고 있었다. 철도차량 공장의 경비대장이 우리와 함께 식사했다. 생선은 없었다. 그리고 지방병무청으로부터 내 앞으로 온 편지 한 통이 접시 옆에 놓여 있었다.

그러니까, 나는 그 소집영장을 읽고 읽고 또 읽었다. 어머니가 울기 시작하자 경비대장은 당황했다. "일요일 저녁이나 되어야 가는데요, 뭘." 남자를 무시하고 내가 말했다. "엄마, 아빠 쌍안경 어디 있는지 알아요?"

그러니까, 그 쌍안경과 가로로 긴 사진을 들고, 나는 약속한 금요일 저녁이 아닌 토요일 오전에 브뢰젠으로 갔다. 전날 저녁에는 비도 다시 내리고 시야도 뿌옇게 흐렸을 것이다. 나는 모래언덕의 가장 높은 지점으로, 전쟁기념비 앞으로 갔다. 기념비 받침돌에서 제일 높은 지점으로 올라가 사십오 분까지는 아니더라도 삼십 분쯤은 쌍안경을 들고 서 있었다. 머리 위에 광채를 잃은 오벨리스크의 금빛 공이 솟아 있었다. 시야가 흐릿해지자 나는 쌍안경을 내려놓고 들장미 덤불을 바라보았다.

그러니까, 작은 배에는 아무런 기척이 없었다. 한 켤레의 전투화가 뚜렷이 보였다. 갈매기들이 또다시 줄이 매달린 꼭두각시처럼 녹 위로 날아들어 갑판과 신발에 똥을 뿌렸다. 그러나 갈매기로 무엇을 증명할 수 있단 말인가. 정박지에는 전날과 같은 군함이 정박해 있었다. 그러나 그중에 스웨덴 배는 없었다. 중립국의 배 같은 것은 한 척도 보이지 않았다. 준설선은 거의 이동하지 않았다. 날씨가 좋아질 기미가 보였다. 나는 다시 흔히 말하듯, 집으로 갔다. 어머니가 마분지 트렁크에 짐을 싸는 걸 도와줬다.

그러니까, 나는 짐을 쌌다. 가로로 긴 그 사진은 액자에서 꺼냈고, 네가 별다른 말을 하지 않았기에 맨 아래에 넣었다. 네 아버지와 화부 라부다, 연기가 나지 않는 네 아버지의 증기기관차 위에 내 속옷과 자질구레한 물건들과 내 일기장을 겹쳐 넣었다. 나중에 일기장은 사진, 편지들과 함께 콧부스에서 잃어버렸다.

누가 내게 좋은 결말을 써주려나? 고양이와 쥐로 시작한 것이, 오늘날 갈대로 둘러싸인 웅덩이의 뿔논병아리처럼 나를 괴롭히고 있다. 내가 자연을 피하면 문화영화가 내게 이 솜씨 좋은 물새를 보여준다. 아니면 주간뉴스가 라인강에서 침몰한 화물선의 인양 작업이나, 함부르크 항구에서의 수중 작업을 취재했다. 호발트 조선소 옆의 벙커가 폭파되고, 블록버스터 폭탄이 제거되었다는 내용이다. 약간 찌그러진, 반짝

거리는 헬멧을 쓴 남자들이 물속으로 내려갔다가 다시 올라와서는 팔을 뻗어 헬멧의 나사를 돌리고, 그들은 잠수용 헬멧을 벗는다. 그러나 위대한 말케는 결코 깜빡이는 영사막 위에서 담뱃불을 붙이지 않는다. 담배를 피우는 것은 늘 다른 사람들이다.

마을에 서커스단이 오면 내 덕에 돈을 번다. 그들 가운데 모르는 얼굴이 없게 되어 광대들과 서커스단 숙박차량 뒤에서 개인적인 얘기를 나눈다. 그러나 대개 유머가 없는 사내들의 대답은 한결같다. 말케라는 동료에 대해서는 들어본 바 없다고.

1959년 10월에 너처럼 기사십자철십자장*을 받은 생존자들의 모임이 있다기에 레겐스부르크에 갔던 일도 이야기해야 할까? 그들은 나를 들여보내주지 않았다. 안에서 독일연방군의 군악대가 연주를 하거나 잠깐 쉬곤 했다. 나는 출입을 관리하는 소위에게 휴식시간을 틈타 무대에서 너를 불러달라고 부탁했다. "말케 하사관, 입구에 면회 있다!" 그러나 너는 어둠 속에서 떠오르려 하지 않았다.

---

* 기사십자철십자장은 제2차세계대전 동안 나치 독일이 제정한 훈장으로, 철십자 훈장의 변종이다. 기사십자철십자장은 2차대전중에 실질적으로 일반 독일 군인이 획득할 수 있는 최고의 훈장이었다.

그러므로 그라스는 이야기한다.
고양이와 쥐, 나의 죄, 그리고 부끄러움에 대하여

아담의 사과

말케의 특징은 유난히 눈에 띄는 '울대뼈'다. 울대뼈는 많은 언어에서 '아담의 사과'로 불린다. 낙원에서 벌거벗음을 발견한 첫 사람 아담처럼, 울대뼈는 유년의 평화로움 속에 잠들어 있던 말케를 '부끄러움'에 눈뜨게 한다. 말케는 부끄러움을 은폐할 도구들을 끊임없이 찾는다. 드라이버, 마리아상이 달린 목걸이, 털술, 메달, 깡통따개, 넥타이, 야광배지, 봉봉······ 그러나 그가 노력을 기울일수록 스스로도, 세상도 오히려 은폐하려는 대상에 몰두하는 기이한 현상이 벌어진다. 출구는 쉽게 보이지 않는다. 사춘기 소년 말케의 부끄러움은 프리모 레비가 말한 "독일인이 몰랐던 부끄러움, 정의로운 사람이 타인이 저지르는 죄 앞에서 느끼는 부끄러움"과는 분명 다른 차원의 것이다. 그보다 레비나스의 명제처럼 "부끄러움 속에서 어떤 방법으로도 자신을 분리시킬 수 없음, 스스로에게 결박되어 있음, 자신을 벗어나 자신을 자신으로부터 감추는 것이 원천적으로 불가능함"에서 비롯하는 부끄러움에 가까울 것이다.* 세상을 비웃으며 단호하게 성장을 거부한 『양철북』의 오스카와 달리, 말케는 부끄러움을 피해 하루라도 빨리 미래로 도달하고자 한다. 그 미래는 오스카가 거부한 성인의 세계다. 그렇게 성인 세계의 서막을 알리는 '크고, 쉴새없이 움직이며, 그림자를 드리워' 살아 있는 쥐처럼 보이는 그의 '치명적인 연골'은 살아 있는 고양이들을 유인한다.

말케의 울대뼈가 고양이에게 쥐가 되었으므로. (…) 어쨌든 고양이는 말케의 후두에 뛰어올랐다. 우리 중 누군가 고양이를 들어 말케의 목에 올려놓았던가. 아니면 이가 아팠거나 그렇지 않았던 내가 고양이를 들어올려 말케의 쥐를 보여주었던가. 그리고 요아힘 말케는 비명을 질렀으나, 대수롭지 않은 찰과상을 입었을 뿐이다. (8쪽)

충격과 고통으로 비명을 지르는 말케를 회상하며, 서술자인 필렌츠는 섬뜩하리만치 무심하게 말한다. 요아힘 말케는 '대수롭지 않은 찰과상을 입었을 뿐'이라고. 고양이의 교활한 공격을 기점으로 집단은 그를 밀어내기 시작하고, 말케는 반대로 집단에 순응하기 위한 이중적인 싸움을 시작한다. 한편으로는 부끄러움의 출처인 울대뼈를 가리기 위해,

---

* 조르조 아감벤의 『아우슈비츠의 남은 자들』 중에서.

다른 한편으로는 그것을 보상할 무언가를 보여주기 위해, 그는 "무리의 대장인 동시에 무리로부터 도망치는 자"*가 되어간다. 반쯤 침몰한 폴란드 소해정은 그의 이런 이중적인 욕구를 충족시켜주는 절묘한 무대다. 갑판의 함교 위에서 동급생들에게 소화기 거품으로 불을 끄는 법을 보여주며 말케는 첫날부터 그곳에 우뚝 섰고, 우연히 찾아낸 작은 배의 무전실 안에 자기만의 은신처를 만든다.

흥미로운 점은 말케뿐 아니라 그를 둘러싼 집단의 반응도 이중적이라는 것이다. 그들은 말케를 좇는 동시에 말케로부터 도망친다. 소해정 위에서 말케가 펼치는 각종 '서커스'에 박수갈채를 보내고, '말케 없는 여름은 없다!'를 외치면서도 동급생들은 말케를 외면하고, 말케를 부끄러워한다.

> 말케에게 감탄하기는 했지만 더이상 우리 입에서 칭찬은 흘러나오지 않았다. 부풀어오르는 소음의 한가운데서 경탄은 뒤집혔다. 우리는 그가 혐오스러웠고 그를 외면했다. 육중한 화물선이 입항하는 모습을 바라보며, 그가 안됐다는 마음이 들 때도 있었다. 우리는 말케가 무섭기도 했다. 그는 우리를 마음대로 다뤘다. 거리에서 말케와 함께 있는 모습을 보이는 게 나는 창피했다. (81~82쪽)

부풀어오르는 소음, 한껏 부푼 기대 속에서 경탄은 어떻게 순식간에 혐오와 부끄러움으로 뒤집히는 것일까. 말케가 '기사십자 훈장'이라

---

* 심리학자 에밀 오팅거의 「귄터 그라스의 『고양이와 쥐』의 사례를 활용한 청소년 범죄의 다면적 연구」에서 인용.

는, 울대뼈를 잠들게 할 완벽한 균형추를 찾아냈을 때, 필렌츠와 동급생들은 '위대한 말케'라는 칭호를 부여함으로써 말케를 그들의 집단에 포용하는 것처럼 보인다. 아감벤의 개념을 빌리자면 '예외'적인 존재로서. 그러나, 또다른 법이 지배하는 집단인 '콘라디눔'은 예외를 인정하는 대신 그를 추방한다. 클로제 교장은 입에서 박하향을 풍기며 전교생 앞에서 '전대미문'의 불미한 사건이 벌어졌음을 알린다. 독일이 인류 역사상 가장 끔찍한 '전대미문'의 범죄를 저지르는 동안, 개교 이래 '전대미문'의 죄를 저지른 말케는 변명의 기회를 얻지 못하고 쫓겨난다. 새로운 낙인이 찍힌 존재로, 또하나의 피하고 싶은 부끄러움을 간직한 채.

『고양이와 쥐』를 둘러싼 출간 이후의 논란

권터 그라스의 첫 장편 『양철북』에 이어 '단치히 3부작'* 중 두번째로 발표된 『고양이와 쥐』는 출간과 동시에 '외설성'과 '신성모독' 논란에 시달렸다. '집게로나 건드릴 수 있지 맨손으로 만져서는 안 되는 소설'이라거나 '기사십자 훈장을 맨 고양이가 나오는 무례한 소설' '선입견이 거의 없는 독자들마저 곤란하게 만드는 자유로운 성적 표현'이라며 비판하는 각계의 항의가 빗발쳤고, 급기야 그라스는 '청소년에 유해

---

* 『양철북』과 『고양이와 쥐』『개들의 시절』은 등장인물과 배경, 사건 등에서 연속성을 보이며, 후에 한 권으로 묶여 『단치히 3부작』으로 재출간되기도 했다. 권터 그라스 또한 이 세 작품이 연결된 작품이라 강조했다.

한 작품을 써내는 포르노그래피의 대가'로 고발당하기에 이른다. 일부 지역에서는 『고양이와 쥐』가 금서목록에까지 오르며, 때아닌 검열 논란까지 가중되었다. 작가 자신과 엔첸스베르거를 위시한 지지자들의 적극적인 변론으로 소송은 취하되지만, 1966년 한스위르겐 폴란트 감독이 이 작품을 영화화하는 과정에서 다시 한번 논쟁이 불붙기도 했다. 당시 서독의 외무장관이던 빌리 브란트의 두 아들 라르스와 페터 브란트가 주인공 말케를 연기한 영화 〈고양이와 쥐〉가 평가기관의 '가치 있음wertvoll' 판정을 받고 나서야 소란은 차츰 가라앉았다. 이러한 논란은 독일 국내에 그치지 않아, 수십 년 후 중국에서 『고양이와 쥐』가 번역될 때 그라스는 번역자로부터 당국의 검열로 일부 문장을 삭제할 수밖에 없다는 소식을 전해듣기도 했다.

단치히

그 무렵 큰 사건들이 세계를 뒤흔들었으나 말케의 시간은 자유롭게 수영하기 이전과 자유롭게 수영하게 된 이후로 나뉘었다. (36쪽)

'위대한 말케'*의 역사가 마치 기원전과 기원후처럼 펼쳐지는 곳은 작가의 잃어버린 고향인 단치히, 지금의 그단스크와 그 외곽지역이다. 제2차세계대전 이후 단치히 자유시가 폴란드에 귀속되며 당시 인구의

---

* '위대한 말케'의 명칭과 관련해 프랑스 작가 알랭 푸르니에의 '위대한 몬느', 『대장 몬느』와의 유사성을 지적하는 학자들도 있다.

90% 이상을 차지하던 13만 명가량의 독일계 주민들이 추방되었고, 알려진 대로 폴란드 정부는 도시의 재건 과정에서도 독일의 흔적을 남기지 않으려 애썼다. 그럼에도 옛 한자동맹도시의 명망이 남아있는 그단스크의 구도심에 서면 양철북을 안은 오스카 마체라트가 귀가 찢어질 듯한 비명을 지르며 길목 어디선가 금방이라도 튀어나올 것만 같다. 위풍당당한 시하우 조선소(레닌-그단스크 조선소의 전신)는 물론 상대적으로 폭격 피해가 적었던 단치히 랑푸르 교외의 그라스 생가와 고색창연한 콘라디눔, 마리아 성당, 악치엔 맥주 양조장, 올리바의 성심성당과 가로숫길, 브뢰젠 해수욕장에서 멀리 보이는 헬라반도까지 믿을 수 없이 많은 장소들이 여전히 남아 그라스의 '단치히 전설'을 재현한다.

필렌츠가 말케를 회상하며 서술하는 이야기의 시간적 배경은 독일이 폴란드를 침공함으로써 전쟁이 시작된 1939년부터 패전한 1945년 무렵까지다. 말케와 필렌츠를 포함한 콘라디눔의 8, 9학년 학생들은 헬라항에서 노이파르바서로 예항되던 중 좌초해 반쯤 가라앉은 폴란드 소해정 위에서 무료함과 광기가 뒤섞인 여름을 보낸다. 아이들은 '그 무렵 세계를 뒤흔든 큰 사건들'과는 아무 관련이 없다는 듯, 침몰한 적군의 배에서 노획물을 건져 올리거나 무료함에 지쳐 단체 수음 올림픽을 벌이기도 한다. 그럼에도, 말케가 따돌림을 당하고 파국에 이르는 과정이나, 과거에 붙들린 필렌츠가 지난 이야기를 쓰고 또 쓰는 행동은 자연스레 같은 기간 세계 곳곳을 지옥으로 만든 나치의 과대망상과 강박적인 광기, 전체주의의 폐단 같은 것들을 연상시킨다.

제2차세계대전중에 성장한 사람으로서, 나는 내가 알고 있는 것들을 신뢰했고, 『고양이와 쥐』에서 학교와 군대 사이의 긴장 관계, 이데올로기를 통한 무분별한 학생 동원, 비이성적인 영웅숭배에 대해 기술했다. 그리고, 집단강박 안에 갇힌 외톨이의 운명도 되새겨보았다.*

전함과 전투기에 대한 지식을 뽐내고, 히틀러 청소년단과 노동봉사대에 동원되어 청소년기를 보낸 단치히의 아이들은 이미 그들이 속한 사회의 많은 것들을 내재화한 것처럼 보인다. '전체주의 이데올로기의 목표는 혁명적 변화가 아니라 인간의 본성 자체를 바꾸는 것'이라는 한나 아렌트의 지적이 날카롭게 와닿을 만큼. 반쯤 침몰한 소해정처럼 그들의 성장기는 이미 침몰한 채 시작된다.

전쟁의 시작을 일 년 남짓 앞두었을 때. 대낮 햇빛에 환히 드러난, 폭력. 내 열한번째 생일이 지나고 얼마 되지 않아, 단치히와 또다른 지역에서 유대교 회당이 불타오르고 쇼윈도 유리창이 박살났을 때, 나는 아무 행동도 하지 않았으나, 호기심 어린 구경꾼으로 그 자리에 있었고, (…) 어떤 의심도 내 어린 시절을 우울하게 만들지 않았음이 분명하다. 그보다 나는 자극을 받고 또 자극을 주며 '새로운 시대'라 자처하는 일상이 제공하는 모든 것에 쉽사리 동참했다.**

---

*『고양이와 쥐』 중국어판에 실린 작가의 말 중에서.
**『양파 껍질을 벗기며』 중에서.

대낮 햇빛 아래 드러난 폭력을 외면하며, 많은 개인과 집단이 휩쓸리듯 새로운 일상에 동참했다. '자유'를 추구하기보다 새로운 일상에서 취할 수 있는 '이익'들을 고민 없이 받아들였다. 제2차세계대전이 일어나기도 전인 1935년에 주민의 60% 이상이 이미 나치당을 지지했고, 이후에는 남아 있던 소수민족과 유대인들을 사살하거나 추방했던 자유 도시 단치히의 '자유'를 믿는 사람은 이제 거의 없을 것이다. 자신이 고양이의 위치가 되었다고 믿은 순간 필렌츠는 말케의 '깡통따개'를 밟아 숨김으로써 누군가를 살릴 수 있는 기회, '무엇을 열 수 있는 가능성'을 놓쳤다. 그리고, 누군가를 죽음의 세계로 추방시키는 동안 스스로도 미래로부터 추방당하고 있었다.

불명예와 절룩이며 그 뒤를 따라오는 부끄러움에 대하여

귄터 그라스는 60년대의 한 인터뷰에서 『고양이와 쥐』의 이야기가 '양심의 가책 때문에 서술자가 되는' 필렌츠의 죄책감에 대한 상상에서 시작되었다고 밝힌 바 있다. 그뿐만 아니라 다른 인터뷰에서는 '단치히 3부작'에 등장하는 세 명의 1인칭 서술자들이 글을 쓰는 이유는 모두 죄책감 때문이라고 이야기하기도 했다. 강박적인 죄책감, 반어적인 죄책감, 『개들의 시절』의 마테른의 경우처럼 격앙된 죄책감의 요구, 그리고 죄책감에 대한 수요를 충족시키기 위한 죄책감에 이르기까지.

반세기가 지난 2006년에 그는 자전적 소설 『양파 껍질을 벗기며』의 출간을 앞두고 돌연 종전 무렵 자신이 나치 친위대에 입대했던 전력을 털어놓아 전 세계 독자들을 혼란과 충격에 빠뜨렸다. 독일 전후문학을 대표하는 작가이자 시대의 양심으로 추앙받아온 그라스가 나치당의 배지를 삼킨 오스카의 아버지 마체라트나 울대뼈를 가리려던 말케처럼 과거를 감추고 살아왔다는 사실을 두고 '너무 늦은 고백'이라는 반응이 지배적이었고, 대작가에 대한 인간적인 실망과 신랄한 비판이 뒤따랐다. 그러나 그가 이룬 문학적 성과만은 누구도 쉽게 부인하지 못했다. 그라스의 절친한 동료였던 살만 루슈디의 말대로 그는 여전히 '홀로코스트를 두고, 독일인이 스스로 선택했던 맹목성에 대해 반 유대주의자라면 결코 쓸 수 없었을 역대 최고의 반나치 걸작들'을 쓴 작가다. 1944년 11월 10일부터 이듬해 4월 20일까지 육 개월 동안 17세의 그라스가 무장친위대에 소집되어 한 일이라고는 대개 벽에 그림을 그리고, 주전자로 커피를 나르는 사소한 일들이었다. 나머지는 전쟁터로부터의 도피와 포로 생활이었다. 독일의 패전이 다가오던 때였기에, 이 시기의 친위대를 이전과는 성격이 다르다 봐야 한다고 지적하는 역사가들도 있다. 그러나, 귄터 그라스는 그런 변명에 기대지 않았다. 그는 일이 충분히 다른 방향으로 흘러갈 수도 있었다는 사실을 인정했다. 엘리트 부대에 입대했다고 우쭐했던 일, '슈투트호프' 같은 수용소의 이름을 흘려듣고, 홀연히 사라진 친구나 교사의 행적을 들었을 때 '왜'라는 의문보다 안도감을 느끼곤 했던 과거에 대한 자책이 오랜 세월 그를 괴롭혔다.

현실 사회의 구성원으로서 그는 누구보다 활발히 자신의 정치적 입장을 표명했고, 재즈 음악에 대한 열정과 댄스 실력을 유감없이 발휘했으며, 실력 있는 화가였고, 가까운 사람들을 초대해 손수 요리한 음식을 풍성하게 베풀며 열정적으로 인생을 산 사람이었다. 작가로서, 혹은 나치의 광기 속에서 살아남은 증인으로서 그는 전후 독일 사회에 만연했던 일회적이고 난폭한 과거 청산의 형식을 거부하고, 평생에 걸쳐 "불명예와 절룩이며 그 뒤를 따라오는 부끄러움에 대하여"* 썼다. 끊임없이 돌을 굴려 올리는 시시포스처럼 기존의 모든 것들을 의심하고 또 의심했다. 그라스의 친위대 복무 이력과 이후의 혼란스러운 정치적 행보 탓에 작가의 양심에 의문을 표하지 않을 수 없었을 때, 『고양이와 쥐』는 작가가 복원한 기억의 미로를 따라 그가 생각한 죄책감의 성질과 부끄러움의 시원始原에 다가설 수 있도록 도와주었다. 필렌츠의 불안한 회상과 기억 안에, 비대한 후두를 가졌던 말케의 광적으로 분열된 자아 속에, 이들에게 자신을 조금씩 나눠주었을 그라스의 모습이 있었다.

말케는 사라졌다, 아마도 죽었을 것이다. 이로써 그는 나치와 전쟁기간의 비극적 산물로 남는다. 그러나 필렌츠는 살아남아, 기억하며 스스로를 괴롭힌다. 그에게는 과거가 여전히 현재형이며, 기억은 그를 놓아주지 않는다. 그러므로 필렌츠는 이야기하며, 그러므로 그라스는 이야기한다.**

올해는 귄터 그라스가 세상을 떠난 지 육 년, 그의 두번째 소설 『고양이와 쥐』가 발표된 지 육십 년이 되는 해다. 70년대의 첫 한국어판에

---

* 『양파 껍질을 벗기며』 중에서.
** 독일 문학비평가 하인리히 포름베크의 『귄터 그라스』 중에서.

이어 새로운 번역을 시도하며 선행한 연구와 번역작품들에서 많은 것을 배울 수 있었음에도, 작가의 해박한 지식과 감수성을 따라가는 것이 생각보다 힘에 부쳤다. 잠깐의 후련함과 달리 출간 후에는 또다시 여러모로 아쉬움이 남을 테지만, 오래 잊혔던 좋은 작품을 나눌 수 있으리라는 설렘도 있다. 그럴 수 있도록 든든한 지원군이 되어준 문학동네 세계문학팀 편집부와 증평의 21세기문학관, 그리고 멀리서도 번역하는 사람으로 남을 수 있도록 자리를 내어주시는 독자 여러분께 감사드린다. 위기는 한 사람이나 국가에 일어날 수 있는 가장 큰 축복이라는 위대한 과학자의 말을 그 어느 때보다 믿고 싶다.

2021년 1월 말, 뮌헨에서
박경희

1927년   10월 16일 단치히 자유시(지금의 폴란드 그단스크)에서 독일계 아버지와 카슈브계 어머니 사이에서 출생.

1942년   독일군에 공군지원병으로 징집됨.

1945년   반 년 가까이 전차병으로 복무하던 중에 미군의 포로가 됨.

1946년   석방된 후 힐데스하임에 위치한 광산에서 일함.

1947년   뒤셀도르프에서 석공 직업훈련을 받음.

1948년   뒤셀도르프 예술대학에서 그래픽아트와 조각을 공부함.

1953년   베를린 조형예술대학에서 조각가 카를 하르퉁에게 사사함.

1954년   안나 슈바르츠와 결혼.

1955년   남독일 방송국에서 주최한 서정시 대회에서 3위 수상.

1956년   시화집 『바람닭의 이점 Die Vorzüge der Windhühner』 출간. 프랑스 파리에 체류하며 단편과 시, 희곡 등을 집필함. 파울 첼란과 교유함.

1957년   아들 프란츠, 라울 출생.

1958년   집필중이던 『양철북 Die Blechtrommel』 원고 일부를 47그룹에서 강독, 격렬한 찬사를 받음. 47그룹 문학상 수상.

1959년   첫 장편소설 『양철북』 출간, 문단의 찬사와 질타를 한꺼번에 받음. 브레멘 문학상 수상자로 결정되었으나 시 정부에서 승인하지 않아 무산됨. '감자껍질 Kartoffelschalen'이라는 가제를 붙이고 『양철북』과 연계된 소설들을 구상하기 시작함. 이 소설들은 이후 『고양이와 쥐 Katz und Maus』와 『개들의 시절 Hundejahre』로 발표됨.

1960년 독일비평가상 수상.

1961년 소설『고양이와 쥐』출간. 사회민주당의 정치인 빌리 브란트를 지
지하는 글을 발표하고 사회민주당원이 되어 선거 운동에 참여함.
이 시기부터 공개서한, 연설 등 정치적인 발언을 적극적으로 발표
함. 딸 라우라 출생.

1962년 『양철북』으로 프랑스 최우수 외국문학상 수상.

1963년 장편소설『개들의 시절』발표. 베를린 예술원 회원이 됨.

1965년 게오르크 뷔히너 상 수상. 아들 브루노 타데우스 출생.

1966년 희곡『민중들 반란을 연습하다Die Plebejer proben den
Aufstand』발표. 한스위르겐 폴란트 감독이『고양이와 쥐』를 영화
화함.

1968년 폰타네상 수상.

1969년 테오도어 호이스 상 수상. 장편소설『국부마취örtlich betäubt』
출간.

1970년 빌리 브란트 수상이 바르샤바 조약에 서명한 회담에 동행함.

1972년 『어느 달팽이의 일기에서Aus dem Tagebuch einer Schnecke』출
간.『넙치Der Butt』집필 시작.

1974년 『양철북』『고양이와 쥐』『개들의 시절』을 한 권으로 묶어『단치히
3부작Danziger Trilogie』으로 재출간. 딸 헬레네 출생.

1976년 미국 하버드대학에서 명예박사 학위 수여. 카롤라 슈테른, 하인리
히 뵐과 함께 잡지〈L76〉창간.

1977년 소설『넙치』출간. 몬델로 문학상 수상.

1978년 오랜 별거 끝에 안나 슈바르츠와 이혼.

1979년 소설『텔크테에서의 만남Das Treffen in Telgte』출간. 폴커 슐렌
도르프 감독이『양철북』을 영화화함. 딸 넬레 크뤼거 출생. 우테
그루너트와 결혼, 의붓아들 두 명을 포함해 도합 여덟 명의 자식
을 두게 됨. 이후 집필한 자전적 소설『암실 이야기Die Box』에 아

버지 그라스를 바라보는 자식들의 다양한 시선을 투영함.

1983년 베를린 예술원 원장으로 선출됨. 미국이 서독에 탄도미사일을 배치하자 독일의 예술가, 학자, 정치가 등 여러 지식인들이 헌법에 반하는 군사적 재무장화에 항의하기 위해 발표한 하일브론 성명에 참여.

1986년 장편소설『암쥐Die Rättin』발표.

1987년 60세 생일을 기념해 열 권으로 구성된 '귄터 그라스 전집' 출간.

1988년 베를린 예술원이『악마의 시』출간으로 암살 위협을 받는 살만 루슈디에게 연대하기를 거부하자, 예술원에서 탈퇴함.

1992년 장편소설『무당개구리 울음Unkenrufe』출간.

1993년 사회민주당이 망명권에 제한을 두는 헌법 개정에 동의하자, 이에 항의하며 당에서 탈퇴함. 단치히 명예시민으로 임명됨. 단치히대학에서 명예박사 학위 수여.

1995년 동서독의 통일을 비판적으로 조명한 장편소설『광야Ein weites Feld』를 출간, 이 소설은 독일 내에 큰 논쟁을 불러일으킴. 헤르만 케스텐 메달 수훈.

1996년 한스 팔라다 상, 토마스 만 상 수상.

1998년 베를린 예술원에 재입회.

1999년 소설『나의 세기Mein Jahrhundert』출간. 노벨문학상 수상.

2002년 소설『게걸음으로Im Krebsgang』출간. 독일 뤼베크에 귄터 그라스 박물관이 세워짐.

2003년 시화집『라스트 댄스Letzte Tänze』출간.

2005년 한스 크리스티안 안데르센 상 수상. 베를린 자유대학에서 명예박사 학위 수여.

2006년 자전적 소설『양파 껍질을 벗기며Beim Häuten der Zwiebel』발표. 출간을 앞두고 열일곱 살 때 나치 친위대원으로 복무했던 전력을 처음으로 밝혀, 전후 독일의 양심으로 행동해온 작가의 이력에 관해 논란이 불거짐.

2008년 『암실 이야기』 출간.

2012년 4월 〈쥐트도이체 차이퉁〉에 발표한 산문시 「말해야만 하는 것 *Was gesagt werden muss*」에서 이스라엘의 대이란 정책을 비판해, 반유대주의와 관련한 논란에 휩싸임.

2015년 4월 13일 뤼베크에서 사망. 시와 산문, 삽화가 종합된 유작 『끝에 관하여 *Vonne Endlichkait*』 출간.

문학동네 세계문학전집 발간에 부쳐

세계문학은 국민문학 혹은 지역문학을 떠나 존재하는 문학이 아니지만 그것들의 총합도 아니다. 세계문학이라는 용어에는 그 나름의 언어와 전통을 갖고 있는 국민문학이나 지역문학의 존재를 인정하면서 그것을 넘어서는 문학의 보편적 질서에 대한 관념이 새겨져 있다. 그 용어를 처음 고안한 19세기 유럽인들은 유럽문학을 중심으로 그 질서를 구축했지만 풍부한 국민문학의 전통을 가지고 있는 현대의 문학 강국들은 나름의 방식으로 세계문학을 이해하면서 정전(正典)의 목록을 작성하고 또 수정한다.

한국에서도 세계문학 관념은 우리 사회와 문화의 변화 속에서 거듭 수정돼왔다. 어느 시기에는 제국 일본의 교양주의를 반영한 세계문학 관념이, 어느 시기에는 제3세계 민족주의에 동조한 세계문학 관념이 출현했고, 그러한 관념을 실천한 전집물이 출판됐다. 21세기 한국에 새로운 세계문학전집이 필요하다는 것은 명백하다. 우리의 지성과 감성의 기준에 부합하는 세계문학을 다시 구상할 때가 되었다.

문학동네 세계문학전집은 범세계적으로 통용되는 고전에 대한 상식을 존중하면서도 지난 반세기 동안 해외 주요 언어권에서 창작과 연구의 진전에 따라 일어난 정전의 변동을 고려하여 편성되었다. 그래서 불멸의 명작은 물론 동시대 세계의 중요한 정치·문화적 실천에 영감을 준 새로운 작품들을 두루 포함시켰다.

창립 이후 지금까지 한국문학 및 번역문학 출판에서 가장 전문적이고 생산적인 그룹을 대표해온 문학동네가 그간 축적한 문학 출판 경험을 바탕으로 새로운 세계문학전집을 펴낸다. 인류가 무지와 몽매의 어둠 속을 방황하면서도 끝내 길을 잃지 않은 것은 세계문학사의 하늘에 떠 있는 빛나는 별들이 길잡이가 되어주었기 때문이다. 우리가 자부심과 사명감 속에서 그리게 될 이 새로운 별자리가 독자들의 관심과 애정에 힘입어 우리 모두의 뿌듯한 자산이 되기를 소망한다.

문학동네 세계문학전집 편집위원
민은경, 박유하, 변현태, 송병선, 이재룡, 홍길표, 남진우, 황종연

지은이 **귄터 그라스**

1927년 단치히 자유시(지금의 폴란드 그단스크)에서 태어났다. 제2차세계대전이 발발하자 공군지원병을 거쳐 전차병으로 복무했다. 1959년 첫 장편소설 『양철북』을 출간하고 뒤이어 『고양이와 쥐』『개들의 시절』을 발표해 '단치히 3부작'을 마무리지었다. 나치 점령기의 단치히를 배경삼아 당시 세태를 풍자한 이 작품들로 세계적인 명성을 얻었다. 그 외 대표작으로 『넙치』『텔크테에서의 만남』『암쥐』『양파 껍질을 벗기며』 등이 있다. 1999년 수상한 노벨문학상을 비롯해 수많은 상을 받았다. 역사에 대한 자기반성에 중점을 두고 정치적인 작품을 많이 썼으며, 전후 독일문학에 새로운 척도를 제시했다는 평가를 받는다. 2015년 독일 뤼베크에서 숨을 거두었다.

옮긴이 **박경희**

독일 본대학에서 번역학과 동양미술사를 공부하고 번역가로 일하고 있다. 『숨그네』『흐르는 강물처럼』『엔젠씨, 하차하다』『행복에 관한 짧은 이야기』『베이징 레터』『첫 사랑 마지막 의식』『암스테르담』『슬램』『맨해튼 트랜스퍼』『아침 그리고 저녁』『릴리와 옥토퍼스』『내면의 그림』 등을 우리말로 옮겼으며, 한국문학을 독일어로 번역해 해외에 소개하는 일도 하고 있다.

세계문학전집 194

고양이와 쥐

초판 인쇄 2021년 2월 15일
초판 발행 2021년 2월 28일

지은이 귄터 그라스 ┃ 옮긴이 박경희
책임편집 김지은 ┃ 편집 황현주 이희연 박신양 ┃ 감수 배윤호
디자인 고은이 최미영 ┃ 저작권 한문숙 김지영 이영은
마케팅 정민호 정진아 김혜연 정유선
홍보 김희숙 김상만 함유지 김현지 이소정 이미희 박지원
제작 강신은 김동욱 임현식 ┃ 제작처 영신사

펴낸곳 (주)문학동네 ┃ 펴낸이 염현숙
출판등록 1993년 10월 22일 제406-2003-000045호
주소 10881 경기도 파주시 회동길 210
전자우편 editor@munhak.com ┃ 대표전화 031)955-8888 ┃ 팩스 031)955-8855
문의전화 031)955-8869(마케팅), 031)955-2691(편집)
문학동네카페 http://cafe.naver.com/mhdn
문학동네트위터 http://twitter.com/munhakdongne
북클럽문학동네 http://bookclubmunhak.com

ISBN 978-89-546-7722-6 04850
     978-89-546-0901-2 (세트)

잘못된 책은 구입하신 서점에서 교환해드립니다.
기타 교환 문의 031) 955-2661, 3580

www.munhak.com

● 문학동네 세계문학전집은 계속 출간됩니다